아이 성격만 알아도 행복해진다

비전과리더십

아이 성격만 알아도 행복해진다

지은이 | 이백용 · 송지혜
초판 발행 | 2020. 2. 5.
개정 1쇄 | 2023. 3. 30
등록번호 | 제1999-000032호
등록된 곳 | 서울특별시 용산구 서빙고로65길 38
펴낸곳 | 비전과리더십
영업부 | 2078-3352　　FAX | 080-749-3705
출판부 | 2078-3331

책값은 뒤표지에 있습니다.
ISBN 979-11-86245-52-1　03810

독자의 의견을 기다립니다.
tpress@duranno.com　　www.duranno.com

비전과리더십은 두란노서원의 일반서 브랜드입니다.

아이 성격만 알아도 행복해진다

행복한 아이를 만드는
코치 부모 되기

이백용 · 송지혜 지음

비전과리더십

추 | 천 | 의 | 글

내 생애 가장 큰 선물은 아이들이다

나는 이 책을 읽으며 아이들의 기질과 성격을 알면 그들의 행동을 이해할 수 있게 됨을 깨달았다. 저자는 자신의 경험담뿐 아니라 다양한 실제 사례들을 통해 독자들에게 재밌게 다가선다. 예를 들어, 엘리베이터에서 생선 비린내가 난다고 큰 소리로 얘기하는 외향적인 아들 때문에 골치아픈 내향적인 엄마. 학교에 늦었는데 실내화를 찾느라 온 집안을 뒤지는 개방형 아들 때문에 고민하는 정리형 엄마 등 공감되는 이야기들이 가득하다.

'좋고 나쁘다'가 아니라 '너와 나는 다르다'라는 것을 강조하는 이 책은 부모가 아이들의 있는 그대로의 모습을 사랑할 수 있도록 돕는다. 특히 저자가 4명의 자녀와 부딪히며 갈등 가운데서 기질을 통해 서로를 이해하며 살아가는 모습은 참 흥미롭다. 자녀의 성격에 맞게 코칭할 수 있게 해주는 이 책을 꼭 읽어보길 추천한다.

• 조신영 『쿠션』, 『경청』 저자

대한민국 부모, 자녀의 코치가 되라

우리가 삶의 지혜를 얻게 될 때, 누구에게 그걸 가장 들려 주고 싶을까? 당신이 좋은 코치가 될 수 있다면 가장 먼저 누구를 코치해 주겠는가? 대한민국 부모들 대부분이 '자녀'라고 대답할 것이다. 그런데 자녀를 사랑하면서도 잘못된 사랑법 때문에 관계를 망치거나, 아이를 더 힘들게 하는 부모가 많다. 이 책은 아이들을 더 잘 이해하도록 도와주고, 진심으로 그들을 인정하고 사랑하는 방법을 찬찬히 알려 준다. 그래서 이 책은 더 각별하다. 게다가 이 책의 풍부한 사례들은 마치 우리집의 풍경처럼 친근하고 재미있어서, 읽는 내내 미소를 지었고 동시에 유익한 통찰을 얻을 수 있다.

생각해보면 이백용 코치 부부야말로 동년배들의 '엄친아'요, '엄친딸'이었다. 그들이 골머리를 앓아가며 현실에서 깨달은 지혜와 지식을 책으로 나누게 되니 독자로서 어찌 기쁘지 않을까? 이백용 코치와는 코칭을 함께 배웠고, 라디오에서 상담과 코칭도 함께 해 왔는데, 늘 그의 합리적이면서도 겸허하고 성숙한 인품에 감명되었다. 우리에게 부모 역할이란 스스로 더 나은 인간으로 성장하는 공부의 길이기도 할 터, 나는 부모들에게 이 책보다 더 추천할 책을 찾지 못한다.

● 고현숙 국민대 교수, 코칭경영원 대표 코치

자녀는 화초와 같다

나는 화초에 관심이 많다. 주변에 보면 화초를 아주 잘 죽이는 사람들을 보게 된다. 화초에 관심이 없어서 말려 죽이는 사람이 있고, 어떤 사람은 화초의 기질적 특성을 고려하지 않고 물을 너무 많이 주어 뿌리를 썩게 하여 죽인다.

올바른 자녀 양육을 원한다면 부모의 사랑과 열정만으로는 부족하다. 자녀의 기질적 특성을 고려하지 않는 사랑과 열정은 식물에게 과도하게 물을 주어 뿌리게 상하게 하듯 자녀를 괴롭게 할 수 있다. 자녀가 행복하게 성장하길 원한다면 자녀의 기질적 특성을 고려한 양육이 필요하다. 한 부모 밑에서 태어난 아이들도 각기 다른 기질을 가지고 있기 때문이다.

자녀를 잘 키우고자 하는 것은 모든 부모의 바람이다. 그런데 자녀를 잘 양육함과 동시에 행복하게 양육할 수 있다면 더 바랄 것이 없을 것이다. 나아가 부모의 양육을 자녀들이 행복해 한다면 더욱 좋을 것이다. 이 책은 자녀를 행복하게 양육하기 원하는 부모들에게 좋은 지침서가 될 것이다.

이백용 · 송지혜 부부는 4명의 각기 다른 기질을 가진 자녀들을 양육하면서 각 기질에 맞는 양육에 대한 구체적인 사례들을 제시하고 있다. 16가지 성격유형의 관점에서 자녀들을 관찰한 통찰력은 훌륭하다. 자녀의 말, 행동 하나하나에 숨어있는 기질적 차이를 이해하고 자녀 양육에 적용했다.

'기질 검사를 통해 내가 어떤 사람인지 알았다. 그리고 내가 다른 사람과 무엇이 다른지도 이해했다. 그런데 어떻게 해야 할지는 잘 모르겠다.'라고 말하는 사람들이 종종 있다. 이 책은 자녀 양육에 있어 이런 고민을 하는 사람들에게 자녀의 기질적 차이를 활용해서 어떻게 양육해야 하는지에 대해 코칭 기술을 접목하여 구체적인 대안을 제시하는 좋은 교과서가 될 것이다.

● 김종구 한국기질검사연구소 소장

사랑은 이해로부터 시작됩니다. 부모가 자신들의 꿈과 욕심을 자녀에게 강요하는 것은 잘못된 사랑입니다. 자녀를 진정 사랑하려면 나의 자녀들의 특성, 재능, 은사, 성격유형을 이해하여야 합니다. 창조주 하나님은 우리 자녀 한 사람 한 사람을 유일무이한 존재, 독특한 존재로 창조하셨기 때문입니다. 나의 자녀를 향한 하나님의 특별한 디자인과 계획은 무엇일까요?

이 책은 자녀를 양육하기에 앞서 자녀의 마음과 특성을 이해하는데 매우 실제적이고 유용한 정보를 제공하고 있습니다. 자녀의 앞날과 꿈과 진로를 지도하는데도 아주 유익한 책입니다. 자녀 속에 숨어있는 가능성과 잠재력을 찾아주고 키워주는데 매우 도움이 될 것입니다. 모든 부모님들이 읽어야할 필독서입니다.

• 이기복 횃불트리니티 신학교 교수, 『성경적 부모교실』 저자

성공이란 무엇인가? "자주 많이 웃는 것, 현명한 이에게 존경을 받고 아이들에게서 사랑을 받는 것"이라고 미국의 사상가 랄프 왈도 에머슨은 말했다.

"일과 사람 중 어느 쪽이 더 어렵습니까?"라고 물으면 대부분의 사람들이 사람이 훨씬 더 힘들다고 한다. 그 이유는 무엇일까? 일을 잘 하기 위해서는 많은 노력을 기울이지만, 상대적으로 인간관계를 위해서는 노력을 기울이지 않기 때문이다. 이 책은 우리에게 자녀와의 인간관계 지혜를 선물해준다. 가족 간의 갈등을 해결하고, 행복한 가정으로 만들어준다. 가족 서로가 좀 더 이해하고 존중하고 사랑하게 해 준다. 행복한 가정, 천국 같은 가정생활로 이끌어 준다.

• 최염순 성공전략연구소 대표

우리 아이들은 어떤 생각주머니를 가지고 있을까? 다른 기질과 성격을 가진 아이들은 각자의 생각주머니에서 나온 다양한 행동들을 할 것이다. 특별히 튀는 아이가 아니더라도 보통 아이들도 부모들이 이해할 수 없는 행동은 분명 많다.

이 책은 '잘못된 아이는 없다'고 말하며 각 아이마다 특성과 기질이 있고 기질별로 양육해야 한다고 이야기하고 있기 때문이다. 부모가 달라져야 아이가 달라진다. 10년 후 아이들의 일기장에 등장하는 아빠는 과연 어떤 모습일까? 달라지고 싶은 부모와 아이들에게 이 책이 많은 도움이 될 것이다.

● 전병래 SBS 〈우리아이가 달라졌어요〉 책임 프로듀서 역임

영원한 문제 아이는 없다. 기질을 무시하지 않고 자녀의 있는 모습 그대로를 인정하는 것이 최고의 가정교육법이다. 아이들에게 잠재된 재능을 찾고 감성과 취미에 맞는 방법으로 교육을 해야 진정한 천재교육이다.

이 책은 아이들의 기질을 파악하고 자녀들의 감성과 취미에 맞는 양육법을 소개하고 있다. 아이들을 어떻게 키울 것인지에 대해 고민하고 있다면 이 책을 읽어 보길 바란다.

• 류태영 박사

농촌청소년미래재단 명예이사장, 『천재를 만드는 유태인의 가정교육법』 저자

사랑해서 결혼했으면 됐지 뭐가 이리도 복잡해?

아내 성격, 아는 것만으로 행복해진다

두 살 연상의 아내와 함께한 16년간의 결혼생활. 정말 뜨겁게 사랑했기 때문에 우리가 함께 할 시간들이 장밋빛 하트로 가득할 것이라는 예측은 내 생애 가장 큰 착각 중 하나였다. 결혼 초기부터 중반까지 서로에 대한 무지는 오해를 낳았고 이는 갈등으로, 결국엔 이혼이란 단어를 남발하는 심각한 지경에 이르렀다. 막연한 책임감만으로 위태하게 상황을 이어가고 있을 무렵 우린 부부치유 세미나에 참석해 서로가 다르다는 인식을 갖게 됐다. 여러 가지 노력으로 우리는 서로가 다를 뿐이지 나쁘지 않다는 결론을 얻게 됐고 우린 두 번째 신혼을 즐기고 있다.

결혼 12년차에 만난 이백용 · 송지혜 부부의 『남편 성격만 알아도 행복해진다』는 정말 우리 가정에 오랜 가뭄 끝에 내리는 단비와 같은 책이었다. 가정 상담과 관련해 어느 정도 수준을 갖췄다 생각했던 우리 부부였지만 이 책은 정말 달랐다. 이 책은 우리 가족의 대화 패턴에 상당한 영향을 미쳤다. 기존의 기질에 관한 분류법을 다룬 다양한 이론서들에서 느꼈던 부족함을 확실히 채워주는 16가지 유형으로 나누어진 실용적 사례와 세부적 적용을 통해 우리 부부는 물론 아이들과 주변에 맺고 있는 모든 관계에 변화가 일어나기 시작했다. 나ENFP와 아내ISTJ는 남녀라는 차이 외에도 기질적으로 완전히 달랐다. 가장 큰 변화는 무엇보다 이 책을 통해 아내가 나를 분명하게 이해하기 시작했다는 것이다. 그리고 기존에 내가 타인과의 대화 속에 해답을 찾을 수 없던 막연함에 명쾌함을 안겨주며 모든 관계가 개선되기 시작했다. 우리는 나를 쏙 빼닮은 딸, 엄마와 판박이인 아들 녀석을 비교 분석하면서 자녀교육에도 이를 적용해 왔다. 같은 뱃속에서 나온 자녀이지만 아이들도 정말 달랐다. 절대로 같은 방법으로 양육할 수 없음을 인지한 후 아이들과의 관계도 개선되기 시작됐다. 이 책은 가족이라는 관계의 변화를 위한 가속제였고 그로 인한 효과는 지금도 여전히 유효하다. 이 책의 적용대상은 지엽적이지 않았다. 나는 내가 속한 모든 공동체나 모임에 소개했고 이 책은 우리 주변 모든 이의 필독서가 되었다.

아이와 소통할 수 있는 네비게이션 같은 책

그로부터 4년 후 선보이는 두 번째 이야기 『아이 성격만 알아도 행복해진다』에서는 주체가 자녀로 바뀌었다. 『남편 성격만 알아도 행복해진다』 때문에 편집부에 애독자로 연락을 했고, 이후 편집부로부터 『아이 성격만 알아도 행복해진다』의 추천사를 의뢰받았다. 오랫동안 기다려왔던 책이고 추천사를 위해 쓰기 위해 먼저 책을 읽을 수 있다는 특권에 감격하며 행복한 일주일을 보냈다. 우리 부부는 첫 장부터 박장대소했다. 어쩜 그렇게 사람 사는 이야기는 비슷한지... 이 책은 자녀 기질에 대해 개론적 역할을 담당한 전작에서 한걸음 나아가 제목 그대로 자녀를 잘 이해하고 편하게 소통할 수 있는 모든 것을 다루고 있다. 시트콤을 보는 듯 실제적 사례를 생생하게 보여줌으로써 현실적이며 구체적인 적용까지 유도한다. 전작이 아이들이 다를 수 있다는 인식을 갖게 해 주었다면 이 책은 명징(明澄)하게 아이들에게 소통할 수 있는 네비게이션이 되어 준다.

또한 아내를 닮은 아들이라고 해서 아내가 아들을 다 이해할 수도 없고 아빠를 닮은 딸이라고 아빠와 똑같은 성격도 아닌 내 아이들을 보면서 갖게 된 수많은 우문에 대한 현답이 담겨 있었다. 내 아이의 기질을 알고 이해하면 덜 실망하고 덜 충돌한다. 예전 같으면 이해가 전혀 안되는 상황에서 끓어오르는 화를 주체 못할 텐데 이제는 "아 맞아 저 녀석은 그런 기질이었지" 라고 미소 짓는 경지에 이르게 된다.

좋은 실용서를 만난 기쁨은 그 책을 내 삶에 적용하고 주위에 나눌 때 배가 된다. 아이를 키우는 부모라면 누구나 쉽게 공감할만한 순도 높은 정보로 가득한 이 책은 이제 막 초보 아빠가 된 후배에게, 사춘기 딸과의 대화 단절로 아버지의 역할을 하기에는 너무 늦었다고 자책하며 고민하는 선배에게, 더 나아가 아버지의 역할과 본모습을 찾고 싶은 이 땅의 모든 아버지에게 권하고 싶은 딱 한 권의 책이다.

또한 해마다 3월이면 걱정 반 두려움 반으로 자녀를 초등학교에 입학시키는 초보 학부모들과 학교에서 다양한 아이들을 만나야 하는 선생님들에게도 필독서가 되었으면 한다. 그리고 자녀들에게도 선생님과 부모와의 소통을 돕고 이해하는 가장 좋은 교과서가 될 것이라 확신한다.

『아이 성격만 알아도 행복해진다』를 읽는다면 "읽고 느끼고 바라보고 반응"하라 말하고 싶다. 그러면 감격이 저절로 따라 나온다. 창조주께서 우리에게 얼마나 큰 선물을 주셨는지에 대해서 말이다.

● 추연중

CCM 컬럼니스트, 현서와 은서 아빠, ISTJ부인과 결혼한 ENFP 남편

일단 전작인 『남편 성격만 알아도 행복해진다』를 보면서 참 유익했고 우리 부부가 겪은 많은 문제들의 이유를 알게 되었다. 서로 잘 몰라서 갈등했을 때 적절한 책을 만나 큰 도움을 얻었다.

두 번째 책 『아이 성격만 알아도 행복해진다』를 읽으면서 저자 부부가 부럽다는 생각을 했다. 아이들의 성격을 분석하고 유형을 나눌 수 있는 4명의 자녀가 있다는 것 때문이었다. 나 또한 하나밖에 없는 내 아들의 성격을 찾아내느라 고심했다. 항상 잘되었으면 좋겠다는 마음으로 잔소리를 하는데 부모의 부담감이 커질수록 아이와의 대립도 만만치 않았다. 그런데 이 책을 보며 부모의 성향도 각각 다르고 자녀의 성향도 다르다는 것을 서로 인정하고 회복하면 부모와 자녀 사이에 오해가 풀리고 서로를 인정할 수 있다는 것을 느낄 수 있었다.

또 자녀에 대해 정말 알 수 없고 답답했던 마음들에 대한 해답을 발견해 속이 후련했다. 또한 내가 가장 사랑하는(남편보다 ㅎㅎ) 아들과 싸우지 않고 잘 지낼 수 있게 해 준 고마운 책이다. 자녀와 많은 갈등을 겪고 있는 부모들에게 강력 추천한다.

• 노사연 방송인

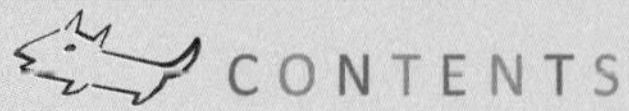

CONTENTS

2부
내 아이, 어떤 성격일까?

3부
아이들을 움직이는 힘을 찾아라!

4부

내 아이, 있는 모습 그대로 사랑하기

5부
아이의 잠재력에 날개를 다는 부모 코칭

프|롤|로|그

나는 무면허 운전사

양가 부모님도 모르시게 숨죽이며 겪어 온 우리 부부의 갈등과 회복의 이야기가 『남편 성격만 알아도 행복해진다』를 통해서 드러나자 수많은 부부들이 공감한다는 적극적인 마음의 표현을 해왔다. 어떤 부부는 왜 자기들의 이야기를 허락도 없이 책에 썼냐고 농담하면서 자신들도 똑같은 문제로 갈등하다가 이 책을 통해 회복할 수 있었다고 말하기도 했다. 갑자기 TV, 라디오 등 수많은 매체에 나가고, 우리 이야기가 알려지자 처음 보는 사람들조차 '이미 당신의 모든 것을 알고 있다'는 표정으로 쳐다봐서 가슴이 철렁하기도 했다. 결국 우리 부부의 이야기는 우리 모두의 이야기이기도 했기에 많은 부부들의 공감을 얻었으며 이혼 직전에 있는 부부들까지도 다시 한번 서로에 대해 생각하게 하는 데 도움을 주었다.

많은 분들이 아이들 책은 안 나오냐고 물어왔다. 사실 부부 싸움 다음으로 자녀와 싸우는 경우가 많으니 두 번째 책은 자녀들과의 갈등과 회복을 다룬 책이 되는 게 당연했다. 처음에는 쉬울 것 같았다. 일단 우리 애들처럼 성격에 대해 잘 아는 아이들은 흔치 않았기에 각자 자기의 이야기를 기록만 해도 될 것 같았다. 하지만 문제는 다른 데 있었다. 과연 우리 가정이 각자의 성격을 알고 나서 얼마나 달라졌는가? 자녀와의 갈등이 얼만큼 회복되었나? 하는 것이 문제였다. 정말 우리가 자녀 문제에 관해 책을 쓸 자격이 있을지 고민이 되었다.

우리 부부는 성격을 알고 분명히 예전보다 더 나아졌다. 왜냐하면 싸우는 횟수가 줄었으니까. 그런데 자녀들과는 달랐다. 어릴 땐 부모가 일단 힘이 세니까 꼼짝 못하고 따라왔던 자식들이었는데 커가면서 나이별로 자기 주장도 강해지고 힘도 세져서 점점 감당하기 힘들다. 갈등이 생기면 아무리 성격을 이해하고 대화한다고 해도 정말 회복이 돼가는 건가라는 의문도 든다. 정작 맘이 상하면 성격이고 코칭이고 다 생각하고 싶지도 않다.

큰아이가 태어난 지 벌써 26년이 되어간다. 지난 세월을 돌아보면, 그동안 내가 참 많이 변했고 또한 성장했다고 생각한다.

처음 10여 년간 나는 한마디로 나쁜 아빠였다. 아내가 나와 다르다는 것을 알지 못했듯이 아이들도 나와 다르다는 것을 알지 못했고, 아내가 어디가 잘못되었다며 고쳐주려고 한 것과 마찬가지로 아이들도 잘못된 것을 고쳐주려고만 했다. 아이들을 너무도 사랑했기에, 그리고 그 아이들이 자라서 성공하고 행복한 삶을 갖게 해주려는 마음에 나는 아이들이 조금만 실수하고 잘못을 해도 즉시 혼내고 고쳐주려고 했던 것이다. 그래야 아이들의 나쁜 버릇이 빨리 고쳐질 것이라는 확신 때문이었다.

그런 아빠의 모습은 아이들과 아내에게 자기들을 이해하려고 하지도 않는 나쁜 아빠의 모습으로 보였고 점점 집안의 폭군으로 비춰질 수밖에 없었다. 아빠를 힘들어하는 아이들은 항상 아내와 같은 편이 되었고, 나는 아이들을 고쳐보려고 해도 잘 되지 않을 뿐 아니라 집안에서 점점 외톨이가 되어가는 느낌에 더욱 화가 났다. 행복한 가정을 만들어 보려고 애를 쓰는데 결과가 잘 안 나오는 것은 다 아내 탓이었고, 아내의 사주를 받은 아이들 탓이었다.

그렇게 힘들게 살아오다가 사람들의 성격에 대해 공부할 기회가 생겼다. 충격이었다. 아내가 어디가 잘못되고 아이들이 무언가 잘못되어서 문제인 줄만 알았는데 그것이 다 나와 다른 성격을 갖고 있기 때문이라니. 그동안 우리 가족을 그토록 힘들게 했던 모든 갈등이 이미 다 책에 쓰여 있는 내용이라는 것을 알고 나는 너무 놀랐다. 행복한 부부, 행복한 가정을 바라기만 했지 방법을 제대로 알지 못해 가족을 불행으로 이끌었던 무면허 운전사였던 것이 너무나 후회가 되는 순간이었다.

사랑하는 아내가 보고 싶어 집에 오지만 아내를 보는 순간 왜 그렇게 짜증이 나는지 이해가 되었다. 내가 좋아하는 모습의 아내를 주문하면 그 아내만 오는 것이 아니라 그 성격 때문에 나타나는 단점을 갖고 있는 아내도 같이 온다는 것도 알게 되었다. 아이들도 잘못된 것이 아니라 나와 다르다는 것을 그리고 그 아이들의 성격에 맞게 잘 양육을 해야 한다는 것도 알게 되었다.

아내에게도 나의 잘못을 사과했고 두 딸 아이들에게도 그렇게 했다. 큰딸에게 데이트 신청을 하고 약속된 날에 데리고 나가

맛있는 것과 옷을 사주면서 그동안 아빠가 잘 몰라서 힘들게 한 것 미안하다고 정식으로 사과를 했다. 그 이야기를 들은 둘째는 아빠와의 첫 데이트를 은근히 기대하는 것 같았다. 물론 둘째에게도 똑같이 해 주었다.

사람들의 성격에 대해 이해한 후 그다음 10여 년 동안 나는 많이 달라졌다. 나와 다른 성격에 대해 공부하고, 대화의 방법도 배우게 되고, 행복한 가정을 위한 강의와 상담도 많이 하게 되면서 점점 좋은 아빠로 변하게 되었다. 그래서 밑의 두 아들을 키울 때는 그런대로 좋은 아빠의 모습을 지킬 수 있었다. 이런 아빠의 놀라운 변신에 위의 두 딸들은 자기들 때는 나쁜 아빠였는데 동생들에게만 좋은 아빠가 되어 불공평하다고, 아들 딸 차별한다고 불평을 하지만 속으로는 좋아하는 것 같다.

며칠 전 큰아이랑 갈등이 있었다.

"엄마는 성격에 대한 강의를 하면서 그런 것도 이해를 못하는 게 말이 돼?"

직격탄을 맞고 누워 고민하다가 나와 가장 갈등이 많았던 아들에게 단도직입적으로 물어 보았다.

"진심으로 대답해 줄래? 정말 중요한 거야. 우리 가족이 어릴 때부터 성격에 대해 알고 살아온 것이 너의 삶에 도움이 되었니?"

조마조마 했다.

"그럼."

아들은 자기 성격대로 간단히 대답했다.

아직도 맘이 안 놓인 나는 주절주절 다시 물어보았다.

"음... 어떤 면에서 도움을 받았다고 생각하는데?"

"친구들 하는 행동이 맘에 안 들 때도 있거든. 그렇지만 '재 성격이 저래서 그러는구나' 하고 이해하니까 도움이 많이 돼. 하지만 그것 때문에 가끔 억울하기도 하지. 내가 참아야 하니까. 친구들은 이런 걸 모르잖아."

어쭈? 이쯤 되면 이 아이는 성격분석을 하면서 살고 있다는 얘기다. 한편으로는 마음을 쓸어내리면서도 더 확인하고 싶었다.

"그래도 너 동생하고 맨날 싸우잖아."

"물론 그렇지만…. 그래도 점점 나아지잖아요? 사실 동생이 젤 힘들어."

'그래, 나도 여전히 네 아빠가 젤 힘들단다….'

하지만 이 정도면 대만족이다. 어쨌든 그동안 아이들한테 그냥 "형이니까 참아라" 하지 않고 "네 동생의 이런 성격은 너의 이런 성격과 달라서…" 하면서 이야기하던 게 어느 정도 스며들고 있다는 이야기이다. 하긴 몇 주 전에도 차 안에서 "야~ 그래도 우리 부모님처럼 우리를 이해해 주는 부모님은 없어!" 하고 동생한테 말하는 게 기억이 났다. 가슴이 뭉클해지면서 눈이 뜨거워 졌었다. 이젠 책을 쓸 수 있을 것 같은 용기가 생긴다. 부모의 말 한마디가 아이들을 살린다는 말은 많이 들어 봤어도 아이의 한마디에 내가 힘을 얻다니 놀랍다.

이 분야에서 강의를 하고 나누기 시작한 지 벌써 15년. 막내는 태어나기도 전부터, 그리고 고등학생이 된 아들은 2살 때부터 성격에 대해 듣고 자랐다. 이 책은 우리가 남들보다 자녀들을 잘 키웠다기 보다는 서로 갈등하고 힘들어하다가 배우고 깨달은 것을 진솔하게 나눈 것이다. 다른 점이 있다면 우리 애들 모두가 성격에 대해 잘 알고 있었기에 갈등을 해결할 때마다 서로 다른 성격의 특성에 대해 설명해 주면 이해가 빨랐다는 것이다. 하지만 성격을 안다고 해도 갈등은 여전히 생길 수 밖에 없다.

이 책에 나오는 많은 예 역시 실제 상황이지만 사생활 보호를 위해 내용을 재구성했다. 그리고 성격과 기질의 특징을 부각시키다 보니 극단적인 면만 강조되어 좀 부정적으로 표현한 점도 있다. 특별히 우리 둘 다 현실형이고 사고형이라 이상형과 감정형에 대한 이해가 많이 부족해서 이들의 조언을 얻으려고 노력했다. 하지만 여전히 맘에 안 들어 하는 눈치이다. 정말 자신과 다른 성격을 정확하게 표현하거나 이해한다는 것은 어렵다. 하지만 모든 성격은 좋고 나쁜 것이 아니라 서로 다른 것이라는 것을 다시 한번 강조하고 싶다.

많은 청년들이 자기 성격에는 어떤 직업을 가지면 좋고 어떤 배우자를 고르면 좋냐고 물어본다. 나의 대답은 항상 똑같다. 어떤 직업을 가져도 잘할 수 있고 어떤 배우자와 만나도 갈등한다고. 사실 아내의 성격유형은 교수라는 직업군에서는 흔치 않다는 통계를 본적이 있다. 하지만 아내는 자기 분야에서 누구보다도 뛰어난 교수이다. 성격에 따라 확률적으로 많은 직업은 있을 수 있지만 꼭 그 직업을 골라야 하는 것은 아니라고 생각한다. 좋은 배우자를 만나면 덜 갈등하고 덜 싸울 수는 있지만 가정의 행복은 성격에 달려있는 게 아니라 노력에 달려있다고 생각한다.

우리 가정에 천사 같은 네 명의 자녀를 보내 주셨음에 하나님께 감사드린다. 그리고 그 아이들이 하나같이 다 다른 성격이었음에 더 감사를 드린다. 아이들도 많고 서로 성격이 달라 더 많은 갈등을 했지만 그런 훈련을 통해 사람들을 더욱 이해할 수 있는 아이들로 성장하게 된 것도 감사한 일이다. 그리고 우리가 힘들어하고 갈등했던 이야기들을 통해 많은 가정이 회복되고 행복해진다면 더욱 감사한 일이다.

아빠 엄마와 함께 책의 내용을 채우고 자기 예를 공개하도록 허락해 준 승현이, 지연이, 해성이, 해찬이가 자랑스럽다. 사실 우리 6명이 이 책의 공동 저자이다.

우리가 성격이라는 학문을 처음으로 접할 수 있게 소개해주고 모든 내용과 성격 유형 분석을 위한 설문지를 사용하게 해주신 Mike와 Linda Lanphere 목사님 부부, 코칭을 알게 해 주신 한국리더십센터의 고현숙 사장님과 코치로 많은 훈련을 시켜 주신 박창규 교수님 외의 많은 코치 선배님들.

책의 내용을 직접 검토해 주시고 조언을 아끼지 않은 한국기질검사연구소 김종구 소장님, 회사를 잘 지켜주신 바이텍의 임현철 사장과 현진우 사장 외에 많은 직원들, 한국피아노교수법연구소의 김정은 실장과 많은 강사들과 직원들, 함께 갈등하고 고민하고 많은 사례를 얻게 해 주신 CBMC 회원 가족들과 교회 순모임, 2008년부터 두 번째 책을 출간해야 한다고 집요하게 우리를 못살게 구신 고준영 편집장 등 모든 분들께 다시 한번 감사를 드린다.

2010년 봄

이백용 · 송지혜

교육은 어머니의 무릎에서
시작되고 유년기에 들은
모든 언어가 성격을 형성한다.

_ 아이작 바로우

I LOVE
YOU

1부

아내, 애들까지 어쩌면 이리 제각각인지

시간 약속은 항상 늦고, 물건을 잃어버리고 못 찾는 데는 거의 올림픽 금메달감이다. 한번은 아내의 차를 타고 함께 나가는데 자기가 자동차의 문을 열고 조수석에 탔다.

배달사고로 만난 아내와 아이들

좋은 아내만 만나면 저절로 행복해질 것이라고 믿었던 나는 항상 편하게 해주고 에너지를 주는 것 같은 지금의 아내를 만났고, 생기발랄한 아내의 모습에 매력을 느껴 죽자사자 쫓아다니다 많은 사람의 부러움과 축복 속에서 결혼식을 올렸다. 그러나 이런 아내라면 평생 행복하게 지낼 수 있을 것이라는 나의 믿음이 착각이었다는 것을 깨닫는 데는 그리 많은 시간이 필요하지 않았다.

달콤해야 할 신혼 생활은 결혼 초부터 삐걱거리기 시작했다. 결혼 후 처음 아내와 한 방을 쓰면서 가장 놀란 것은 서로의 생활 태도가 너무 다르다는 것이었다. 아내는 세수를 하면 입고 있는 옷의 앞가슴 부분이 다 물에 젖는다. "여보, 세수하는데 왜 앞가슴이 젖어?" 신기해서 묻는 나에게 아내가 대답한다. "근데 당신은 왜 안 젖어? 세수하다 보면 젖을 수도 있는 거 아냐?"

시간 약속은 항상 늦고, 물건을 잃어버리고 못 찾는 데는 거의 올림픽 금메달감이다. 한번은 아내의 차를 타고 함께 나가는데 아내가 나보고 운전을 해달라면서 자기가 자동차의 문을 열고 조수석에 탔다. 운전석에 탄 내가 열쇠를 달라고 하니까 갑자기 자동차 열쇠가 없어졌다고 했다. 자동차 문을 열고 타는 데 몇 초 걸린다고 그 사이 열쇠를 잃어버리나 하는 생각에 기가 막혔다. 자동차 바닥과 가방을 다 뒤지더니 한참만에 간신히 열쇠를 찾았다. 저러고도 자기 일 잘하며 사는 아내를 보면 정말 신기하다.

아무리 생각해 봐도 이건 배달 사고다. 물건이 바뀌어 잘못 배달된 것 같다. 나는 생기발랄하여 나와 딱 어울릴 것 같은 아내를 주문했는데 집에 배달된 아내는 천방지축 사고뭉치였던 것이다. 그런데 아무리 항의를 해도 물러 주지도 않고 고장 수리도 안 된단다. 하루 종일 밖에서 일하느라 힘들고 지친 몸을 이끌고 집에 오지만, 편안하게 쉬기는커녕 시끄럽고 어지러운 집안의 환경에 더 짜증만 내곤 했다. 아내와의 갈등만도 힘들어 죽겠는데, 네 명의 아이들도 다 다르다. 갈수록 태산이다. 아내야 내가 골랐으니 반은 내 책임이지만, 내가 고른 적도 없는 예상 밖의 아이들이 배달되니 더 속상하고 힘들다.

강하게 키우고 싶었던 큰딸

큰딸 승현이가 태어났을 때 '드디어 아빠가 되는구나' 하는 생각에 너무 기뻤다. 잘 걷지도 못하던 어린 나이에 마음이 급해서 앞만 보고 뛰기부터 하는 아이의 모습을 보면서 엄마를 닮았을까 봐 걱정을 했는데, 다행히 나와 가장 많이 닮은 아이였다.

남보다 체력이 좀 떨어져 모든 일이 힘에 부치는 나는 아이들만은 건강하게 키워야겠다는 신념을 갖게 되었다. 공부도 해보니까 머리보다 체력이 더 중요하고 무슨 일을 하고 싶어도 체력이 바탕이 되지 않으면 할 수 없었기 때문이었다. 건강한 체력은 어렸을 때 만들어야 한다고 생각했기에 아이들에게 공부를 시키기 보다는 운동을 더 많이 시켰다. 나는 이런 깊은 뜻을 가지고 사랑으로 이끌었다고 생각하는데 아이들은 힘들어하며 상처를 받고 있었나 보다.

승현이 이야기

나는 동생과 6살 때부터 수영을 배웠다. 전국대회에서 상을 타면 그만두게 해주겠다는 아빠의 말에 우리는 가기 싫은 수영장에 매일 갔다. 나는 부모님의 말씀에 순종하는 아이였기 때문이다. 초등학교에 들어가면서 선수반에서 수영 연습을 해야 했는데 선수반의 선생님들은 처음 수영을 배울 때의 선생님들보다 훨씬 더 무서워 기록이 나오지 않으면 때리고 야단치고 소리를 질렀다.

수영장에 갈 시간이 다가오면 나는 배가 아프기 시작했다. 동생은 가기 싫은데 왜 가야 하냐고 엄마에게 따지고 화를 냈지만 나는 말도 못하고 배만 아프다고 했다. 그런 나에게 엄마는 맨날 꾀병만 부린다고 얼른 가지 않으면 아빠한테 혼난다고 하면서 재촉했다. '나 꾀병 아닌데… 정말 아픈데…' 지금도 무대에 오르기 전이나 시험을 보기 전엔 어김없이 배가 아프다. 몸이 떨리기도 전에 배가 먼저 반응한다. 이제는 아무리 배가 아파도 어쩔 수 없이 해야 할 것들은 하는 수준은 되었지만 어렸을 적의 이 고질병은 고쳐지지 않는다.

둘째,
조신이로 만들기

연년생으로 둘째 지연이가 태어났다. 아들이면 더 좋았을 걸 하는 생각도 없지는 않았지만 아이가 둘이나 생긴 것에 너무나 감사했다. 아기 때는 말도 없고 아주 얌전한 예쁜 아이였는데 자

엄마 수영선생님
너무 무서워요.
수영 꼭 해야돼요?
안하면 안돼요? 네?
아이고
배야~
수영반
수영반
선수반
선수반

라면서 점점 엄마를 닮아가더니 결국 엄마처럼 정리 정돈을 잘 못한다. 아내와 같은 대책 없는 불량품 아내가 아니라 자기 남편에게 사랑을 받을 수 있는 아이로 만들어야지 하는 생각에 내가 할 수 있는 모든 훈련 프로그램을 동원했다. 이름도 '조신이'라고 부르고, 실수를 하면 "실수를 하지 말자"를 외치며 열 번을 앉았다 일어났다를 시켜도 보았다. 그러나 둘째의 말을 들어보면 그런 나의 모든 방법이 성공하기는커녕 아이에게 상처만 준 것 같다.

지연이 이야기

내가 어렸을 때 아빠에게 가장 많이 들었던 말은 "조신해져라"였던 것 같다. 조금만 뛰어다녀도 "이조신(아빠는 나를 조신이라고 부르셨다), 흥분하지 말고 침착하게. 릴렉스"라고 말씀하셨다. 그러나 천성이 그런 것을 나보고 어쩌라고. 늘 조심조심 하려고 노력은 했으나 무언가를 깨뜨리거나 물건을 잘 잃어버리고 정리를 잘 못해서 엄마 아빠한테 혼났던 기억이 많다. 아무리 노력해도 언니만큼 아빠만큼 조신하고 침착하지 못한 것이 너무 좌절감을 느끼게 하고 슬펐다.

이러한 슬픈 추억들이 쌓이고 쌓이다 보니 훌륭한 사람이란 침착하고 이성적이며 정리를 잘하고 자신의 감정을 잘 내보이지 않는 사람이라고 생각하며 살았다. 실제로 나를 처음 보는 사람

들은 나를 이렇게 본다. 물론 10분 만에 들통 나버리지만. 이무리 노력해도 천성은 변하지 않는 것 같다.

그러나 나만의 훌륭한 사람에 대한 정의는 유학 후 바뀌게 되었다. 나는 18살부터 부모님의 곁을 떠나 혼자 살기 시작했다. 이곳에서 새로 만난 친구들은 다 나와 비슷한 성격들이었다. 오히려 그들에게 나는 너무 현실적이고 무뚝뚝한 사람이었다. 우물 안 개구리가 우물 밖을 나와 넓디넓은 세상을 본 충격이랄까. 그동안 무조건 아빠나 언니같이 되기를 바라면서 나는 비현실적이고 덜 떨어진 사람이라고 생각했던 내 열등감이 이곳에 와 주변의 나와 같은 사람들과 어울려 살면서 많이 회복되었다. 나도 좋은 사람이라는 것을 진심으로 느꼈다고 할까.

생각하는 방식이 우리 부부와 전혀 다른 둘째 아이의 출현은 정말 예상치 못한 일이었고 우리는 아주 당황스러웠다. 특히 나와는 모든 성격이 달라 가장 상대하기 힘들었다. 생각도 달라 대화가 잘 안 되어서 많은 경우 아내의 통역이 필요했다.

지연이가 어렸을 때, 아내가 지연이에게 책상을 사주어야 한다고 했다. 마침 그때 회사에 좋은 책상이 하나 남는 것이 있길래 잘 되었다 싶어 집으로 가져왔다. 자기가 바라던 것 이상의 좋은 책상이 생겨 기뻐할 아이의 모습을 기대하고 집에 왔는데 아이의 반응은 예상 밖이었다. “마음에 안 드니?” 하고 묻자 “아니 괜찮아”라고 말했지만 표정은 별로였다. 애써 회사에서 책상을 갖고 온 나 역시 기분이 좋지 않았다. ‘이 아이가 왜 마음에 안 들어 하지? 나 같으면 너무나 좋아할 텐데’ 정말 이해가 안 됐다. 아이에게는 뭐라 할 수가 없어 아내에게 짜증을 냈다. “도대체 뭐가 불만이래?” 아내가 설명해도 잘 알 수가 없어 홧김에 책상을 도로 회사로 가져갔다. 나중에야 안 것이지만 둘째는 자기가 원하는 것이 분명한 아이였다. 자기가 원하는 책상의 그림을 갖고 있는 아이에게 아무리 내가 좋은 책상을 가져다준다 해도 마음에 들어 할 리가 없는 것이다.

엄마와
강적인 아들들

지연이 낳고 7년 만에 셋째 아들 해성이를 낳았다. 드디어 같이 목욕탕에 데리고 갈 수 있는 아들이 생긴 것이 너무 행복했다. 그러나 이 아이 역시 만만치 않은 상대. 특히 둘째와 힘들게 지내는 것을 보고 나를 한심하게 여기던 아내에게는 강적이었다. 사사건건 엄마와 부딪혔다. 워낙 모든 일에 느긋한 데다가 자기 의견을 굽히지 않아 성격 급한 엄마가 팔딱팔딱 뛰었다.

어느 날 갑자기 걸려온 전화에서 아내가 울먹이는 목소리로 소리쳤다. “난 도저히 아들은 못 키우겠어! 내가 딸 둘 잘 키웠으니 아들은 당신이 키워!” 한참만에 어렵게 낳은 아들 해성이의 대인관계 폭이 넓지 않은 것이 걱정이 되어서인지 엄마는 각종 캠프와 교회의 수련회에 보내려고 하는데 셋째는 어떻게 해서든지 안 가려고 고집을 부리다가 한바탕 소동이 난 모양이었다.

그리고 그렇게 힘들어 하는 아내에게 위로하듯 마지막으로 아내를 가장 닮은 막내아들 해찬이가 태어났다. 나이 차이가 많은 두 누나 틈에서 힘들어하고 심심해하는 셋째에게 동지가 생긴 것이었다. 늦둥이어서 그런지 모든 것이 다 예쁘기만 했다. 아내를 가장 많이 닮아 아내와는 아무 문제없을 줄 알았는데 꼭 그렇지는 않았다.

아내 이야기

막내아들의 책가방은 거의 쓰레기통 수준이다. 언제 접었는지 모르는 색종이, 지나간 시간표, 기일이 지난 종이팩 우유가 유효기간이 지나도록 먹지 않아 빵빵하게 불어 있다. “이거 왜 안 먹었니?” 간만에 책가방을 뒤지다가 막내에게 물었다. “어? 그게 왜 아직 거기 있지?” 한다. “알림장은? 책은?” 하고 물으면 대답은 한결같다. "어디 있더라?" 새 연필을 깎아 세 자루씩 가져가는데 도로 가져오는 일이 거의 없다. 필통을 열어보면 연필은 온데간데없고 못 보던 지우개가 세 개나 있다. "이건 누구 꺼니? 혹시 친구 꺼 가져 온 거 아냐?" 하고 다그치면 연필이랑 지우개랑 바꾼 거라고 한다. "숙제는?" 말을 못한다.

그동안 알림장에 써와야 할 공지사항을 알림장을 안 가져가는 바람에 이 공책 저 공책에 써오곤 했는데 오늘은 그마저도 안 보인다. 친구들이랑 축구하러 나가느라고 못 썼단다. 친구들에게 전화해 보았다. 친구들 수준도 다 비슷해서인지 알림장에 쓴 내용을 아는 애가 거의 없다. 겨우겨우 내일 사회시험이라는 걸 알아내서 공부를 시키려고 하니 이번에는 사회 책이 없단다.

모처럼 아내가 날을 잡았나 보다. 몇 시간째 방에서 막내와 씨름을 하고 있다. 뭐 하나 제대로 하는 것이 없어 계속 혼나고 있는 막내가 불쌍하다. 그렇다고 들어가 말릴 수도 없고. '자기는 얼마나 잘한다고.' 내가 보기에 엄마나 막내나 막상막하인데 정리정돈 안 되어 항상 나를 힘들게 하더니 내 힘든 마음을 한번 당해보면 나아지려나? 몇 시간 만에 진이 빠져 나온 아내에게 한마디 했다. "당신은 어렸을 때 어땠어? 막내하고 비슷하지 않았어? 그래도 지금 교수하면서 잘 지내잖아."

응?
그게 왜 거기 있지?
왜 우유 안 먹었니?
지우개는 왜 3개야?
연필은 어쨌어?
아침에 3개 가져갔잖아?

출발부터 스트레스 만빵인 가족 여행

몇 해 전 연말, 모처럼 여섯 명의 가족이 다 모였다. 큰딸과 둘째딸이 방학이 되어 집에 온 것이다. 누나들이랑 말이 통할 만큼 커버린, 곧 고등학생이 되는 셋째는 내향적이라 겉으로 말은 안 했지만 오랜만에 가족이 다 같이 모이는 시간을 잔뜩 기대하는 눈치였다. 사람 좋아하는 초등학생 막내도 누나들을 만나게 될 생각에 신이 나 있었다.

그러나 바쁜 부모 때문에 가족이 오랜만에 다 모였어도 놀러 갈 시간이 나지 않았다. 할 수 없이 나와 아내는 강원도 한 펜션에서 진행되는 부부학교에 강의를 하러 갈 때 다 같이 가서 강의가 끝난 후 하루를 더 놀기로 했다. 아이들에게는 미안했지만 다른 방법이 없었다. 부모 사정을 다 이해하는 기특한 아이들에겐 그나마 스키장 근처라도 갈 수 있는 기회였다.

토요일 오후 떠나려는데 둘째가 전날 저녁에 먹은 음식이 안 좋았는지 배가 아프다고 했다. 음식을 같이 먹은 친구는 대장염이라며 아예 병원에 입원했다고 했다. 가족과의 관계가 무엇보다도 중요한 감정형 둘째는 모처럼 가족이 다 같이 가는 건데 자기도 가겠다고 계속 우겼다. 나는 아픈 몸으로 갔다가 둘째도 힘들고 다른 식구들도 제대로 못 놀게 될까 봐 내심 걱정을 하며 스트레스를 받았다.

1박 2일의 짧은 여행이라 아침에 일찍 떠나고 싶었지만, 오전에 아내의 학교 강의가 잡혀 있었다. 이해는 되지만 항상 바쁜 아내 때문에 늦게 가는 것도 좀 못마땅했다. 그나마 아내는 집에 온다는 시간에도 오지 못했다. 가뜩이나 늦게 떠나서 기분이 안 좋은데 어김없이 늦게 오는 아내 때문에 더 스트레스를 받았다.

아내는 둘째가 아프니 병원에라도 가서 약을 지어가지고 가자고 했다. '시간이 없는데 자꾸 늦어지네' 하고 생각하는데 행동 빠른 아내가 동네 병원 의사에게 전화하여 대충 증상을 이야기하고 처방전 받아 약국에서 약까지 받아왔다. 정말 위기 상황에 대처하는 아내의 순발력 하나는 대단했다.

식구가 6명이니 차가 두 대 필요했다. 한 대는 내가 운전하고 다른 한 대는 큰딸이 운전하기로 했다. 출발하면서 계속 배 아파하는 둘째가 자꾸 신경이 쓰였다. 둘째를 남겨놓고 가야 할지 그냥 데리고 가야 할지를 생각하느라 머리가 아팠다.

어차피 배가 아파 가서도 제대로 놀지 못할 것이고, 잘못하다가 심해지면 그 아이 때문에 다들 힘들어질 텐데, 그리고 둘째가 빠지면 차도 한 대만 가면 되는 것 아닌가. 아무리 생각해도 아픈 아이를 데려가는 것은 무리일 것 같아 둘째를 간신히 설득하

이거 계속
늦어지잖아.
아~ 모처럼의
가족여행인데~
와아~ 신난다
이게얼마만~
체크리스트!
음… 엄마 오셨구~
하하하
어서 가요~

여 집에 남게 했다. 이러는 사이에 또 한 시간 지나고, 모든 것이 내 계획대로 되는 것이 없으니 점점 더 스트레스를 받으며 강원도로 출발하게 되었다.

성격 다 드러나는 게임

목적지에 도착해 우리 부부는 강의를 하러 갔다. 아이들에게 10시 이전에 와서 같이 놀아 주겠다고 약속을 했지만, 11시가 다 되어서야 강의가 끝났다. 아내와 함께 피곤한 몸을 이끌고 방에 들어갔다. 내향형이어서 에너지가 쉽게 떨어지는 큰애는 머리가 너무 아프다며 누워 있었다. 아무리 기다려도 오지 않는 부모 대신 동생들과 놀아주다 에너지가 다 떨어졌나 보다. 하지만 두 사내아이는 약속한 대로 보드 게임을 함께 해야 한다고 계속 우겼다. 피곤하지만 할 수 없이 5명이서 모노폴리 게임을 시작했다. 모노폴리 게임은 각자에게 종이돈을 나누어 주고 돌아가면서 주사위를 굴려 자기가 도달한 곳의 땅도 사고 집도 짓고 호텔도 지으면서 다른 사람의 말이 자기 땅이나 집에 들어오면 세를 받는 게임이다.

그날따라 주사위가 잘 던져져서 그런지 게임이 진행될수록 내가 땅도 많이 사고 돈도 많이 벌었다. 두 아들이 이겨서 신나 하는 모습을 보아야 좋은데 그날은 두 아들에게 운이 잘 따르지 않았다. 어렸을 때부터 항상 이기고 싶어 하고 지면 속상해하던 셋째는 지금쯤 속상해하면서 화를 냈을 텐데 나이가 들어서인지 많이 나아졌다. 오늘 너무 안되서 자긴 땅도 변변히 못 샀다고 투덜대는 정도이다.

드디어 막내가 나누어준 돈을 다 쓰고 빈털터리가 되었다. 속이 상했을 게 분명한데도 엄마를 닮은 이 아이는 일단 방법을 찾는다. 갑자기 생글거리며 기발한 아이디어를 내놓았다. "아빠 제가 아빠의 말을 옮겨드릴 테니까 한 번 돌아갈 때마다 제게 돈을 주시면 안 돼요? 제가 아빠의 운전기사를 할게요"하면서 "말씀만 하십시오. 잘 모시겠습니다. 주인님"이라고 하는 것이었다. 돈을 빌려달라고도 안 할뿐더러, 지면 자존심 상해하던 셋째 아들의 모습과는 전혀 다른 막내의 행동에 우리는 놀랄 수밖에 없었다. 이미 더 이상 버틸 수 없는 상황이라고 판단한 막내는 어떤 수단을 써서라도 살아남아야겠다고 작정한 모양이었다.

어쨌든 지고 있는 아이들에게 미안해서 도와줄 만한 합당한 이유를 찾고 있는 나로서는 무조건 OK였다. 막내는 열심히 나의 말을 옮기면서 살아남았다. 그러다 막내의 차례가 되어 막내

의 말이 나의 땅에 들어오게 되었다. 막내에게 집세를 낼 만한 돈은 없는 것을 알고 "이번에는 돈 내지 말고 그냥 지나가" 하는 나의 말이 떨어지기 무섭게 탈락할 것 같아 안절부절못하던 막내는 "감사합니다. 감사합니다"하며 좋아했다. 막내의 이런 모습을 보면서 우리 모두는 방바닥을 데굴데굴 구르면서 웃을 수밖에 없었다. 그래도 막내는 별로 신경 쓰지 않았다. 게임에서 살아남으면 되지 하는 태도였다. 치사하지만 살기 위해 몸을 굽실거리는 모습을 보며 형이 한마디 했다. "야~ 넌 자존심도 없냐?"

끝까지 버티던 셋째도 결국 돈이 거의 떨어져 갔다. 이번에는 셋째의 말이 나의 땅에 들어오게 되어 돈을 물게 생겼다. "막내도 돈 안 받았으니까 너도 돈 내지 마." 그런데 이 아이의 반응이 의아했다. "됐어요. 괜찮아요"하면서 없는 살림에 잔돈까지 다 긁어모아 돈을 지불했다. 어쩌면 이렇게 다른지.

다음 날, 근처의 스키장으로 갔다. 발목을 삔 큰 애는 스키를 못 탄다고 하고, 운전과 강의로 피곤한 나도 별로 스키 탈 마음이 없었다. 신이 나서 스키를 탈 준비를 하는 두 아들 때문에 그래도 그 중 에너지가 남는 아내가 스키를 같이 타기로 했다. 에너지 넘치는 아내와 결혼한 것이 너무나 도움되는 순간이었다. 다른 집 같으면 아내가 힘들어하여 남편이 스키까지도 타 주어야 할텐데 말이다. 물론 아내도 내향형은 에너지가 떨어지면 쉬어야 하는 성격임을 알기에 크게 문제 삼지 않았다.

오후에 엄청 밀리는 영동고속도로를 몇 시간째 운전해 집에 오는데, 의자를 뒤로 끝까지 젖히고 옆에서 신나게 자고 있는 아내를 보니 좀 부아가 났다. 졸리기는 나도 마찬가지인데 말이다. '뒤의 아이들 자리도 좁은데 의자나 좀 세우고 자지. 다른 부인들은 남편이 장거리 운전을 하면 옆에서 말동무해 준다는데….' "여보, 나 너무 졸리다" 참다못해 아내를 깨웠다. 아내는 벌떡 일어나 "여보, 졸려?" 하면서 목과 어깨를 몇 번 주물러 주더니 다시 잠들어버린다. 세상 참 편하게 산다. 하지만 방법이 없다. 이해하고 살아야지.

아이들이 나와 같을 것이라는 첫 번째 착각

가전 제품을 구입하면 항상 매뉴얼이 따라오지만 불행히도 아이들이 태어나 우리 집에 배달될 때는 매뉴얼이 같이 오지 않는다. 그래서 아이들에 대해 잘 모르는 채 그저 자기와 같을 것이라고 생각하고 키우게 된다. 그러나 내가 낳은 자녀들이 나와 같을 것이라고 생각하며 것은 부모들의 첫 번째 착각이다.

우리의 얼굴이 다르듯이 성격도 다 다르다. 그러나 그런 다른 성격을 잘 이해하지 못하는 많은 부모들, 우리 집뿐만 아니라 우리가 만나 본 수많은 부모들 역시 도무지 이해할 수 없는 전혀 다른 성격의 아이들 때문에 힘들어하고 있었다.

우리 강의를 듣던 영휘 엄마는 자기가 영휘를 키울 때 잘못한 게 생각나 펑펑 울었다. 동생은 혼날 것 같은 분위기를 금세 눈치 채고 칭찬 받을 일을 찾아 하면서 예쁘게 구는데, 큰아들 영휘는 잘못한 게 분명한 데도 끝까지 잘못했다는 말을 안 한다는 것이다. "잘못한 거 알아 몰라? 왜 말을 안해?" 아무리 다그쳐도 말하지 않는 아들에게 잔뜩 약이 오른 엄마는 어릴 때 잡지 않으면 안 되겠다는 생각에 잘못했다는 말을 할 때까지 매를 때렸다. 아이가 울면서 방으로 들어가면 끝까지 쫓아가서 "네가 뭘 잘했다고 울어?" 하면서 분이 안 풀려 씩씩댔다.

그런데 강의를 듣고 보니 영휘는 반응하는 데 시간이 많이 걸리는 내향형 아이로(엄마는 외향) 생각하고 말할 때까지 기다려 주어야 한다는 것이다. 매를 맞기도 전에 잘못했으니 용서해달라는 표정을 지어 엄마의 마음을 측은하게 한 둘째는 엄마와 같은 감정형이지만, 큰아이는 사고형이라 매를 맞아도 표정도 안 변하고 울지도 않으니 더 약이 올라 점점 더 심하게 대한 걸 알게 되었다. 몇 달 전 아이가 원형탈모증을 겪은 일이 생각났다. 학교에서도 교우 관계가 힘들었다. 학교에선 학교대로 친구도 없고, 집에서는 엄마랑 힘들고 "아들이 그동안 얼마나 외로웠을까?" 감정형 엄마는 눈물을 그치지 않았다.

나와 다른 성격으로 나타나는 아내의 태도나 행동은 나를 참 힘들게 했지만, 나와 성격이 다른 아이들의 태도나 행동은 그렇게까지 나를 힘들게 하지는 않았다. 자녀 관계는 부부 관계보다 삶에 직접적인 영향을 덜 주기 때문이고 또한 자녀들이 감히 아빠인 나에게 대들거나 말대꾸하지 못했기 때문이 아닌가 생각한다. 사실 아이들이 나를 힘들게 했다기보다는 내가 아이들을 힘들게 했다고 표현하는 것이 더 맞을 것이다.

아이들을 고칠 수 있을 것이라는 두 번째 착각

부모가 자녀들을 고쳐 줄 수 있을 것이라 생각하는 것, 이것이 부모의 두 번째 착각이다. 아이들을 고쳐 주려는 모든 노력은 잘못된 동기와 방법으로 인해 결국 실패로 돌아가면서 부모와 아

이들 모두 상처를 받고 서로에게 실망을 하게 된다. 자녀들은 고쳐 준다고 고쳐지는 제품이 아니다. 조건 없이 사랑하고, 생긴 모습대로 이해해 주고, 끊임없이 칭찬과 격려를 하고, 앞에서 본을 보이면서 이끌어가야 좋아지는 인격체이다. 그래서 자녀 교육에는 부모의 역할이 무엇보다도 중요하다.

모든 성격에는 편하게 잘할 수 있는 것이 있는 반면 잘 안 되고 힘든 것이 있다. 아이들은 성격적으로 편하고 잘할 수 있는 일을 하게 되면 신이 나서 더 잘하게 되며 이는 점점 아이의 장점으로 나타난다. 하지만 지속적으로 자기가 잘하지 못하는 일을 하도록 강요당하면 쉽게 좌절하거나 스트레스를 받게 된다.

부모가 계속 고치려 든다면 아이는 부모를 만족시키기 위해 처음에는 많은 노력을 한다. 하지만 곧 자기가 그것을 잘할 수 없다는 것을 깨닫고 스스로에게 실망하게 되며 자기 자신을 못마땅하게 생각하게 된다. 뿐만 아니라 자기 성격을 잘 모르는 아이들은 부모의 말 한마디에 자기의 성격을 단정 짓는다. 화가 난 엄마가, "너는 성격이 왜 이러니? 고집 센 게 꼭 집안 내력이야. 지 애비 닮았어"라고 중얼거리면 그때부터 아이는 '아, 내 성격은 아빠를 닮았고 고집이 세구나'라고 인식하게 된다. 이런 일들을 통해 아이들은 자기가 어딘가 잘못되었다고 생각하며 점점 자신감과 자존감을 잃어 간다.

이런 아이들은 조금만 어려운 일이 닥치면 쉽게 포기하고 좌절하면서 남의 탓을 하거나 스스로 신세타령만 하게 되고 결국에는 어떤 일도 성취하지 못한다. 또한 자기 자신을 사랑하지 못하는 아이는 결국 다른 사람도 사랑하지 못하게 되어 인간관계마저도 문제가 생긴다.

『남편 성격만 알아도 행복해진다』 출간 후 우리 부부는 강의와 방송 출연 등 수많은 미디어를 통해 알려지게 되었다. 그럴 때마다 가장 많이 듣는 질문은 "이렇게 공부도 많이 하고 강의도 많이 하니 두 부부는 이제는 안 싸우시겠네요?"라는 것이다. 그런 질문을 받을 때마다 우리 부부는 웃으면서 대답을 한다. "오늘도 싸우고 나왔는 걸요."

성격 강의를 10여 년 하고 다른 사람들 상담도 많이 하면 우리 가정은 정말 천국 같아야 하는데 그게 그렇게 쉽게 되지는 않는다. 성격이 다르다는 것을 알았다고 모든 것이 다 해결되는 것은 절대로 아니다. 아이들의 성격을 다 알고 있는 지금도 아이들과 여전히 갈등이 있고 때로는 서로 힘들어 한다. 물론 서로의 성격을 잘 이해하니 관계의 회복이 과거보다는 쉽고 빠르다.

이제는 코치 부모가 되고 싶다

나름대로 좋은 아빠임을 자처하고 두 번째 10년을 지내다가 코칭을 접하게 되었다. 코치로서의 자세 그리고 경청, 칭찬, 질문 등의 코칭 기술을 배우면서 내가 정말 좋은 아빠라고 자처하기에는 아직도 멀었다는 것을 알게 되었다. 물론 과거에 비하면 분명히 좋은 아빠가 되어 있었다. 아이들이 공부를 하지 않거나 말을 잘 듣지 않으면 즉시 혼을 내주었던 과거와는 달리 부드러운 말로 이렇게 이야기한다. "공부를 하지 않으면 나쁜 아이지. 나중에 네가 커서 원하는 것을 얻지 못하고 행복해지지 않아."라고 말하면서 공부를 해야 한다고 은근히 강요를 하는 것이다.

말이 부드러워서 아이들에게 당장 상처를 주지는 않겠지만 내가 원하는 수준을 만들어놓고 아이들을 그 수준으로 끌어올리려는 것이다. 왜 공부를 잘하지 않으면 행복해지지 않는가? 행복은 성적순이 아닌데. 그동안 나는 한 번도 나의 생각을 다 내려놓고 아이들이 무슨 생각을 하고 무엇을 원하고 있는지, 아이들의 입장에서 제대로 들어보지도 생각해보지도 않았다는 것을 알게 되었다.

진정한 사랑은 상대방을 바꾸려는 것이 아니다. 상대를 위하여 내가 바뀌는 것이다. 아내를 바꾸려고 하고 남편을 바꾸려고 하면 갈등이 생기고 상처만 남는다. 똑같이 아이들을 바꾸려고 하면 갈등과 상처만 남게 되는 것이다.

자녀들을 진정으로 사랑한다면 부모가 먼저 코치 부모로 변화되어야 한다. 코치의 마음가짐으로 아이들은 존중하고 아이들의 눈높이에 맞추어서 대하여야 한다. 아이들의 말과 생각과 속마음을 잘 경청해서 정말 무엇을 이야기하고 있는지 무엇을 원하는지를 들어야 한다. 그리고 아이들의 있는 그대로의 모습을 인정하고 장점을 격려하고 수시로 칭찬을 해야 한다. 고쳐 주고 싶은 것도 많지만 스스로 깨달을 때까지 기다려 주고, 아이들이 잘 깨닫지 못할 때는 지시하거나 화를 내는 것이 아니라 좋은 질문을 하여 스스로 생각하게 해야 한다. 그러면 아이들도 부모가 자기를 진심으로 인정한다고 느끼고 깊은 대화를 시작할 것이며, 부모를 기쁘게 해주기 위해서 부모가 원하는 모습으로 변화해 나갈 것이다.

처음 10년의 나쁜 아빠가 그 다음 10년 동안 좋은 아빠로 변신했다면, 이제 아이들과 함께할 마지막 10년 동안은 아이들을 위해 정말 좋은 코치 아빠가 되려고 한다. 이런 것들을 미리 알았다면 아이들에게 더 잘해주고 잠재 능력을 더 키워 줄 수 있었을 텐데 하는 후회가 없지는 않지만 지금이라도 늦지 않았다고 생각

한다. 그래서 언젠가 내가 세상을 떠날 때 우리 아이들이 이렇게 이야기해 주기를 진심으로 바란다. 내가 가장 좋아하는 노래의 가사와 같이 "아빠 덕분에 나는 내가 될 수 있는 것보다 더 훌륭한 내가 되었어요 You raise me up to more than I can be." 라고.

교육은 원래 가정에서 해야 한다. 부모님같이 자연스럽고 적합한 교육자는 없을 것이다.

_조지 허버트

★ 1부 ★

아내, 애들까지 어쩌면 이리 제각각인지

나와 다른 천방지축 아내와의 갈등도 힘이 드는데 네 명의 아이들도 다 다른 기질이다. 나와 가장 닮은 큰 딸은 튼튼한 아이를 만들기 위해 억지로 수영을 시켰지만 수영장에 가야 할 시간만 오면 배가 아파왔다. 둘째 딸은 아내를 닮아 정리 정돈이 안 되어 '조신이'로 만들어보려 했지만 상처만 남고 갈등만 더 생겼다. 아내와 사사건건 부딪히는 두 아들은 더 강적이다. 모든 일에 느긋하고 각종 캠프에 가기 싫어하는 셋째 아들 때문에 성격 급한 아내는 팔딱팔딱 뛴다. 아내와 가장 닮은 막내 아들의 책가방은 거의 쓰레기통 수준. 책가방을 정리할 때마다 아내와 막내는 씨름을 한다.

원래 나는 나쁜 아빠였다. 아이들이 나와 다르다는 것을 알지 못하고 아이들이 조금만 실수하고 잘못을 하면 즉시 고쳐 주려고 했다. 그래서 아이들과 더 갈등이 생겼고 힘들게 살아왔다. 그런데 사람들의 성격에 대해 공부할 기회가 생겼고 나와 다른 아내와 아이들을 이해할 수 있게 되었다. 나는 아이들이 나와 같을 것이라는 착각과 아이들을 고칠 수 있을 것이라는 착각에 빠져 있었던 것이다. 하지만 '나와 다르다'고 해서 '나쁘다'는 아닌 것을 깨달았고 네 명의 아이들을 키우면서 각 아이들만의 고유의 특성과 장점에 대해 알게 되었다. 자녀들에 대한 이해와 사랑이 더욱 깊어지며 각자가 가진 성격의 특성이 소중하게 느껴지며 점점 좋은 아빠가 되어 갔다. 아이들의 성격을 잘 파악하고 성격과 기질에 따라 아이들을 키우면 보다 잘 키울 수 있다.

I LOVE
YOU

제 2부

내 아이, 어떤 성격일까?

아이들의 생각과 행동을 이해하기 위해서는 먼저 그 아이의 성격이 어떤지를 알아야 한다. 아이의 말 한마디, 행동 하나에 관심을 가지고 집중해서 관찰하면 아이의 성격을 어렵지 않게 파악할 수 있을 것이다.

아이들의 생각과 행동을 이해하기 위해서는 먼저 그 아이의 성격이 어떤지를 알아야 한다. 설문지의 도움을 받을 수 있지만 그 결과가 정확히 맞을 확률은 높지 않다. 게다가 아이들이 어리면 스스로 검사하기도 어렵고 정확히 측정이 안 되는 지표도 나온다. 결국 부모가 계속 관찰하면서 아이들의 성격 유형을 찾아가는 것이 가장 좋은 방법이라고 생각한다. 아이의 말 한마디, 행동 하나에 관심을 가지고 집중해서 관찰하면 아이의 성격을 어렵지 않게 파악할 수 있을 것이다.

여기서 설명할 16가지 성격 유형의 분류 방법은 스위스의 심리학자 칼 융의 연구에 의해 시작되었고, 미국인 엄마와 딸인 캐

서린 브릭과 이사벨 마이어즈에 의해 더 확장되었으며, 현재 전 세계의 기업이나 학교 등에서 가장 많이 사용되고 있는 성격 분류 방법 중 하나이다.

16가지 유형을 결정하는 각각의 지표에 대해서는 『남편 성격만 알아도 행복해진다』에서 자세히 설명했지만, 이 책을 처음 읽는 독자를 위해 다시 한 번 설명하기로 한다.

먼저 두 개씩 짝을 이룬 8개의 지표에서 아이들의 성향이 어느 쪽인지를 찾아본다. 아래와 같이 외향형인지 내향형인지, 현실형인지 이상형인지, 사고형인지 감정형인지, 정리형인지 개방형인지 파악하는 것이다.

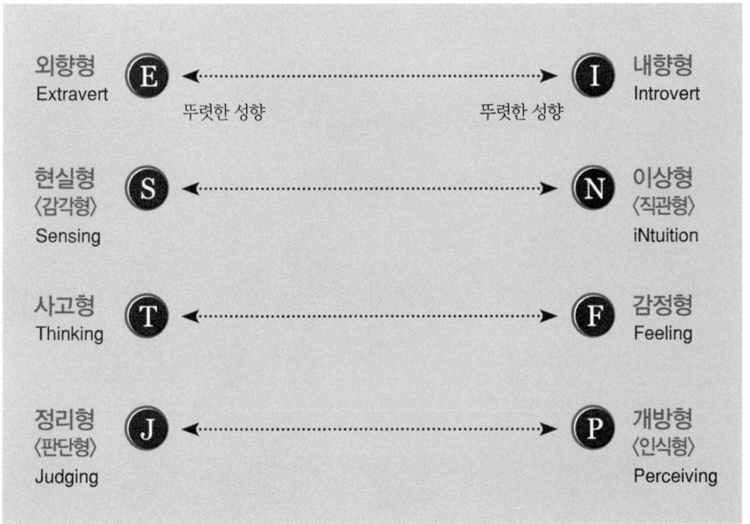

〈KBS의 아침마당에서 방송을 하면서 8가지 지표를 나타내는 단어 중에 감각형 직관형 판단형 인식형은 그 개념이 쉽게 이해되지 않으므로, 감각형 대신 현실형, 직관형 대신 이상형으로 또 판단형 대신 정리형, 인식형 대신 개방형으로 설명했다. 이 책에서도 바뀐 단어를 사용하기로 한다.〉

먼저 외향형인지 내향형인지를 구분하는 것은 그 아이가 어디에서 에너지를 얻는가를 보면 알 수 있고, 현실형인지 이상형인지는 그 아이의 관심이 어디에 있는지 또는 어떤 정보를 받아들이고 기억하는가를 보면 알 수 있다. 또한 사고형인지 감정형인지는 무슨 기준으로 의사 결정을 하는가를 보면 알 수 있고, 정리형인지 개방형인지는 어떤 생활 방식과 태도를 원하는가를 보면 알 수 있다.

한 엄마가 "우리 큰아이는 성격이 좋은데 작은아이는 좀 까다로워요"라고 하면서 큰애는 성격이 좋고 둘째는 성격이 나쁜 것처럼 말한다. 졸지에 둘째는 나쁜 애가 되어 버린다. 그렇지 않다. 근본적으로 우리의 성격에는 좋고 나쁜 것이 없다. 서로 다른 것이 있을 뿐이다. 모습은 자기와 꼭 닮은 아들인데 성격이 어쩌면 이다지도 다른지 놀랍기만 하다. 생김새가 똑같은 쌍둥이들조차도 성격은 판이하게 다른 경우도 많다.

성격은 철저히 자기중심적이다. 자기와 다른 성격은 이해하려고 해도 이해가 잘 안 되는 것이다. 그러니 성격이 다르면 오해가 생기고 오해가 쌓이다 보니 자주 싸우게 되어 관계가 불편해진다. 성격 자체는 좋고 나쁜 것이 아니지만 나에게 편한 성격이 있고 불편한 성격이 있다. 나와 비슷한 성격의 사람을 만나면 편하고 그렇지 않은 사람과 지내는 것은 왠지 불편하다. 나와 비슷한 성격의 환경에서는 편하지만 나와 다른 성격의 환경에서는 힘들고 스트레스를 더 받게 된다. 그러므로 서로 다른 성격의 사람들이 같이 지내면 스트레스 레벨이 올라갈 수밖에 없다.

서로 다른 성격 때문에 힘들고 불편해서 스트레스 레벨이 올라가면 평소에는 아무렇지도 않게 들을 수 있었던 말도 참기가 힘들고, 쉽게 넘어가 줄 수 있는 문제도 까칠하게 대하게 된다. 그러므로 성격을 이해하고 서로가 왜 힘들어하는지를 아는 것은 인간관계에 있어 갈등을 이해하고 해결하는 가장 중요한 단서가 되는 것이다.

이 사실을 알기 전 나는 왜 처갓집에만 가면 힘들고 빨리 집에 가고 싶었는지 이해가 되지 않았다. 연애할 때는 잘 몰랐는데 결혼 한 이후 처갓집에만 가면 어지러웠다. 처가에 자주 가지도 않는데 가기만 하면 힘들어하는 나를 보고 아내 또한 기분이 좋지 않았고 이런 것이 우리 갈등의 원인이 되었다. 그런데 성격에 대해 공부를 하고 보니 처갓집의 환경이 내향적이고 정리형인 나

의 성격과 너무 맞지 않아 힘들었던 것을 알게 되었고, 아내도 나에 대한 그동안의 오해를 풀 수 있었다.

그러고 보니 아내 역시 시댁에 갈 때마다 왠지 불편하고 조심스럽고 어렵다는 느낌이 있었다. 그것은 시댁이라서가 아니라 친가의 분위기가 외향적이고 개방형인 아내의 성격과 너무 맞지 않았기 때문이란 걸 알게 되었다.

성격이 전혀 달랐던 아내와 지내는 것은 정말 힘들고 불편했다. 그런데 28년이 지난 지금 예전보다는 좀 견딜 만하다. 여전히 어지럽기는 하지만 그렇게까지 화가 나지는 않는다. 그러면 내 성격이 변한 걸까? 그렇지는 않다. 타고난 성격은 변하지 않는다. 하지만 성격은 습관과 같은 것이므로 훈련에 의해 적응될 수 있다. 오른손잡이가 왼손을 쓰는 것이 처음에는 불편하지만 계속 훈련하면 어느 정도 쓸 수 있듯이, 내향형이고 정리형인 나도 외향적이고 개방형인 환경에 자꾸 적응하다 보니 견딜 만해진 것이다.

그러면 이제부터 이 8가지 지표에 대해서 좀 더 자세히 설명하기로 하자.

활발한 외향형 아이,
조용한 내향형 아이

많은 부모들이 외향형과 내향형에 대해 잘못된 생각을 가지고 있다. 외향형은 스케일이 크고 대인 관계가 좋아 성공하는 사람이고 내향형은 답답하고 주변머리가 없어 성공하기 힘들다고 생각하는 것이다. 절대로 그렇지 않다. 내향형 아이들은 외향형 아이들과 다를 뿐이지 절대로 열등한 아이들이 아니다. 내향형이 외향형으로 바뀌어야 성공하는 것이 아니다. 실제로 성공한 사람의 반은 내향형이라고 할 수 있다. 외향형이어야 사업을 잘 할 것이라고 생각하지만 성공적인 기업의 총수들도 내향형이 적지 않다.

외향형이냐 내향형이냐 하는 것은 사람들과의 관계에서 나타나는 아이들의 태도이다. 아이들이 어디에서 에너지를 얻는지를 잘 관찰하면 외향형인지 내향형인지를 쉽게 구별할 수 있다.

1. 사람들과 함께하면 힘이 솟는 외향형 아이, 혼자 조용히 쉬어야 에너지가 충전되는 내향형 아이

충전용 건전지가 에너지를 충전했다 방전했다 하듯이, 우리 몸 안에서도 경우에 따라 에너지가 충전됐다 방전됐다 한다. 내

향형 아이들은 밖에서 사람들과 지내거나 많은 사람들로 복잡한 곳에 있으면 에너지가 방전되어 힘들어하고 혼자 조용히 방에서 쉬고 있으면 에너지가 충전된다. 그래서 내향형 아이들은 밖에 나가면 금세 힘들어하고 집에 돌아와 눕기를 좋아한다.

반면에 외향형인 아이들은 밖에 나가 친구들과 뛰어놀 때 에너지가 충전되고, 집에서 혼자 심심하게 있으면 에너지가 방전되기 시작한다. 즉 사람들과 함께 하면서 에너지를 얻는 것이다. 그래서 외향형 아이들은 친구들과 지내는 것을 좋아하고 혼자 있는 것을 힘들어한다.

C 부인의 성격이 다른 두 아들이 한 방을 쓰는데 늘 싸움이 그치지 않는다. 학교 갔다 온 형이 집에서 잘 놀던 어린 동생을 또 울렸다. 보통은 학교에서 돌아오는 형에게 같이 놀자고 조르던 동생이 오늘은 혼자서 잘 놀았다. 입으로 로켓 발사도 하고 폭격당한 자동차 부서지는 소리도 내면서 오랜만에 형을 방해하지 않고 혼자 놀고 있다. 그러나 이 소리를 참다못한 내향적인 형이 "조용히 해!"라고 소리를 질렀다. 동생이 형 비위를 맞추려고 소리를 죽였다. 큰소리로 "뿌우우웅~크윽!! 폭격을 당했습니다!" 하던 걸 "앗, 갑자기 적군이 나타났습니다. 어서 숨어! 치카치카"로 줄였다. 그런데도 형은 계속 "조용히 하라니까!" 하고 짜증을 냈다. 학교 갔다 와서 힘이 빠져 에너지를 충전시키고 싶었던

형은 시끄러운 동생 때문에 쉬지 못해서 힘들다. 아무리 소리를 줄여도 형이 계속 소리 지르며 혼을 내니 이러지도 저러지도 못하던 동생은 마침내 "앙~" 하고 울면서 소리쳤다. "이게 형 방이야? 엄마가 방에서 놀라고 했는데…."

승현이 이야기

모두 내향형인 나와 친구들이 정기적으로 하는 것이 있다. 어느 날 '잠수'를 타는 것이다. 전화가 와도 받지 않고 내가 어디 있는지 무엇을 하는지 알리지도 않고 그야말로 조용히 집에 있거나, 잠을 자거나, 산책을 나가는 등 혼자만의 시간을 보낸다. 물론 내향형인 친구들과 논다고 조용히 노는 것만은 아니다. 내향형 친구들끼리 있을 때도 외향형들보다 더 재미있고 신나게 논다. 하지만 놀다가 지치고 일하다 피곤하면 우리에게는 각자의 시간이 필요할 뿐이다. 예전에는 갑자기 잠수를 타 버려서 서로에게 걱정을 끼치기도 했으나 이제는 "나 오늘 잠수야" 라고 하면 혼자의 시간을 보내게 서로 배려해 준다.

가끔 할 일을 찾지 못해 외로움을 느끼는 외향형들이 우리에게 "너넨 도대체 집에서 뭐하고 노니?" 하고 물어도 우리는 할 말이 없다. 집에만 있어도, 딱히 뭘 하지 않아도 우린 전혀 불편함을 못 느끼고 잘 노니까….

2. 생각보다는 말이나 행동이 먼저 나오는 외향형 아이, 말이나 행동하기 전에 먼저 생각하는 내향형 아이

내향형 아이들은 대개 말을 잘 안 한다. 말하기 전에 먼저 생각하기 때문이다. 대화에서도 반응이 느리고 무엇을 물어봐도 빨리 대답하지 않는다. 그래서 외향형 부모의 속이 터진다. 하지만 외향형 아이는 항상 말이 많다. 어떤 생각이 나면 그것을 말로 표현해야 한다. 이야기하는데 다른 사람이 끼어들면 생각이 끊어지기 때문에 갑갑해진다. 그래서 계속 이야기를 하고 상대방의 말도 되받아 자기가 대화를 주도한다.

식구끼리 자동차로 장거리 여행을 갈 때 외향형 막내는 잠시도 가만히 있지를 못한다. 차 안의 분위기가 조금 조용해지기만 하면 어김없이 말을 꺼낸다. "우리 끝말잇기 하자." 조용한 분위기에서 운전을 해야 편한 나로서는 참 힘든 일이 아닐 수 없다.

외향형 아이들의 중요한 특징의 하나는 행동이 빠르다는 것이다. 반면에 내향형 아이들은 행동하기 전에 먼저 생각한다. 놀이터나 공원에 아이들을 데려가 보면 외향형 아이들은 모르는 또래 아이나 주변 사람들에게 아무 거리낌 없이 다가가서 먹을 것도 주고 금세 친해진다. 하지만 내향형 아이는 또래들이 와서 놀고 있어도 엄마 치마폭에서 떨어지지 않는다. 친구들과 같이 가서 놀고 싶은 마음이 없지는 않겠지만 절대로 선뜻 나서지 않는

다. 외향형 부모가 "나가서 같이 놀아~" 하면서 아이들을 여러 차례 밀어내야 어색하게 한 걸음 내딛는다.

외향형 아이들은 행동에 거침이 없다. 마치 아무 생각 없이 행동하는 것처럼 보인다. 유치원에서 선생님이 "이 문제, 아는 사람?" 하고 질문하면 일단 손부터 들고 본다. 그런데 답을 물어보면 반은 틀린다. "선생님이 오늘 쓰레기 버리는 데 도와줄 사람?" 하면 말이 끝나기가 무섭게 외향형 아이들이 손을 든다. 외향형 아이들이 워낙 행동이 빠르기 때문에 내향형 아이들이 하고 싶어도 번번이 기회를 놓친다. '할까? 말까? 어떻게 할까?' 하고 생각하는 시간에 이미 버스는 떠났다. 그러니 성격을 잘 모르는 선생님은 자기 말을 잘 듣고 잘 도와주는 외향형 아이가 마음에 들 수밖에.

집에 들어왔는데 방이 심하게 어질러져 있다. 두 아들이 놀다가 내 방을 어질러놓은 것이다. 화가 나서 "이거 누가 그랬어?" 하고 물었더니, 내향형 아이는 가만히 있는데 외향형 아이는 "나 아니야, 내가 안 그랬어!"라고 금방 대답한다. 둘이 같이 어질러놓은 것이 뻔한데…. 외향형 아들은 거짓말한 것까지 보태서 혼나게 된다. 하지만 거짓말하려고 한 것이 아니다. 말이 먼저 튀어나온 것이다. 먹지 말라는 초콜릿을 몰래 먹고는 집에 오는 아빠에게 "아빠, 나 초콜릿 안 먹었어요." 라고 이야기하는 아이들, 묻기도 전에 미리 말하는 외향형들은 자기 마음을 숨기지 못한다.

3. 남에게 관심이 많은 외향형 아이, 남이 자기를 어떻게 볼까 신경 쓰는 내향형 아이

외향형 아이들은 다른 사람에게 관심이 많고 좋은 영향을 주고 싶어 한다. 모든 일에 남보다 먼저 나서지만, 남이 어떻게 생각하는지는 미처 생각하지 못하기 때문에 상대방의 경계선을 쉽게 침범한다. 친구나 어른에게 말도 쉽게 걸고 물어볼 말 물어서는 안 되는 말 상관없이 궁금하면 다 물어본다. 자기 자신도 감추는 것이 없고 창피한 이야기도 남에게 쉽게 한다.

반면에 내향형 아이들은 항상 다른 사람의 눈을 신경 쓴다. 남 앞에 나서기가 힘들다. 누가 무엇이든 나에게 물어보는 것이 싫고 나에 대해 많이 알려지는 것도 싫다. 친한 친구에게는 자기 속내를 다 드러내지만 다른 사람, 심지어는 부모에게도 자기를 감추길 원한다. 자기 속내가 드러나거나 별것 아닌 자기 이야기라도 남에게 알려지게 되면 심하게 스트레스를 받고 심지어는 너무 속상해 울기도 한다.

잘 있다가도 무대에 서야 하면 갑자기 배가 아파오기 시작하는 아이들, 선생님이 무엇을 시킬 것 같으면 긴장이 되어 땀이 나는 아이들, 무엇이든지 남에게 물어보는 것이 힘든 아이들, 하고

싫은 일이 있어도 말 못하고 끙끙거리면서 참는 아이들, 다 내향형들이다.

어느 내향형 아이가 초등학교에서 시험시간에 바지에 오줌을 싸고 말았다. 화장실에 가겠다고 말하기가 수줍어서 참고 있다가 벌어진 일이다. 아이들이 킬킬거리자 선생님께서 이렇게 이야기를 하셨다고 한다. "얼마나 시험에 집중했으면 오줌 나오는 것도 모르고 시험을 봤겠니. 너희들도 저 아이만큼만 열심히 해라." 정말 훌륭한 선생님이시다. 아이의 성격을 잘 알고 그 아이의 약점을 장점으로 바꾸어 주시는 선생님. 우리도 이런 부모, 이런 선생님이 돼야겠다.

한번은 막내아이가 친구와 싸움을 하고 왔다는 것을 아내가 몰래 나에게 알려 주었다. 엄마에게 이야기하면서 아빠에게는 절대로 말하지 말라고 했다는 것까지 덧붙여서. 엄마의 약속을 지켜주어야 하니 아는 척 할 수도 없는 상태가 되어 버렸는데, 막내와 둘만 식탁에 남게 되자 막내가 먼저 고백을 한다. "아빠 나 오늘 학교에서 친구하고 싸웠어." 그럴 거면 엄마에게는 왜 아빠에게 말하지 말라고 했는지 모르겠다.

이제 우리 집에서 누가 외향형이고 누가 내향형인지 다 알았을 것이다. 가족의 이름을 외향형과 내향형의 화살표 그림 아래에 써 넣어 보자. 우리 집에서는 엄마가 가장 외향형이고 그 다음

둘째 그리고 막내 순서이다. 내향형의 경우에는 셋째가 가장 뚜렷하게 나오고 아빠와 큰애가 비슷한 것 같다.

처음에는 정확하지 않아도 관계없다. 성격에 대해 더 공부하면서 자녀들의 모습을 잘 관찰하게 되면 점점 더 정확하게 아이들의 성격을 알게 될 것이다. 내향형과 외향형이 비슷하게 나오는 것 같으면 중간 정도에 이름을 쓰면 된다.

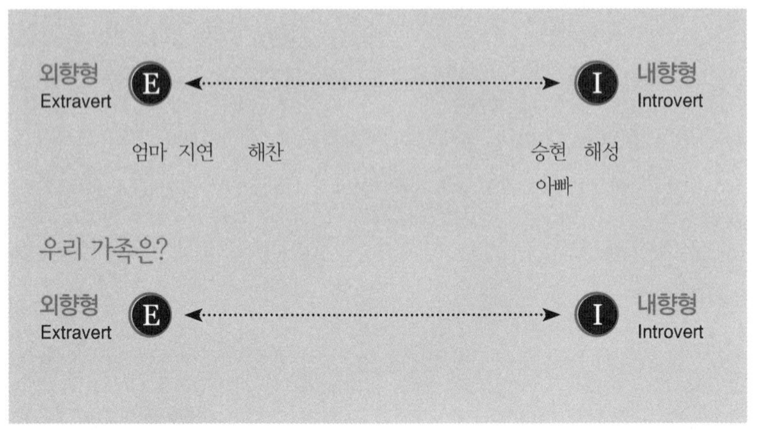

당신은 외향형 부모인가? 내향형 부모인가?

외향형 부모, 내향형 아이 이해하기

외향형 부모는 자녀에게 끊임없이 외부세계를 경험하게 해 주고 싶어 한다. 자녀들과의 대화를 주도하고, 자녀의 모든 것을 알고 싶어 하며, 그들의 일상생활에 관여하고 싶어 한다. 급하고 빠른 외향형 부모는 반응이 느린 내향형 자녀들 때문에 답답해하고 심한 갈등을 겪는다.

1) 내향형 자녀의 신중함을 인정하고 그들이 반응할 때까지 기다려야 한다

6살짜리 희은이가 피아노를 시작하게 되었다. 선생님이 손가락 번호를 알려 주려고 "엄지 어디 이~있어, 엄지 어디 이~있어?" 라고 노래하며 물으면 아이가 뒷짐 지고 있다가 엄지손가락을 보이면서 "여기 나와 이~있어" 하며 노래하는 게임을 하는 것이다. 선생님이 "엄지 몰라? 엄지?" 하는데 말도 안하고 가만히 있다. 희은이 엄마는 희은이가 손가락 이름을 아는데 왜 대답을 안 할까 답답하기만 하다. 그런데 흥미로운 모습을 발견했다. 희은이는 사실 선생님이 노래할 때마다 해당하는 손가락을 치켜들

고 있었던 것이다. 등 뒤에서 말이다. 내향적인 아이들은 알아도 쉽게 말하거나 표현하지 않는다.

외향적인 K부인은 죽어도 잘못했다고 말하지 않는 아들을 이해할 수 없었다. 잘못했다고 말만 하면 타이르고 넘어갈 텐데 그 말을 안하고 매를 벌고야 마는 아들이 답답하기도 했지만 엄마를 얕보고 대드는 거라는 생각에 더 화가 치밀었다. 아이가 머리도 좋고 똑똑하긴 한 것 같은데 다른 사람들에게 예의 없어 보이기도 하는 터라 아예 태도를 고쳐 주어야겠다며 항상 회초리를 들었다. 그러나 성격에 대해 공부한 후 아이가 내향형이고 사고형이라서 반응을 하는 데 시간이 오래 걸린다는 걸 알게 되었다. 아들이 반항하려고 그런 태도를 보인 게 아니었다는 것을 알고 난 후 훈육의 방법을 바꾸었다. 잘못했다고 말하라고 다그치는 것이 아니라 아이의 마음을 읽어서 선택식 문제를 내는 것이다. "말하기 힘들면 둘 중에 어느 것인지 대답해 봐. 1번) 잘못했다는 말을 하고 싶은데 말이 안 나오고 마음으로는 정말 죄송하게 생각한다. 2번) 엄마한테 반항하고 싶은 거다."

이런 식의 문제를 내면 아이는 1번) 이라고 말하거나 그 말도 하기 싫으면 손가락을 하나 올렸다. 아이와 교감이 안 되는 것이 항상 힘들었는데 이제 아이의 내향적인 특징을 알고 방법을 바꾸니 사이가 점점 좋아지고 아이도 엄마의 애정이 채워지면서 더욱 밝은 아이가 되었다.

내향적인 아이들은 무슨 일이든지 적응하는 데 시간이 걸린다. 뭐든지 시키면 일단 안 하겠다고 하고 뭘 해도 느릿느릿해 보이는 내향형 아이들 때문에 외향형 엄마의 속이 뒤집어진다. 혼을 내어도 타일러도 잘 안 된다. 하지만 내향형 아이들의 성격이 그런 것이다. 성격은 바뀌는 것이 아니다. 내향형 아이들에게는 적응할 시간이 필요하다.

내향적인 아이가 적응할 때까지 기다리는 일이 외향형 부모에게는 힘든 일이겠지만 그것이 아이를 사랑해주는 것이다. 내향형 아이들도 얼마든지 성공적인 삶을 살 수 있다고 믿는 믿음이 필요하다. 우리 아이가 반드시 훌륭한 아이가 될 것이라고 믿고 기다려 주는 부모를 보면서 아이들은 사랑을 느끼고 부모의 기대에 부응하려고 최선을 다하게 된다. 절대로 "고집이 세다"든지 "커서 뭐가 될래?"와 같은 부정적인 언어를 쓰지 않아야 한다. 가장 나쁜 것은 누굴 닮았다고 특정인을 지목해서 말하는 것이다. 부정적인 언어를 쓰고 욕을 하면 부모의 마음이 당장은 약간 풀릴지 모르지만 아이에게도 부모에게도 큰 상처가 되고 관계도 나빠지게 된다.

2) 비록 어리더라도 내향형 자녀의 개인 생활이나 요구를 존중해 주어야 한다

상대방을 존중한다는 것은 그 사람을 있는 그대로 완전하다고 인정해 주는 것이다. 그래서 그 사람이 무엇을 이야기하거나 무엇을 원해도 받아들이는 것이다. 그러나 부모는 때로 자녀들이 하는 이야기나 원하는 것이 잘못되었다고 생각해 인정해 주지 않는 경우가 있다. 특히 외향형 부모의 경우 자기가 맞는다고 생각하면 자녀에게 밀어붙이는 경향이 있다. 학교도 그렇고 공부하는 것도 그렇고 급한 마음에 부모의 생각대로 끌고 나간다. 그러나 내향형 아이들이 말을 안 한다고 생각이 없는 것은 아니다. 자기의 생각이 무시되면 표현은 잘 못하지만 마음이 상한다.

비록 자녀들이 어리고 미숙하지만 그들을 완전한 인격체로 보고 존중하고 인정해줘야 한다. 절대로 내 자식이라고 함부로 대해서는 안 된다. 성경에서도 자녀를 노엽게 하지 말라고 하지 않는가.

아내 이야기

큰애는 이마도 약간 좁은데다가 잔털이 나 있어서 올백해서 뒤로 묶어주어야 귀티가 나고 예뻐 보인다. 그런데 어느새 깻잎머리처럼 해서 이마를 가린다. "승현아, 그러면 예쁜 이마가 가려

지잖아? 너는 머리를 올려야 예쁘다니까?" 그러나 큰애는 별로 반응도 하지 않고 그렇다고 금방 이마를 보이게 머리를 묶지도 않았다. 그게 싫었던 나는 아무렇지도 않게 사람들 앞에서 말했었다. "글쎄 요즘 애들은 이런 머리 스타일을 좋아하나봐요. 이마가 보여야 더 예쁜 것을 모르고."

나중에 알게 된거지만 큰애는 자기가 원하는 대로 못하게 하고 항상 엄마 맘대로 하는 것만 같아 속이 상했다고 한다. 성격이 내향형이다 보니 자기가 왜 깻잎머리를 하고 싶은 건지 주장도 제대로 못 했던 것 같다. 그것뿐 아니라 자기 이야기를 남들 앞에서 하는 것도 속상했다고 한다. 어쨌든 나는 아직도 큰애가 이마를 시원하게 올려 주었으면 좋겠는데 다 큰 처녀가 된 지금도 여전히 깻잎머리를 한다. 이제는 뭐라고 하기엔 너무 커 버렸지만 머리 모양이건 성격이건 부모 뜻대로 되진 않는다.

외향형 부모가 보기에는 별것도 아닌 것 같지만 내향형 아이들은 자기의 속마음이 드러나거나 부모가 자기 이야기를 남에게 하는 것을 아주 싫어한다. 다른 사람들이 어떻게 생각할지 걱정되기 때문이다. 외향형 엄마들이 별생각 없이 자기 이야기를 남에게 하면 벌컥 화를 내 엄마를 당황스럽게 만들기도 한다. 이 아이들은 심지어 부모가 다른 사람들 앞에서 자기 자랑을 하는 것조차 별로 좋아하지 않는다. "뭐 그게 어때서 그러니? 너 자랑하는 건데" 하면 "그렇게 이야기하면 그렇지 못한 사람들이 어떻게 생각하겠어?"라며 눈을 흘긴다. 그럼에도 불구하고 번번이 자기 이야기를 폭로하는 엄마에게 앞으로 절대 자기 이야기를 하지 말라고 정식으로 항의한다.

내향형 아이들은 방송에 나가는 것도, 자신의 일이 알려지는 것도 쑥스럽다. 책을 쓰면서도 내향형 아이들의 이야기를 쓰는 것이 가장 힘들다. 별것도 아닌데 어떤 이야기는 쓰면 안 된단다. 내가 보기에는 정말 재미있고 좋은 예인데. 왜 그러냐고 물어도 "그냥 싫어"라고 대답한다.

해성이 이야기

내향형인 내가 세상에서 가장 싫어하는 것은 모르는 사람과 둘이서만 같이 있는 것이다. 어느 날 외향형인 엄마가 엄마 친구에게 학원에 있는 나를 데리고 와달라고 부탁했다. 학원이 끝나고 엄마가 오기를 기다리던 나는 엄마가 보낸 문자를 보고 기겁했다. "해성아, 엄마 친구가 너 데리러 갈 거야. 그분 차 타고 집에 오면 돼." 엄마 친구분의 차를 타고 집에 오면서 나는 너무 어색한 나머지 한마디도 할 수 없었다. 그리고는 집에 와서 엄마에게 다짜고짜 화를 냈다. "어떻게 내가 모르는 사람에게 나를 데리러 오라고 할 수가 있어?"

내향형 아이들이 원하는 그들만의 세계를 인정해 주어야 한다. 지나치게 많은 것을 캐묻지 말고, 허락 없이 자녀들의 물건을 만지지 말며, 싫어하는 눈치면 강요하지 말고, 방에 들어갈 때도 노크를 해 주는 것이 좋다. 그렇다고 너무 거리를 두면 안 된다. 시간을 충분히 가지면서 친밀한 대화를 계속 시도해야 한다.

3) 내향형 자녀는 에너지를 자주 충전해 줘야 한다는 것을 이해해야 한다

외향형 막내의 생일파티에는 항상 아이들이 많이 몰려온다. 얼마 전 주말에 집에 와보니 이십 명 가까운 아이들이 놀러와 정신이 하나도 없었다. 그런데 셋째는 자기 방에 쓰러져 자고 있다. 내향형인 형은 동생의 생일파티를 도와주려고 이 일 저 일 열심히 거들어 주었지만, 많은 아이들 때문에 정신없는 환경에서 결국은 에너지가 다 소모되어 너무 힘들다고 방에 가서 누워 버린 것이다. 막내는 기운이 쌩쌩 나는데. 에너지는 나이의 문제가 아니라 성격의 문제인 것이다.

아내 이야기

내향형 아들이 운동화를 사 달란다. 방학이지만 출근을 해야 하기 때문에 오후에 신발가게로 데려갔다. 한두 군데 들린 가게에는 마음에 드는 신발이 없어서 다른 매장을 가보자고 했더니 그냥 집으로 가자고 한다. 엄마가 모처럼 시간을 내어 같이 나왔는데 여기 저기 다니면서 마음에 드는 신발을 찾기 보다는 자꾸 집에 가고 싶어 한다. 할 수 없이 그냥 적당한 것 사 가지고 집에 왔다. 아들은 집에 오자마자 소파에 벌렁 눕는다. 피곤하다는 것이다.

기가 막혔다. 피곤하다면 아침부터 일하러 나간 엄마가 피곤하지 하루 종일 집에 있다 나온 아들이 피곤하겠는가? 처음에 든 생각은 '얘가 어디 아픈가? 보약이라도 지어 먹여야 하나?'였다. 그런데 나중에 알고 보니 내향형 아들은 일단 밖으로 나가면 에너지가 소모되기 시작하는 거였다.

고등학생인 셋째는 지금도 사람이 많은 곳에 갔다 오면 힘이 들어 정신을 못 차린다. 복잡하고 사람이 많은 곳에서는 에너지를 많이 빼앗기는 것이다. 물론 나이가 들수록 점점 나아지고는 있지만 장대같이 큰 남자아이의 이런 모습을 보면 기가 막히다. 하지만 이런 아이가 내향형 아이라고 인정해주어야 한다. "그래

가지고 어떻게 큰일 하겠니?" 하면서 부정적인 이야기를 한다고 달라질 게 없다. "그래 오늘 힘이 들었는데도 2시간이나 복잡한 데 있었구나? 잘했다. 다음에는 더 오래 견딜 수 있을 거야" 라고 칭찬하면서 격려해야 한다. 나이가 들면서 내향형 아이의 에너지 용량은 점점 늘어나게 되어 있기 때문이다.

어느 내향형 노처녀. 어렸을 때부터 명절만 되면 고민이 쌓인다. 친척들이 집에 몰려와 함께 지내는 시끌벅적한 분위기가 힘들기 때문이다. 친척들이 오면 처음에는 반가워하며 먹을 것도 내오며 같이 재미있게 놀기도 한다. 그러나 하룻밤이 지나고 그 다음날 아침을 먹고도 친척들이 갈 생각을 안 하면 진이 빠지고 짜증이 나기 시작한다. 여기저기 늘어진 옷가지며 가방들, 쉴 새 없이 날라대는 음식, 부산한 상황에 정신을 차릴 수가 없어 혼자 한쪽 구석에 가서 누워버린다. 반가웠던 친척들이지만 모든 에너지가 소진된 그녀는 친척들이 얼른 가줬으면 싶은 것이다.

그러나 외향형이고 감정형인 엄마는 조금이라도 더 먹이고 싶고 함께 있기를 원해 점심을 먹고 가라며 친척들을 잡는다. "차도 막히는데 얼른 가셔야죠" 라며 빨리 보내려는 그녀의 마음은 모른 채 엄마는 기어코 친척들을 붙잡아 점심을 먹인다. 음식 준비 할 때부터 부산함으로 며칠 동안 정상적으로 살지를 못했다고 느끼는 그녀는 엄마가 해도 너무 한다는 생각을 하게 된다.

어른이 되어서 출가한 동생 식구들이 명절에 와서 자고 간다고 할 때도 같았다. 처음엔 동생부부와 조카들이 너무 반갑지만 하룻밤만 자고 간다더니 이틀 사흘 계속 자려는 기색이 보이면 "나 도저히 못 살겠어. 좀 가줘라. 너희 애들도 학교 가기 전에 집에 가서 좀 쉬어야 하잖아?"라고 하며 내쫒는다. 동생은 "언니가 시집 안 가고 집에 있는 게 문젠 거지. 왜 친정에 와서 언니 눈치 보게 만들어" 라면서 서운해 했다. 엄마도 "너는 명절에 동생네가 와서 자는데 그걸 못 봐주니? 못됐다"라고 하시며 눈을 흘긴다. 그래도 할 수 없다. "인정머리도 없는 것!" 하며 시작되는 똑같은 엄마의 잔소리 1절과 2절을 듣더라도 조카들이 어질러놓고 간 집안을 다 치우고 혼자 만의 조용한 공간을 되찾고 나서야 안정감이 생기고 정상으로 돌아오는 걸 어떻게 하란 말이냐.

내향형 자녀들에게는 자기의 나름대로 스스로의 에너지를 관리하는 방식이 있다. 공부나 일의 속도, 휴식 등등 이런 점을 인정해줘야 한다. 절대로 부모가 원하는 속도로 밀어붙이면 안 된다.

내향형 부모, 외향형 아이 이해하기

내향형 부모는 자녀에게 조용하고 안정된 환경을 제공하고 싶어 한다. 자녀들의 내적인 성장을 돕고 자기 자신도 외부활동보다는 자녀에게 더 집중하기를 원한다. 때로는 부모도 혼자 있는 시간을 필요로 하며 모든 것을 자녀가 스스로 해주기를 기대하지만 에너지가 넘치는 외향형 아이들을 감당하기 힘들다.

1) 외향형 자녀가 급하고 산만하다며 너무 활동적인 것에 과민반응하지 말고 그것이 장점임을 인정한다

내향형 P엄마는 아들에게 학교 갈 때마다 다짐을 한다. "너 학교 끝나자마자 집에 와서 공부해야 해!" "예 알았어요." 대답은 시원하게 하지만 외향형 아이는 오늘도 역시 늦게 온다. 학교 끝나고 선생님이 시키신 일 하다 왔다는 거짓말도 금방 들통이 나고 만다.
"너 약속도 안 지키고 엄마한테 거짓말까지 했어!" 내향형 엄마는 그 이후로는 친구들한테 걸려오는 전화도 안 바꿔 주고 밖에 나가 놀지도 못하게 한다. 남의 집에 가면 오지 않는 아들을 찾아 밤낮 전화하는 것도 미안하고 창피하기 때문이다. 그러나 엄마 때문에 집에 묶여 있는 외향형 아이는 온갖 짜증을 부리며 엄마를 괴롭힌다. 엄마는 이해할 수가 없다. "정말 이상해. 집이 얼마나 편하고 좋은데 자꾸 나가려고 하지?"

내향형 부모는 산만하고 밖에 놀러 나가고만 싶어 하는 아이가 점점 불안해진다. 학년은 점점 높아지는데 공부는 어떻게 하

지? 남들은 무슨 공부하고 이것저것 배우러 다닌다는데….

어떤 내향형 엄마가 아이들을 데리고 엘리베이터를 탔는데 생선 비린내가 난다. 내향적인 둘째 아이는 냄새가 어디서 나는지를 살피지만, 외향적인 큰아이는 먼저 말이 튀어나온다. 얼굴을 찡그리며 "엄마, 어디서 비린내가 나!" 그러지 않아도 자기에게서 나는 생선 냄새 때문에 조심스러운 옆의 아주머니는 민망해지고, 예의 없이 함부로 행동하는 아이를 둔 내향형 엄마 역시 미안하다. 내향형 엄마에게 예의는 매우 중요한 가치인데 외향형 아이의 예의 없는 행동에 속으로 화가 난다.

이럴 때 외향형 아이를 혼내거나 가르치려고 해도 잘 고쳐지지 않는다. 외향형들은 말이 먼저 튀어나오기 때문에 나중에 수습이 잘 안 되는 경우가 많다. 물론 아이가 성장하고 사회생활을 하면서 나아지겠지만 그래도 말이 먼저 나오는 것은 어쩔 수 없다.

외향형 자녀들도 역시 얼마든지 성공적인 삶을 살 수 있다는 것을 믿어줘야 하며 그들을 너무 제한하거나 얽매지 말고 어느 정도 자유롭게 활동하도록 해야 한다. 잔소리로는 아이를 바꿀 수 없다. 부정적인 단어를 사용하는 것도 금물. 상처만 깊어진다.

2) '말 안 해도 알겠지' 라고 생각하지 말고 적극적으로 자기 생각과 감정을 표현한다

열심히 드럼을 배우러 다니는 외향형 아들이 "엄마 나 오늘 드럼 선생님한테 칭찬받았어." 라고 신이 나서 자랑을 하는데 엄마가 그저 웃고만 있으면 외향형 아들은 답답해한다. 외향형 아이에게는 엄마가 즉시 반응해 주어야 하는 것이다. "지난번에는 힘들다더니 이번에는 열심히 했나 보구나. 뭐라고 칭찬하시던?" 라고 이야기를 이어갈 수 있게 해주면 더 좋다.

외향형들이 가장 싫어하는 것이 상대방의 반응이 없거나 느린 경우이다. 외향형 아이들과 이야기할 때는 지나치게 맞장구를 쳐줘야 자기가 인정받고 존중받고 사랑받는다고 생각한다.

외향형 아이들은 궁금한 것도 많고 질문도 많다. 그럴 때마다 내향형 부모는 힘들다. 더욱이 말도 안 되는 것을 물을 때는 황당하기까지 하다. "그만 물어!" 하고 소리치면 아이들은 상처를 받거나 더 이상 창의적인 생각을 안 할 수 있다. 내향형 부모들은 먼저 생각이 정리되어야 대답을 할 수 있지만, 외향형 아이들은 그 시간을 기다려 주지 않는다. 부모가 금방 대답을 안 해주면 자기를 무시하거나 자기 이야기는 안 들어 준다고 불평할 수 있다. 대답이 잘 생각이 안 날 경우, "엄마는 금방 생각이 안 난단다. 엄마가 좀 더 생각해 보고 내일 저녁까지 알려줄게" 라고 일단 반응

을 하면 쉽게 넘어갈 수 있다. 굳이 답을 찾으려고 많은 노력을 하지 않아도 된다. 왜냐하면 외향형 아이는 내일 저녁엔 질문을 잊어버리기 때문이다.

외향형 아이들은 부모가 뒤에서 관찰하고 지켜봐 주는 것보다 모든 일을 자기와 함께 하길 원한다. 시간을 내어 자녀들과 활동도 하고 대화를 많이 해야 한다. 내향형 부모는 자기 이야기를 하는 것을 별로 좋아하지 않기 때문에 항상 자녀의 이야기를 들어주게 되는데 물론 잘 들어주는 것도 좋지만 적절한 때에 부모의 생각과 감정을 솔직하게 이야기해 주는 것도 중요하다.

외향형 아이들은 한번 말했다고 다 알아듣고 실행하는 아이가 아니라는 점을 잊지 말아야 한다. 주의가 산만하고 별생각 없이 말하고 대답하기 때문에 잘 잊어버린다. 공부를 하기로 약속한 시간을 잘 지키는 일이 별로 없다. 더욱이 개방형 성격까지 가지고 있으면 거의 불가능하다. 이럴 때마다 화내고 혼내 주어도 잘 고쳐지지 않는다. 그렇게 하기보다는 엄마가 얼마나 속상한지를 이야기하고 아이와 대화하면서 창의적인 방법으로 자기가 약속한 것을 스스로 지켜 나가게 지속적으로 관리해야 한다.

외향형 아이들은 부모가 함께 공부도 해주며 옆에 있어 주길 원한다. 그러나 내향형 부모는 에너지가 딸려 항상 옆에 있어 줄 수가 없다. 할 일이 너무 많아 에너지가 부족하다면, 다른 사람에게 도움을 청해서라도 아이와 함께 있는 시간을 늘려야 한다.

3) 자기의 부족한 에너지 때문에 아이들의 행동을 제한하지 말고, 그 대신 충전할 시간이 필요하다고 말해 준다

내향형 부모가 에너지 넘치는 외향형 아이들의 요구를 감당하기는 쉬운 일이 아니다. 부모 없이도 아이들 스스로 외부활동을 충족할 수 있는 방법을 찾아주고, 필요하면 단호하게 거절하거나, 부모도 휴식이 필요함을 이야기할 수 있어야 한다.

외향형 아이가 매일 친구를 집에 데리고 오는 것도 힘들다. 그래도 사랑하는 아이의 친구니까 최선을 다하려고는 하지만 에너지가 다 떨어진 날은 정말 힘도 들고 화도 난다. 모처럼 집에서 휴식을 취하고 가족과 지내고 싶은 날 다른 사람이 끼이는 것이 내향형에게는 못내 불편한데, 힘든 엄마의 몸과 마음을 몰라주는 아이가 야속하기만 하다.

더욱이 친구들이 공부나 잘하는 아이들이면 모를까, 별로 공부에 도움도 안 되어 보이는 아이들하고만 어울리는 모습을 보면 더 화가 날 수도 있다. 이럴 때, 외향형 아이에게 "왜 이렇게 쓸 데 없는 친구들을 데려오냐?" 라고 친구들을 나쁘게 이야기한다거나 "너 때문에 엄마가 힘들어 못 살겠다"라고 부정적인 말을 하는 것은 도움이 되지 않는다. 그것보다는 엄마가 내향형이어

서 에너지의 용량이 부족하고 엄마도 쉬는 시간이 필요하다고 솔직하게 말하며 도와달라고 이야기하는 것이 좋다. 엄마의 솔직한 마음을 들으면 얼마든지 적극적으로 엄마를 도와줄 수 있는 아이들이다.

외향형 아이들은 사랑하는 엄마와 놀기를 좋아한다. 그러나 쉽게 에너지가 소진되는 내향형 엄마는 계속 달라붙는 아이에게 "엄마 피곤하니까 저리 가서 놀아!"라고 소리친다. 심한 경우 화를 내기도 한다. 아이들이 받을 상처가 얼마나 심할까? 한 엄마는 이럴 때 병원놀이를 하자고 한단다. 병원놀이에서 아이의 역할은 의사 선생이거나 간호사이고 엄마의 역할은 환자이다. 환자는 아파서 누워 있어야 하고 아이들은 엄마 환자 옆에서 열심히 치료를 해준다. 엄마는 치료를 받다가 잠을 자기도 한다고 한다. 하지만 아이는 계속 엄마와 놀고 있는 것이다.

때론 미리 쉬고 힘을 보충한 뒤 시간을 내어 아이들과 놀아주기도 해야 한다. 지금 놀아 주지 않으면 언제 놀아 주겠는가? 항상 옆에 있을 것만 같은 아이들이 부모를 떠날 시간은 금방 찾아 온다.

꼼꼼한 정리형 아이, 잘 적응하는 개방형 아이

우리 부부가 가장 갈등했던 부분은 바로 정리형과 개방형의 차이였다. 지극히 정리형이어서 자기 뜻대로 정리가 안 되면 힘든 남편과 지극히 개방형이어서 마냥 자유롭고 개방적인 아내는 일상생활에서 끊임없이 부딪혔다. 일반적으로 부인들이 남편보다 정리도 잘하고 차분하며 꼼꼼하다는 사회적 통념은 그렇지 않은 우리 부부를 더욱 힘들게 하는 원인이 되었다.

정리형이었던 큰아이는 아빠처럼 정리 정돈을 잘 했다. 누가 가르쳐 준 것도 아닌데 선물을 가져오면 포장지와 리본을 솜씨 있게 뜯어서 다음번에도 다시 쓸 수 있도록 차곡차곡 정리해 두는 모습은 엄마에게서는 전혀 볼 수 없는 모습이었다. 아무리 요구해도 따라주지 못하는 아내만 보다가 이런 기특한 딸을 만난 나는 너무나 흐뭇하여 항상 그윽한 눈길을 주며 엄마보다 백배는 낫다는 말을 칭찬으로 끝을 맺곤 했다. 그러나 엄마를 닮아 정리가 잘 안되어 영 탐탁지 않은 개방형 둘째 딸을 볼 때면 어떻게 하면 고쳐 주나 하는 마음뿐이었다.

정리형과 개방형은 주변 환경에 반응하는 태도라고 할 수 있다. 정리형 아이들은 자기의 주변이 자기가 원하는 대로 정리되어 있어야 마음이 편한 아이들이고, 개방형 아이들은 주변의 환경을 있는 그대로 받아들이는 아이들이기 때문에 상황에 잘 맞추어 적응한다.

정리형 아이들은 조직적이거나 정리가 잘 되어 있거나 계획된 환경에서 지내는 것을 좋아한다. 그래서 이 아이들은 대체로 정리 정돈을 잘하고 시간도 잘 지킨다. 반면에 개방형 아이들은 주변 환경이 정리가 안 되어 있어도 크게 불편하지가 않다. 주변 상황에 힘들어 하기보다는 있는 그대로의 어쩔 수 없는 것으로 받아들이고, 적응하는 과정을 다른 아이들보다 좀 더 편안하고 즐겁게 대한다. 그러다 보니 정리도 잘 안 되어 있고 시간도 잘 못 지키는 경우가 많다.

그렇다고 모든 정리형 아이들이 항상 주변을 잘 정리하거나 시간을 잘 지킨다는 것은 아니다. 이 부분은 훈련에 관한 문제이다. 주변을 잘 정리 정돈하고, 시간을 잘 지키는 것은 정리형 개방형과 관계없이 모든 자녀에게 훈련시켜야 할 덕목이다. 비록 개방형이어도 정리형 부모 밑에서 잘 훈련 받은 아이들은 정리 정돈을 잘하고 시간을 잘 지킨다. 그러나 자기 자신도 훈련이 안 되어 있는 개방형 부모들에게는 이런 훈련이 참 어려운 과제이다.

아이들이 어릴 때는 마냥 놀기 좋아하고 새로운 세상을 경험해 나가는 시기이다. 이 시기에는 대부분의 아이들이 정리도 잘 못하고 시간도 잘 못 지키기 때문에 정리형 아이들도 개방형 아이들과 같이 보이는 경우가 많다. 또한 사고형이 강한 아이의 경우에도(개방형이지만 자기 생각의 틀이 분명하기 때문에) 정리형 아이들같이 자기의 생각을 심하게 고집하는 경우가 있어 부모를 혼돈시키는 경우도 있다.

1. 자기 물건 잘 챙기는 깔끔한 정리형 아이, 잘 못 챙겨도 순발력으로 위기를 넘어가는 개방형 아이

아내 이야기

우리 집 두 딸이 초등학교 때 가장 많이 싸우던 것은 준비물 때문이었다. 정리형 언니는 물건을 쓰고 나면 제자리에 둘뿐 아니라 가끔 한 번씩 정리해주기 때문에 모든 것이 늘 정갈하게 준비되어 있다. 서랍을 보면 색연필도 여러 종류, 지우개도 가지가지, 자, 칼, 각도기 등 각종 문구류가 가득하다.

그런데 개방형 동생은 물건을 잘 챙기지 않기 때문에 뭐가 어디 있는지 잘 모른다. 준비물도 미리 챙기지 않고 있다가 하루 전날 밤 준비물을 찾지 못하면 언니한테 쪼르르 빌려 달라고 간다. 정리형 언니는 잘 안 빌려주려고 하다가 결국은 싸우고 만다. 싸우는 것이 시끄러워 엄마인 내가 나선다. "이렇게 많은데 좀 빌

너 지난번에도
빌려가서
안가져왔잖아~
언니 그렇게 많잖아.
빌려주기 싫어서
그러지?
가지런히!

려주면 안 되니? 욕심쟁이잖아"라고 하면 언니가 억울해 한다. "재는 한번 빌려 가면 안 가져 온단 말야." 동생도 억울하긴 마찬가지다. 자기는 언니가 부탁하면 언제나 잘 빌려주는데 언니는 왜 안 빌려주느냐는 것이다. 개방형들은 누가 뭐 빌려 달라고 하면 언제나 고개를 끄덕인다. 물론 대부분 개방형이 빌리러 가는 경우가 훨씬 많지만.

개방형 동생은 이미 정리형 언니에게 신용을 잃었다. 지난번에도 언니가 빌려주지 않으려 하니까 슬쩍 언니 방에 가서 물건을 가져와 쓰다 들키고 말았다. 쓰고 나서 빨리 갖다 놓으면 되는데, 쓰고도 제자리에 갖다 놓지를 않으니 들통날 수밖에.

정리형 아이들은 자기의 물건을 잘 챙긴다. 그리고 자기의 물건들이 자기에게 편한 정해진 위치에 있기를 원한다. 그래서 누가 자기 물건에 손대는 것을 별로 좋아하지 않는다. 다른 사람들, 특히 개방형 아이들이 자기 물건에 손을 댈 경우, 대부분 흐트러져 버리기 때문이다.

개방형 아이들은 자기 물건이 잘 정리가 안 되어 있기 때문에 정작 필요해서 쓰려고 할 때 잘 찾지를 못한다. 정리형 아이들은 항상 정리되어 있던 물건이 없으면 당황하여 어쩔 줄을 몰라 하지만 개방형 아이들은 이런 경우가 다반사라 항상 순발력으로 위기를 넘긴다. 적당히 넘어가거나, 찾는 데 시간 보내기보다는 주로 정리가 잘 되어 있는 정리형 아이들에게 빌리러 간다. 하지만 정리형 아이들은 이럴 때가 가장 속상하다. 빌려주는 것도 한두 번이지, 빌려가면 제대로 돌려주지도 않고…. 하지만 개방형 아이들은 별것도 아닌데 안 빌려주려는 정리형 아이들이 얄밉기만 하다.

정리형 오빠와 살던 개방형 여동생 K씨. 어릴 때부터 항상 깔끔한 작은오빠가 지저분하다고 구박하면 남자가 너무 깔끔떤다고 항변하곤 했다. 오빠는 갓난아기 때부터 발바닥이나 등에 머리카락 한 올만 있어도 민감하게 반응하며 잠을 안자고 보채던 아이였다고 한다. 그때부터 까다로웠던 게 분명하다. 성격이야 내가 최고지.

그런데 신기한 게 있다. 난 조심하면서 뭘 먹어도 흘리는데, 오빠는 흰 옷을 입어도 얼룩 하나 안 진다. 내가 청소한 방이 지저분하다고 오빠가 다시 하면서 날 구박하는 일도 있었다. 오빠는 종이인형 오릴 때도 "인형을 왜 그렇게 잘라? 오빠처럼 이렇게 잘라야지." 사사건건 별것 아닌 일에도 참견했다.

방과 후에 집에 오는 길에 오빠 모습이 보이면 도망치거나 문방구에 숨었다. "걸음걸이가 그렇게 느려서 집에 언제 갈래?" 만나면 한마디 할 게 뻔했다. 또 구박 듣느니 혼자서 집에 가는 게 낫다.

개방형 막내아들은 정말 자기 물건을 잘 못 챙긴다. 엄마도 개방형이니 별로 도움이 안 된다. 준비물은 물론 도시락도 가끔 안 가지고 간다. 어느 날 학교에 가서 점심을 먹으려고 하는데 숟가락 통이 없었단다. 정리형 아이들이라면 어쩔 줄 몰라 하고 화가 나서 나중에 엄마에게 한바탕 했겠지만 개방형에 외향형인 아들은 아무렇지도 않은 듯 친구에게 젓가락 빌려서 해결했단다. 순발력이 넘치는 아이들이다. 잘 못 챙겨준 엄마에게 불평도 하지 않는다. 그럴 수도 있지 뭐.

개방형인 아내는 아이들을 잘 돌보지 못하는 편이다. 물론 아내도 일을 하기에 이해는 되지만 그래도 내 마음은 편치가 않다. 아이가 넷이나 되는 것을 아는 주변 사람들이 아내에게 이런 질문을 많이 한다. "어쩜 학교도 나가시면서 네 아이를 키우세요? 정말 대단하세요." 그럴 때마다 나는 옆에서 항상 이렇게 대답한다. "우리 아이들은 거의 방목 수준이죠."

우리 아이들은 어렸을 때부터 자기 일은 스스로 알아서 해야 했다. 다른 아이들은 다 엄마 아빠가 학교에 데려다 주었지만 우리 아이들은 버스나 지하철 타고 가야 했고 음식도 자기들이 챙겨 먹어야 할 때도 많았다. 아이들이 많기도 했지만 엄마가 자기 일로 바쁘고 또 개방형이라 잘 챙겨주지 못했기 때문이다. 그러나 지금 와서 보면 큰 문제가 있는 것도 아니다. 모든 일을 아이들이 스스로 해야 했기에 더욱 독립적으로 잘 자랐다고나 할까?

2. 계획을 정하고 그 순서대로 해야 편한 정리형 아이, 이것저것 자기 좋은 대로 하는 개방형 아이

정리형 아이들은 모든 것을 순서대로 해야 편한 아이들이다. 미리 계획하는 것을 좋아하고, 모든 것이 자기 계획 안에 들어와 있어야 편안해 한다. 순서가 바뀌거나 하나가 끝나지 않았는데 다른 것을 해야 하는 것이 힘든 아이들이다. 이 아이들은 앞으로 일어날 일에 대해서도 미리 예상을 하고 있어야 편안하게 결정을 할 수가 있다. 부모가 갑자기 계획에 없는 일을 시키거나, 급하게 일을 밀어붙이면 스트레스를 받기 시작한다. 새로운 계획에 적응하는 시간이 필요한 이 아이들에게는 계획이 바뀌는 것을 미리 알려주어 마음의 준비를 하게 해주어야 한다.

그러나 개방형 아이들은 그런 것에 별로 신경을 쓰지 않는다. 오히려 자기가 하고 싶은 일을 자기가 원하는 때에 하려고 한다. 그러다 보니 일을 순서대로 차근차근 시키려고 하는 정리형 부모와 갈등이 일어나기 쉽다.

아내 이야기

어느 집에 놀러갔을 때의 일이다. 일을 끝내고 아이들과 함께 집에 온 엄마는 식사 준비를 하러 부리나케 부엌에 들어갔다. 네살짜리 개방형 남동생은 다른 건 잘 잊어버리면서도 오늘이 금요일이라 저녁에 TV를 보기로 되어 있는 날이라는 걸 기억해 냈다. "엄마 나 TV 봐도 돼?"라고 묻자, "손 씻고 옷 갈아입고 봐야해"라고 엄마가 말했다. 그러자 옆에 있는 일곱살짜리 정리형 누나가 갑자기 눈을 반짝였다. 그러더니 "엄마 그러면 손 씻고 옷 갈아입고 TV 봐야 하지?" 하더니 응접실에 있는 칠판으로 달려가서 글을 쓰기 시작했다.

1) 손을 씻고,

2) 옷을 갈아입고,

3) TV를 본다.

그리고는 동생을 데리고 목욕탕으로 달려갔다. 그리고는 하나씩 번호대로 한 다음에 다시 와서 체크를 하고 들어갔다.

눈이 휘둥그레져서 물었다. "그렇게 적으면 기분이 좋니?" 아이가 끄덕였다. 나는 엄마에게 물었다. "아니 저렇게 가르쳤어요?" 엄마가 대답한다. "아니요, 원래 저래요." 개방형 엄마가 그렇게 가르쳤을 리가 없다. 개방형 두 아들을 잘 훈련시키지 못해 항상 미안하고 속상한 나는 그 엄마가 너무 부럽기도 했으나 동시에 안심이 되었다. '부모의 가르침도 중요하지만 제대로 못 가르쳐도 타고난 성격으로 잘 하는 아이들도 있구나'라고 생각했다.

3. 시간이 늦으면 힘들어 하는 정리형 아이, 시간이 늦어도 느긋한 개방형 아이

아내에게 가장 불만이었던 것은 아이들을 제시간에 재우지 않는 것이었다. 아내는 밤늦도록 뭘 그렇게 하는지 자기 일에 바쁘고 아이들도 밤늦도록 뛰놀다가 내가 들어와야 그때부터 부랴부랴 잠잔다고 소란을 떨었다. 늦게 잔 아이들은 당연히 늦게 일어나고 밤늦도록 원고 쓰다가 새벽에야 잠이 든 아내도 어떤 날은 아이들을 제시간에 깨우지 못해 우리 집은 아침마다 학교 보내는 게 전쟁터 같다. 유일하게 정리형 맏딸만 자기가 알아서 일찍 학교에 가지만 나머지는 대책이 없다.

"독일에 사는 동생의 아이들은 8시만 되면 '굿나잇' 하면서 잠자러 가는데 왜 우리 집에선 안 되냐?"고 아내를 타박하면 항상 볼멘소리로 대답한다. "나도 하고 싶어. 하지만 정리형 엄마들이 너무나 쉽게 하는 그 일이 내게는 너무 힘들어. 에미도 제시간에 못 자는데 애들을 어떻게 제시간에 재우냐고."

정리형 아이들은 시간도 관리하기를 원한다. 그래서 이 아이들은 시간에 늦는 것이 스트레스이다. 자기도 잘 늦지 않으니 다른 사람이 늦는 것을 참지 못한다. 특히 엄마 때문에 어디에 늦게 가는 일이 생기면 화가 많이 난다. 하지만 이것저것 항상 바쁜 개방형 엄마는 거의 대부분 제시간에 가지를 못한다. 빨리 가자고 성화하는 아이 때문에 엄마도 짜증이 나고, 항상 늦는 엄마 때문에 아이들도 화가 나니 갈등이 많을 수밖에.

그러나 엄마가 늦게 데리러 가도 개방형 아이들은 별로 불평이 없다. 늦어도 별로 개의치 않으며 나름대로 잘 놀고 있다. 그렇다고 개방형 아이들이 더 인간성이 좋다는 것은 아니다. 단지 성격이 다를 뿐이지.

아내 이야기

정리형 부모가 정리형 아이를 만나면 손발이 짝짝 맞는다. "자 이제 숙제할 시간이야" 라고 정리형 아빠가 말하니 아이가 놀다가도 두말없이 일어선다. 그리고는 열심히 숙제하고 시간에 맞추어 잠자리에 든다. 아빠도 대단하다. 아이 딱 붙들고 매일 숙제를 정성껏 봐 준다. 항상 애들을 제대로 못 봐주어 미안한 나로서는 너무나 부러운 부녀지간의 모습이다. 알고보니 할머니도 정리형이었단다. 3대가 정리형이어서인지 딸의 행동에 손댈 곳이 없다. 완벽한 모범생 그 자체이다.

“왜 우리 남편은 아들들을 저렇게 안 봐주는 거야? 자기도 정리형이면서.” 나는 공연히 남편한테 화살을 겨냥했다. 그런데 재미있는 것은 정작 그 아빠는 자신의 엄마 같은 정리형은 숨 막힌다며 내 인생은 편하게 살고 싶다고 개방형 아내를 쫓아다녀 결혼했다는 것이다. 정리형 부모가 항상 자녀에게 좋은 것만은 아닌가 보다.

시간을 관리하는 정리형 아이들은 모든 일을 하는 데는 시간이 정해져 있고 그 시간 안에는 일을 끝내야 한다는 것을 안다. 그래서 마감시간이 가까워질수록 스트레스를 받고, 마감시간 내에 일을 끝내기 위해 계획도 미리 잡고 남보다 일찍부터 일을 준비하고 시작한다.

그러나 시간을 기회로 보고 순간에 사는 개방형 아이들은 시간은 얼마든지 다시 얻을 수 있다고 생각한다. 이 아이들에게 마감시간은 중요하지 않다. 9시까지 TV를 보기로 약속을 해도 개방형 아이들은 항상 “5분만 더”를 외친다.

정리형 아이들은 무엇이든 결론이 나야 마음이 편하다. 자기가 결정했든 아니면 부모가 결정해 주었든 크게 중요하지 않다. 비록 다른 사람에 의해 선택되더라도 자기가 원하는 것에 크게

벗어나지 않으면 결정된 것 자체로 만족할 수 있는 아이들이다.

그러나 개방형 아이들은 결정이나 선택이 쉽지 않다. 하나를 선택한다는 것은 다른 모든 것을 포기해야 하는 것이기 때문이다. 결정을 미루면 마음이 편해진다. 아직 많은 기회와 가능성이 남아 있으니까.

외향형이고 정리형인 엄마가 내향형이고 개방형인 아들의 생일선물을 사주러 같이 장난감 가게에 들어간다. 바쁜 와중에 시간을 낸 엄마, 들어가면서 아이에게 다그친다. "하나만 사. 그리고 15분 안에 골라야 해." 아이에겐 정말 힘든 시간이다. 이것을 잡았다가 저것을 잡았다가 고민이 많다. 갖고 싶은 것은 많은데 하나만 고르라니 도무지 결정할 수가 없다. 마음먹고 하나를 고르려고 하면 엄마의 호통이 떨어진다. "그것과 비슷한 것 지난번에 샀잖아!" 조용히 내려놓고 다른 것을 찾는다. 결국 인내심의 한계에 다다른 엄마가 나서서 골라준다. "그냥 이거 사, 이것 멋있고 좋네." 아이는 말은 안 하지만 속으로 화가 나서 뚱해 있다. '그럴 거면 그냥 엄마가 사가지고 오지 나는 왜 데려와.'

개방형 아이에게는 시간을 주고 대화하면서 좋은 것을 스스로 찾아가도록 도와주든지, 아니면 "너에게 딱 맞는 좋은 것으로 엄마가 골라 줄까?" 하고 동의를 구한 후 골라주면서 좋은 이유를 설명해 주든지 해야 한다. 시간이 정 없으면 "다음에 사줄게."

하고 미루는 것이 차라리 낫다. 개방형 아이들은 생일선물을 그 날 안 받아도 큰 문제가 없기 때문이다.

4. 하던 식대로 하기를 원하는 정리형 아이, 새로운 방법이 좋은 개방형 아이

정리형 아이들은 시스템이나 규범 안에 있는 것이 편하다. 부모나 선생님이 만들어 준 규칙이 좀 심한 경우라도 시키는 대로 잘 따르는 편이다. 그러나 개방형의 아이들은 규칙이 있으면 왜 지켜야 하는지를 물으며 항상 정해진 한계를 넘어가려는 경향이 있다. 특히 사고형인 경우 자기가 논리적으로 이해가 안 되면 잘 따르려고 하지 않는다.

일반적으로 개방형 아이들은 정해진 규범을 넘어가도 좋은지를 사전에 물어보기보다는 일단 저지르고 용서를 구하는 편을 선택한다. 한마디로 일단 사고부터 쳐놓고 나중에 애교를 부리거나 어쩔 수 없는 이유를 대서 슬쩍 넘어가려고 한다.

정리형이자 사고형 부모들은 개방형 아이들의 이런 모습에 당황하고 큰 분노를 느끼기도 한다. 하지만 모든 규칙을 다 강요하는 것이 아니라 정말 중요한 몇 가지만 정해서 그것만은 꼭 지키게 해주는 지혜가 필요하다. 개방형 아이들에게 규칙을 다 지키게 하려면 평생 아이들 뒤만 쫓아다녀도 불가능할 뿐 아니라

아이와의 관계는 점점 더 나빠질 것이다.

개방형 셋째를 훈련시키는 일은 나에게도 도전이었다. 숙제도 잊어버리고, 준비물도 잘 안 챙기고. 중요한 맏아들을 이렇게 훈련 없이 키우면 안 될 것 같아 고민하다가 큰 바인더 수첩을 사주고 거기에 일주일 계획과 할 일 그리고 용돈 쓴 것을 다 기입하면 매주 용돈을 주기로 약속을 했다. 그런데 매주 내가 해오라고 소리치지 않으면 절대로 바인더를 써가지고 오지 않았다. 용돈이 떨어졌을까 봐 오히려 내가 더 걱정인데, 이 아이는 항상 느긋하다. 몇 주째 용돈을 안 주는데도 잘도 견딘다. 바인더에 계획을 쓰느니 차라리 용돈 안 받는 게 낫다는 생각인지….

그렇다면 정리형 아이와 개방형 아이 중에 누가 부모 말을 더 잘 들을까? 이것은 성격의 문제가 아니라 상황과 관계의 문제이다. 성격적으로 힘든 일을 시키면 아이들은 말을 잘 듣지 않는다. 아니 잘 들을 수가 없다. 관계의 문제도 중요하다. 아이들은 자기가 사랑하고 신뢰하는 사람의 말은 힘들더라도 잘 들으려고 하기 때문이다. 아이들이 말을 잘 듣게 하는 비결이 있다. 성격적으로 잘 할 수 있는 일을 시키며 항상 아이들과 좋은 관계를 유지하고 신뢰를 쌓는 코치 부모가 되는 것이다.

자, 이제 우리 집에서 누가 정리형이고 누가 개방형인지 다 알았을 것이다. 앞에서 한 것과 마찬가지로 가족의 이름을 정리형과 개방형의 화살표 그림 아래에 써 넣어 보자. 우리 집에서는 큰애가 가장 정리형이고 그 다음이 아빠이다. 그리고 엄마와 막내가 가장 개방형이고 그 다음 셋째와 둘째의 순서이다.

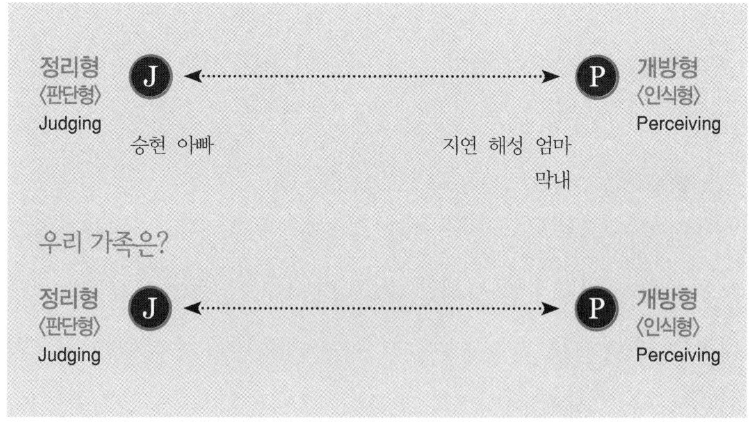

당신은 정리형 부모인가?
개방형 부모인가?

정리형 부모, 개방형 아이 이해하기

정리형 부모들은 강한 책임감을 가지고 자녀들이 성실하게 자기 능력을 발휘하도록 키워나간다. 특히 준비물을 챙기는 일이나, 일상생활을 잘 관리하도록 계획해 주는 일, 규칙을 지키도록 잘 훈련하는 일들을 정확하고 빠짐없이 잘 수행한다. 그러나 개방형 아이들은 이런 부모의 관리가 힘들기만 하다.

1) 개방형 아이들이 정리 정돈이 안 되고, 치밀하지 못하다는 것을 인정해줘야 한다

아내 이야기

날씨가 추워지는데 며칠째 개방형 막내아들이 스웨터 바람으로 나가길래 "너 안 춥니?" 했더니 "아니오. 안 추워요." 하면서 나갔다. 그러기를 며칠째 하는데 아무래도 뭔가 수상했다. "너 지난번에 사준 점퍼 어디 있어? 어디다 놔두고 온 건지 똑바로 말해." 다그쳤다. 개방형 아이들은 물건을 잘 잃어버리는 전과가 있기 때문에 넘겨짚어도 거의 맞다. "음~ 학교에다 두고 온 거 같아요." "그래? 그러면 오늘 꼭 가져와!" 하고 보냈다. 개방형 아이들은 순발력이 발달했기 때문에 임기응변도 좋다. 적당히 잘도 넘어가기에 방심했다가는 거의 당한다. 그런데 집에 와보니 여전히 점퍼가 없다. 어쩐지. "어떻게 된 거야?" "지난번에 배드민턴 칠 때 벗어놓은 거 같아요. 가볼게요." 하더니 순발력 높은 막내답게 부리나케 배드민턴장으로 갔다 온다. 그러나 결국 배드민턴 코트

에도 교회에도 학교에도 없었다. 잃어버린 날 찾으러 다녔으면 찾을 수도 있었을 텐데 벌써 며칠이 지난 후였다. 그러니 찾기는 점점 어려워지고 "너 이리와 봐" 하고 야단을 치지만 이미 점퍼는 물 건너갔다.

그래서 개방형 아이들에게는 비싸고 좋은 옷을 사주기가 싫다. 이 아이들에게 물건은 소모품이지 소장품이 아니다. 어른들도 마찬가지다. 어차피 비싼 진짜 목걸이를 하나 가짜 목걸이를 하나 잃어버리는 데는 순서가 없다. 그러니 비싼 걸 샀다가 잃어버리면 너무 가슴이 아파진다. 그래서 차라리 가짜를 여러 개 사는 것이다. 마음이 덜 상할까 해서.

그러나 정리형들은 오래 못 쓰는 싸구려나 가짜 물건을 싫어한다. 하나를 사도 진짜 값어치 나가는 좋은 걸 사고 싶다. 그리고는 평생을 쓴다. 어떻게 보면 그것이 더 경제적이다. 정리형 엄마는 벼르고 별러 세일 때 사준 비싼 옷을 개방형 아들이 아무 데나 놓고 오는 걸 참을 수 없다. 눈물 쏙 뺄 정도로 혼이 난 개방형 아들이 울면서 말했다. "엄마는 내가 중요해? 옷이 중요해?"물론 이 아이는 감정형이다.

개방형 막내는 새 옷을 사주면 하루 만에 입은 지 일주일쯤 되는 옷처럼 만든다. 운동화 밑이 빵꾸가 나서 새로 사야 되는 경우도 많았다. 바지 무릎이 해지기 일쑤다. 그 위로 3명의 아이를

키웠지만 옷이나 신발이 작아져서 못 입힌 기억은 있어도 해지거나 구멍이 나서 못 입힌 경우는 처음이었다. 도대체 밖에서 어떻게 놀길래 그렇게 되는지 이해가 안 간다. 그런데 다른 집도 우리 막내와 같은 성격의 아이들은 옷이 항상 빨리 해진단다. 어쩜 그렇게 성격이 나타나는지.

정리형 엄마와 항상 티격태격하는 개방형 딸 L양. 방을 치우라고 말했는데 치운 흔적이 안보여 엄마가 화가 났다. "너는 엄마가 말하면 금방 한다고 말하고는 하나도 안 해놓고…. 내가 너를 어떻게 믿겠니?" "나는 분명히 방을 치웠어" 라고 말해도 엄마는 "방 정리를 했다는데 왜 이렇게 지저분하냐?"고 하신다. 엄마는 책은 책꽂이에 넣어야 하고 연필은 연필꽂이에 넣어야만 한다고 생각하신다. 왜 꼭 그렇게 해야 하는가? 나는 정리란 자기 방식대로 쓰기 편하게 하는 거라고 생각한다. 늘 보는 책은 손 가까이 두고 싶은 게 내 방식이고 연필처럼 자주 쓰는 것은 가까운 주변에 둬야 편하다. 그러나 엄마에겐 그건 정리한 게 아니다. 그리고는 청소도 안 해놓았다고 잔소리 하신다. 청소? 엄마는 정리하라고만 했지 청소하라고 시킨 적은 없다. 엄마는 "방을 치우면 청소는 당연히 하는 거지 그걸 말로 해주어야 아니?" 하며 기가 막혀 하신다. 엄마가 방을 치운다는 것은 청소까지 끝내는 걸 의미하나 보다.

개방형 아이들이 정리가 안 되고 치밀하지 않은 것을 너무 힘들어하거나 고치려고 하지 말고 그것이 그 아이들의 성격이라는 것을 인정해주는 것이 중요하다. 정리는 잘 못하지만 다른 장점, 즉 순발력이라든지 융통성이 있다는 것도 칭찬해줘야 한다. 물론 정리 정돈하고 시간 지키는 것을 잘 훈련시키는 것은 중요하다. 하지만 혼낸다고 고쳐지지는 않는다. 스스로 부족한 점을 깨닫고 그것을 보완할 수 있는 방법을 생각하게 하고 하나씩 지켜 나가도록 도와준다면 많은 발전이 있게 될 것이다.

2) 느긋하고 시간을 안 지키는 개방형 아이들을 인정해줘야 한다

학교에 늦는다고 데려다 달라는 개방형 아들, 현관에서 아무리 기다려도 나오지 않는다. 한참 만에 나오더니 실내화를 안 갖고 왔다며 다시 들어간다. 그런데 실내화가 어디 있는지 찾지 못해 온 집안 구석구석을 다 뒤지기 시작한다. 계속 그 모습을 보면 속이 터져 버릴지도 몰라 먼저 차에 가서 기다리지만 아이는 여전히 나오지 않는다. 그냥 가 버리고 싶지만 꾹 참아야지. 그래도 아들이 늦었다는데. 아마 아내가 이렇게 늦게 나왔으면 혼자 가 버렸을지도 모른다. 한참 만에 나오는 아들, 미안하니까 빨리 걷는 척은 하지만 그래도 뛰지 않는 모습이 영 마음에 들지 않는다.

"늦었다며!" 속이 뒤집어지는 것을 참으며 아들에게 한 마디 하지만 아들의 대답은 항상 똑같다. "괜찮아요."

시간 개념 전혀 없는 것 같은 개방형 아이들 때문에 정리형 부모는 속이 뒤집힌다. 학교에 늦었는데도 뛰어가는 법이 없다. 서두르기는커녕 느긋하게 걸어가면서 주변의 가게를 다 둘러보고 간다. 외향형이고 정리형인 부모는 이런 아이들의 느긋한 모습을 견딜 수가 없다. 아무리 생각해도 아이가 정상이 아니고 어딘가에 문제가 있다고 판단한 어떤 정리형 엄마는 아이를 정신병원에까지 데려갔단다.

이 아이들의 느긋함은 아무리 혼내고 타일러도 고쳐지지 않는다. 하지만 이런 느긋함과 여유 그리고 어떤 상황에도 적응할 수 있는 적응력은 이 아이들의 좋은 장점이기도 하다. 부모가 너무 닦달을 하면 서로 상처만 받게 된다. 여유를 가지고 아이 스스로 목표를 성취해 나가게 도와준다면 나이가 들수록 점점 훈련이 되어간다. 이 아이들도 자기가 중요하게 생각하는 일에는 민첩하기 때문이다.

3) 개방형 아이들을 내 방식대로 통제할 수 없다는 것을 인정해야 한다

정리형 우리 엄마는 내가 집에서 TV를 보며 컴퓨터를 하거나, 책 읽으면서 라디오를 듣거나 하는 걸 상당히 싫어하신다. 사람이 어떻게 두 가지 일을 한꺼번에 하느냐는 것이다. 하지만 나는 그게 되는 걸. 컴퓨터에 중요한 부분이 있으면 나는 얼른 보고 기억한 후에 다시 TV로 간다. TV야 계속 보지 않아도 줄거리 파악이 되니 다른 걸 하면서도 얼마든지 재미있게 볼 수 있다.
내가 전화 통화를 10분 이상 하면 슬슬 눈치를 주기 시작하는 엄마. 그래서 나는 들키지 않으려고 이불을 뒤집어쓰고 최대한 몸을 바닥에 낮추어 구석으로 간다. 꼭 피난민이나 비밀 정보원의 통화 모습 같기도 하다. 사실 아무 특별한 내용도 없는 전화인데.

정리형 부모들은 모든 일에 자기가 선호하는 방식이 있다. 어렸을 때 이렇게 하면 공부가 잘 되었고, 이런 환경에서 더 능률이 올랐고, 일 처리는 이렇게 하면 빠르고 등등. 일생을 통해 어렵게 터득한 비결을 가르쳐주고 훈련시키는 데 개방형 아이가 전혀 따라 주지 않아 속상하다.

정리형 아이들은 조금 훈련을 하면 쉽게 습관을 들이지만 개

방형 아이들은 아무리 관리하려고 해도 도무지 먹히지 않는다. 정리형 아이들도 완벽한 정리형 부모의 꽉 짜인 틀 안에서 움직이는 것이 쉽지 않은데 개방형 아이들은 오죽하겠나. 너무나 숨막히고 힘들다. 자기 나름대로의 방법이 있는데 왜 꼭 부모의 방법을 따라야 하는지 답답하기만 한다. 이런 개방형 아이들과 정리형 부모 사이에는 심한 갈등이 일어날 수밖에 없다. 내 방식만 강요해서는 아무것도 얻을 수가 없다. 아이의 눈높이에 맞추어 아이의 방식도 존중해주는 부모가 코치 부모이다.

P씨 집 두 아들은 성격이 판이하게 다른 정리형과 개방형이었다. 아빠가 자랑한다고 정리형 아들의 알림장을 보여주셨다. 와~ 선생님께서 말씀하신 것이 모두 정자로 잘 적혀져 있을 뿐 아니라 담임선생님의 사인이 하루도 빠짐없이 꼬박꼬박 적혀 있었다. 알림장 안 써가는 친구들이 준비물을 알고자 할 때 항상 전화하는 아이란다. 그런데 개방형 아들의 알림장은 흐느적거리는 몇 개의 글자만 남아있어서 뭘 이야기하는지 전혀 알 수가 없었다.

둘 중에 누가 공부를 잘 할까? 정리형 아들일까? 정리형 아들도 공부를 잘 했지만 개방형 아들도 형 못지않게 공부를 잘했다. 게다가 개방형 아들은 외향적이기까지 해서 친구들도 많고 리더십도 있어 전교 부회장이라고 했다. 정리를 잘한다고 공부를 잘하는 것은 아니다. 공부는 열심히 하는 사람이 잘할 뿐이다.

승현 이야기

시험 때가 되면 나는 한 달 전부터 계획표를 세워놓는다. 언제까지 얼마만큼을 공부해야 할지 그림이 그려져 있지 않으면 불안하다. 나는 놀지도 않고 계획표대로 공부하는데 동생은 맨날 놀기만 하다 전날 벼락치기를 한다. 그런데 한 달 동안 열심히 공부한 나와 벼락치기하는 동생이 점수가 비슷할 때도 있고 혹은 동생이 더 높을 때도 있다. 속상하다 못해 나의 머리를 탓하기도 했지만, 지금 생각해보면 동생은 급할 때 나오는 대단한 집중력과 순발력으로 시험을 잘 보는 것 같다.

개방형 부모, 정리형 아이 이해하기

개방형 부모들은 자녀들이 세상에서 다양한 경험을 통해 인생을 배워나가고 자율적으로 성장하기를 원한다. 아이들의 실수에도 매우 관대하고 자기의 방식을 고집하지 않는다. 그러나 부모 스스로가 정리가 잘 안 되고 시간을 못 지키기 때문에 아이들의 준비물을 잘 못 챙기고, 약속을 자주 어기며, 아이들을 일관성 있게 관리하지 못한다.

모든 일을 편하게 받아들이는 개방형 부모들은 웬만하면 넘어가도 좋을 텐데 말 안 듣고 고집부리는 정리형 아이들이 이해가 안 되고 힘들다.

1) 정리형 아이들은 자기 주변이 원하는 대로 되어 있지 않으면 힘들어하고 안정감이 깨진다는 것을 인정해줘야 한다

어렸을 때가 생각난다. 우리 집에 누가 놀러와 나의 장난감을 갖고 놀게 되면 나는 스트레스 상황으로 들어갔다. 그 아이와 함께 노는 것보다 그 아이가 나의 장난감을 제대로 갖고 노는지 살펴보는 것이 더 중요한 일이었다. 그리고 그 아이가 가고 나면 행여나 하나라도 없어질까 봐 쏜살같이 달려가 나의 모든 장난감을 잘 챙겨 서랍 안에 넣곤 했다. 이런 모습을 정리형 부모는 정리 잘하는 기특한 아이라고 볼지 모르겠지만 개방형 부모의 눈에는 한심한 모습으로 비춰질 수 있다. "나중에 커서 뭐가 되려고 저러지?"

"빨리 양말 신어!" 아무리 소리를 질러도 말을 안 듣는다. 얼마 젖지도 않았는데 젖은 양말은 안 신겠다고 고집 피우는 정리형 아이. 그냥 신고가면 금방 마르는데 새 양말 달라고 우는 아이를 보는 개방형 엄마는 참을 수가 없어 매를 든다.

공부 안 한다고 한참 혼나고 징징 울면서 책상에 앉은 정리형 아이, 엄마가 옆에서 지켜봐도 공부를 시작할 기미는 없고 책상 위를 느릿느릿 치우고 있다. "정리는 나중에 하고 책부터 펴!" 하고 소리를 지르면 더 크게 울면서 힘들어한다. 책상 정리가 안 되면 공부를 시작할 수 없는데 어떻게 하라고.

자기의 주변이 원하는 대로 정리가 안 되어 있을 때, 정리형 아이들은 안정감이 깨져 쉽게 스트레스를 받고 자신도 모르게 짜증을 내거나(감정형의 경우) 화를 내게 된다(사고형의 경우). 이럴 때 절대로 화를 내거나 밀어붙여서는 안 된다. 서로의 상처만 깊어진다. 무엇이 힘든지 물어보고 공감적 경청을 하며 잘 들어줘야 한다. "아~ 네가 지금 조금 젖은 양말을 신는 것이 힘들다는 말이구나? 그럼 어떻게 하면 좋을까?"

부모가 괜찮다고 아이들도 괜찮을 것이라고 생각하면 큰 오산이다. 때로는 부모가 보기에 말도 안 되는 이유일 수도 있다. 그러나 지금 분명한 것은 그 이유가 아이를 힘들게 하고 있다는 것이다. 말도 안 되는 이유를 그대로 인정해줘야 한다. 그러면 그런 부모를 보면서 아이들은 더 큰 사랑을 느끼고 부모를 더욱 신뢰하며 부모의 사랑이 주는 안정감으로 다른 불안정을 억누를 수 있게 될 것이다.

2) 정리형 아이들은 자기의 생각이나 계획이 틀어지는 경우 힘들어한다는 것을 인정해줘야 한다

개방형 엄마에게서 정리형인 나에게 갑자기 연락이 왔다. 수업 끝날 시간쯤에 엄마가 학교 근처에 있을 것 같으니 데리러 오겠다는 것이다.

모처럼 엄마가 데려다 준다니까 기분이 좋다. 힘들게 버스와 전철을 갈아타고 가지 않아도 되고 남는 시간에 도서관에서 빌려온 책도 읽을 수 있다. 수업을 마치고 학교에서 엄마를 기다리고 있는데 금방 온다던 엄마가 오질 않는다. 아무리 전화를 해 봐도 연락 두절이다. '자기가 필요할 때만 전화를 쓰나?' 점점 짜증이 난다. 한 시간 늦게 나타난 엄마. 오는 길에 잠시 누굴 만나야 했다며 미안하다고 한다. '미안하다고 말만 하면 단가?' 아무 말 하지 않고 차에 탔다.

집으로 향하던 길에 엄마는 시간이 좀 남았으니 장을 보고 가자고 하신다. 이미 혼자 가도 집에 가 있을 시간이고 오늘 해야 할 일들도 있어 빨리 집에 가고 싶은데 너무 속상하다. 장 보고 오는 길에 또 옷 수선집에 들르신다. 일 많고 바쁜 엄마랑 집에 가기 정말 힘들다. 내가 세운 계획은 완전히 틀어져 점점 짜증이 나고, 이것저것 다하고 길도 막히는 탓에 집에 온 손님을 30분이나 기다리게 한 엄마, 또 미안하다며 뛰어 들어간다.

정리형 아이들은 자기가 세운 계획대로 되지 않으면 힘든 아이들이다. 하지만 외향형이고 개방형인 엄마들은 아이들의 계획이나 스케줄은 아랑곳하지 않고 자기가 시간이 날 때 아이들에게 못해준 것을 해주려고 한다. 특히 아이들이 별로 하는 것이 없어 보일 때 조금이라도 더 많은 것을 주려고 아이들을 밀어붙인다.

그러나 그런 엄마의 마음을 아는지 모르는지 정리형 아이들의 반응은 예상 밖이다. 내향형 아이라면 속으로 못마땅해하지만 외향형 아이들은 들이받기도 한다.

정리형 아이의 입장에서 보면 바쁜 개방형 부모가 시간 내주는 것이 고맙기는 하지만 그때그때 상황에 따라 너무 쉽게 바꾸려는 것 때문에 상처를 받고 존중받지 못한다는 느낌이 드는 것이다. 아이의 생각과 관점을 존중해줘야 한다. 부모가 원하는 대로 아이들을 다 끌고 다닐 수는 없다. 답답하더라도 정리형 아이들의 눈높이에 맞추어 일관성을 유지해야 한다.

만일 부득이 계획을 변경해야 하거나 좀 무리한 스케줄이라면 사전에 알려줘 미리 준비하도록 해야 하며, 쉽게 받아들이지 않을지라도 너무 까탈 부린다고 화내는 것은 도움이 되지 않는다.

3) 정리형 아이들은 약속을 어기는 것에 힘들어 한다는 것을 인정해줘야 한다

아내 이야기

늦은 밤, 아는 개방형 엄마에게 전화를 했다. "애들 자요?" 라고 물었더니 "글쎄 정리형 아들이 책을 읽어달라는 거예요. 너무 늦었다고 자라고 했더니 '아까 엄마가 읽어준다고 했는데 왜 약속을 안 지켜!'라며 불평하다 잔 거 있죠." 엄마도 빨리 일을 끝내고 책을 읽어주려고 했지만, 중간에 시어머니 전화도 오고 여러 가지 일을 처리하다 보니 시간이 너무 늦어진 것이다.

"얘야, 엄마가 할 이야기가 있어. 엄마가 오늘 밤에는 정말 책을 읽어주려고 했는데 할머니가 급한 일이 있으신가 봐. 할머니께 전화도 드려야 하고 엄마도 급한 일이 있어서 오늘은 책을 못 읽어 줄 것 같아. 내일은 꼭 읽어 줄게. 오늘은 네가 이해해 줄래?" 라고 1시간 전에라도 말했다면 아이는 갈등이 없었을 텐데. 하지만 개방형 엄마는 그런 이야기하는 것도 항상 잊어버린다.

개방형 엄마인 나도 아이들과 약속을 제대로 못 지켜서 신용을 많이 잃었다. "그러길래 아이들과도 아무렇게나 약속하면 안 돼. 나중에 그 성화를 어떻게 들으려고." 정리형으로 둘러싸여 사는 선배가 한 마디 해 주었다.

똑같은 경우 개방형의 아이들이라면 어떨까? 엄마가 약속을 못 지키는 건 속상하다. 그러나 개방형의 아이들은 예상 밖의 일이 생겨도 잘 적응하고 즐긴다. 그들은 항상 새롭거나 다른 일에 대해 궁금해하는 마음이 있기 때문에 유연하게 대처한다. 그래서 이들에게는 언제나 차선이 있다. "엄마, 책을 못 읽어 주는 대신 게임 10분만 하다 잘게."

아무리 자녀가 어리더라도 약속한 것을 꼭 지키는 것은 매우 중요하다. 그러나 개방형 부모는 아이들과의 약속을 별로 중요하게 생각하지 않는 경우가 있다. 아니 중요하게 생각하지 않는 것이 아니라 바쁘거나 잊어버려서 못 지키는 것이다. 하지만 이 아이들은 자기와의 약속이 계속 안 지켜지면 부모를 신뢰하지 않거나 스스로 존중받지 못한다는 생각에 자존감이 상할 수 있다.

개방형 아내는 신문 값을 주거나 급하게 반찬을 사야 할 때 아이들에게 돈을 자주 빌린다. 그러나 아이들이 참다못해 빌려준 돈을 달라고 하기 전에 자기가 먼저 돈을 갚는 경우가 별로 없다. 잊어버리기도 잘하고 또 그 돈이 그 돈이라고 생각하니까.

열심히 용돈을 모아 은행에 저금하려는 한 아이에게 아빠가 이야기한다. "아빠가 은행 해줄게. 네가 은행에 가는 것은 힘들잖아? 그리고 아빠가 이자도 은행보다 더 줄게." 신이 난 아이는 아빠에게 돈을 맡기고 통장도 만들었다. 얼마 안 되는 돈이지만 정리형 아이에게 이 돈은 자기 돈이다. 그러나 개방형 아빠는 이런 은행 놀이가 중요하지도 않고 기억도 잘 나지 않는다. 어차피 다 자기가 준 돈인데 맡긴 돈을 주나 용돈을 새로 주나 차이가 없다. 아빠의 이런 반응에 아이는 말은 안 하지만 속으로 생각한다. '아빠는 믿을 수 없어. 다시는 아빠에게 돈을 맡기나 봐라!'

아내 이야기

어느 날 아이들을 철저히 관리하는 정리형인 엄마에게 물었다. "가끔 아이들 놔두고 훨훨 날아 여행이라도 가고 싶지 않으세요? 뭐 며칠 없다고 큰일 나는 것도 아닌데" 그랬더니 "저는 아이들과 같이 있는 게 나가는 것보다 훨씬 좋은 걸요. 아이들이 내가 해준 밥 먹으면서 방긋방긋 웃을 때 가슴이 싸해지고 행복을 느껴요"라고 말했다. 나는 할 말을 잃었다. 왠지 가슴이 답답해졌다. 나 엄마 맞아?

주변의 정리형 엄마들을 보면 너무나 책임감이 강하다 못해 자신을 지나치게 희생하는 것처럼 보인다. 어떤 정리형 엄마가 아이들이 시험이라 놔두고 갈 수 없다며 모처럼 외국여행의 기회도 포기하는 걸 봤다. 개방형인 나는 정말 놀라움을 금치 못했다.

우리 아이가 어릴 때 이런 정리형 엄마들이 부러운 나머지 "엄마, 나는 나중에 내 친구 엄마처럼 할 거야. 도시락도 아주 정성껏 싸주고, 엄마가 학교에 가야 하는 날에 한 번도 안 빠지고, 급식 당번도 꼭 하고, 운동회 때마다 선생님 도시락도 멋지게 싸오고, 매일 아침 아이를 학교에 데려다 주고, 레슨 따라가서 아이가 미처 적지 못하는 선생님 말씀까지 다 악보에 적어주는 그런 엄마 말이야."

아이의 말에 속수무책일 수밖에 없었는데도 나는 "그러면 내가 출근하지 말아야 하나?" 하는 생각을 해본 적이 없다. 정말 나는 책임감이 없는 엄마인가?

나도 아이들 문제에는 관심도 많고 책임감도 느낀다. 어떤 유형의 부모라도 자식에 대해서는 나름대로 책임감을 느끼고 잘 해보고 싶을 것이다. 그러나 나는 아이들 알림장과 준비물 챙기기, 시간 맞춰 학원 보내기, 아이들 숙제 봐 주기 등이 잘 안 된다. 정리형 엄마들이 별로 힘들이지 않고 잘해내는 엄마 노릇을 나는 왜 잘 못하는 건지. 나랑 비슷한 어떤 개방형 엄마는 아이들 음식은 어떻게 해 주겠는데 알림장과 준비물 챙기는 건 왜 이렇게 안 되는지, 그런 것 없는 세상에서 살고 싶다고 해서 위로를 받았다.

언젠가 나도 전통적인 엄마가 되어 보려고 모든 바깥 활동을 제한하고 집에만 있어 본 적이 있다. 하루 종일 아이들 방을 어슬렁거리면서 나의 에너지를 아이들한테 쏟으려 했다. 그랬더니 나의 참견이 간섭으로 전락하면서 오히려 애들만 들볶고 있었고 아이들은 돌변한 엄마의 행동에 낯설어 했다. 특히 내가 가장 관심을 가졌던 아들과의 관계는 내가 관심을 보일수록 더 악화 되었다.

그래서인지 우리 애들은 나 같은 엄마한테는 아예 기대를 안 하고, 스스로 해결하는 독립심이 다른 아이들보다 더 뛰어나 자기 일은 스스로 알아서 한다.

그런데 그렇게 머리끝부터 발끝까지 챙겨준 아이가 좀 커서 중 · 고등학생이 되면 부모가 챙겨주는 것이 오히려 간섭이라고 생각하며 짜증을 내고 엄마를 힘들게 하는 걸 자주 봤다. 이런 모습을 본 우리 아이들은 '저렇게 잘해 주는 엄마한테 뭐가 불만이지?' 하며 자기 친구들을 이해할 수 없다는 식으로 보곤 했다. 그 친구들은 엄마가 사사건건 간섭하고 참견해서 귀찮고 짜증난다고 했단다. 우리 애들은 오히려 그런 간섭을 받고 싶은데.

오감을 사용하는 현실형 아이,
의미를 추구하는 이상형 아이

앞에서 설명한 외향형과 내향형 그리고 정리형과 개방형은 일상생활에서 나타나는 태도의 차이이다. 그러나 앞으로 설명할 4가지 지표, 현실형과 이상형, 사고형과 감정형은 우리의 내면에서 움직이는 심리적 기능이다.

현실형이냐 이상형이냐 하는 것은 세상에서 어떤 정보를 얻고 마음속에 기억하는가 하는 것이다. 현실형은 구체적이고 사실적인 정보를 받아들이고 그것을 주로 기억하는 반면 이상형은 보이는 것 이면의 의미를 받아들이고 그것을 주로 기억한다. 그러므로 어떻게 보면 서로 다른 차원의 세계에서 산다고 할 수 있을 정도로 생각이나 관점이 다르다.

겉으로 나타나는 태도로 인한 갈등은 처음에는 심하지만 같이 살면서 점점 나아지거나 적응해 나갈 수 있다. 하지만 심리적 기능의 차이로 인한 갈등은 세상을 보는 관점이 다르기에 시간이 가도 좀처럼 해결되지 않고 오히려 더 심화되는 경우가 많다.

주로 일상생활의 태도에서 부딪혔던 우리 부부는 세월이 지나면서 서로에게 적응하고 익숙해져 갈등도 많이 줄었다. 다행히도 우리 부부는 심리적 기능이 비슷하기 때문에 더 이상의 큰 갈등이 없었다. 그러나 심리적 기능이 서로 다른 부부는 갈수록 이해가 안 되는 상대를 대하는 게 점점 힘들어만 간다.

현실형이고 정리형 남편 A는 자녀의 미래를 위해 기러기 아빠를 자원하여 애들과 부인을 미국으로 보냈다. 혼자 벌어 미국에서의 모든 생활비를 대는 아빠는 돈을 절약하기 위해 원룸으로 옮겨 검소하게 살면서 일 년에 몇 번 사랑하는 가족을 보러 날아가는 게 유일한 낙이다. 그런데 이상형이고 개방형인 부인과 아이들은 아빠가 오는 게 별로 반갑지 않다. 아빠가 오면 전기세 얼마 나왔는지 계량기 확인하고 기름 아낀다고 난방 끄고 그동안 영수증을 왜 제대로 안 챙겼는지 잔소리가 많기 때문이다. 그러고 나서 집안에 고장 난 거 다 수리하고 이상형 부인이 그동안 해결하지 못한 온갖 일들을 처리하느라 바쁘다.

그런데 부인은 남편을 별로 달가워하지 않는 것 같았다. "그런 거 안 해줘도 돼요. 자동차 좀 중고 타면 어때요? 고치는 건 수리하는 사람이 해도 되는 건데. 돈 좀 없으면 사랑으로 채우면 되지. 오랜만에 그리워서 만나면 온통 잔소리하고 지적하고 가슴 찌르는 소리만 하니, 여기가 무슨 군대냐고? 모든 사람을 훈육하려 들고."

남편은 일상이 약한 아내가 한심해서 화를 내고 아내는 별로 의미 없어 보이는 일상의 필요만 공급해 주려는 남편이 야속하기만 하다. 서로 중요하게 생각하는 관점이 다르니 만나기만 하면 서로 상처를 받는다.

부모 자식 관계도 마찬가지이다. 사물을 보는 관점부터 다른 현실형과 이상형은 의사소통이 어렵다. 현실형 부모는 자녀가 이 세상에서 살아남도록 필요한 기술을 가르쳐 주려고 하는데 이상형 자녀는 별로 관심이 없다. 이상형 부모는 큰 그림과 의미는 보지 못하고 쓰잘 데 없는 일에 빠져있는 현실형 자녀가 안타까워 도와주고 싶지만 무슨 말인지 잘 못 알아듣는다.

부부 사이는 그래도 동등한 입장이니까 싸우기라도 하면서 대화와 타협을 해 나갈 수 있다. 그러나 부모 자식관계에서는 쉽지 않은 일이다. 부모의 권위와 무조건적 사랑으로 포장된 강압이 아이의 성격을 무시하기 때문이다. 자신이 원하는 것이 그게 아니라고 아무리 자녀들이 주장해도 현실형 부모의 귀에는 세상 물정 모르는 철없는 아이의 말처럼 들리고 이상형 부모의 눈에는 더 큰 것을 스스로 포기하는 한심한 패배자의 말처럼 들린다.

내가 안 먹고 안 입더라도 자식만은 성공시키고 싶은 게 부모 마음인데, 부모가 최선을 다해 아이들을 키워도 결국 '그것은 부모가 원하는 것이었지 내가 원하는 것은 아니었다'라든지, '그것은 엄마 인생계획의 일부분이었지 나의 인생은 아니었다'라며 부모 마음에 못을 박는 소리를 해대는 것이다.

아내 이야기

몇 달 전 둘째 딸이 이런 고백을 해왔다.

"엄마, 나는 항상 현실형들이 빠릿빠릿한게 부러워서 그렇게 되고 싶었어. 그런데 나가서 살아보니 내가 가진 이상형이 오히려 훨씬 멋지고 좋다는 걸 알게 되었지. 아빠 엄마는 마치 내가 문제가 있는 것처럼 말했는데, 함께 공부하던 언니들은 내가 그렇게 행동해도 아무 문제가 없는거야. 그리고 내가 하는 생각이나 행동이 당연한 거야. 아빠 엄마가 말하던 대로 안 해도 화기애애

하더라구"

주변에 이상형 선배나 친구들로 가득한 환경에서 몇 년 지내다 온 딸은 현실형 부모 밑에서 자라면서 얼마나 힘들었는지를 말해 주었다.

어린 이상형 딸의 현실감 없는 태도와 말들에 화가 날수밖에 없었던 나는 이렇게 혼내곤 했다. "이게 안 보이니?" "어쩌면 상황도 모르고 이렇게 철딱서니 없이 구니?"

이상형 아이들을 한정짓던 '철없는 애, 공주병, 엉뚱한 아이' 등과 같은 부정적 칭호들은 그 아이를 계속 위축시켰을 것이고 그렇게 불리우는 내내 힘들게 지낼 수 밖에 없었을 것이다.

통계적으로 이상형은 25퍼센트 정도 밖에 되지 않는 소수의 사람들이기 때문에 일반적으로 현실형이 이상형을 이해하기가 쉽지 않다. 그러므로 이상형 부모와 현실형 자녀의 갈등보다 현실형 부모와 이상형 자녀는 갈등이 더 심한 것 같다. 도무지 이해가 안 되는 이상형 아들과의 갈등이 너무 힘들어 거의 안보고 살았다는 한 현실형 어머니는 『남편 성격만 알아도 행복해진다』를 읽고 20년 동안 갈등하고 고민하던 문제가 풀리고 아들을 이해하게 되었다며 고맙다는 연락을 해 오셨다. 아이 성격도 알면 행복해질 수 있다.

1. 본 대로 기억하는 현실형 아이, 느낌과 의미를 기억하는 이상형 아이

현실형 아이들은 오감, 즉 보이고 들리고 만져지고 맛이나 냄새를 통해 얻는 정보를 가지고 세상을 배워 나간다. 그러나 이상형 아이들은 오감뿐만 아니라 육감을 통해 얻어지는 의미나 가능성 그리고 사건의 연관 관계 등을 사용하여 세상을 알아 간다. 한마디로 현실형 아이들이 나무를 본다면 이상형 아이들은 숲을 보는 것이다.

맛있게 익은 사과를 보더라도 현실형 아이들은 주로 맛있겠다, 먹고 싶다 등의 오감을 통한 정보가 먼저 들어오지만, 이상형 아이들은 그것을 넘어 백설공주를 생각하고 마녀로 변신한 나쁜 여왕도 생각한다. 생각이 끝없이 꼬리를 물고 이어지는 것이다.

그러다가 어느 순간 과거의 기분 나빴던 생각이 나면 갑자기 기분이 상해 주변 사람을 당황하게 한다. 엄마가 건네준 맛있는 사과를 보다가 사과에 얽힌 안 좋은 생각이 나는 순간 기분이 확 나빠지기 시작한다. 대부분 이상형은 자기의 감정을 잘 숨기지 못하기 때문에 사과를 주었는데 화를 내는 아이의 모습에 엄마는 당황스럽기만 하다. 그뿐 아니라 자기 속마음을 잘 표현하지도 못하기에 엄마가 왜 그러냐고 물어도 잘 설명이 안 된다. 서로 답답하기만 하다.

아내 이야기

이번에 책을 쓰면서 우리 아이들의 솔직한 글도 넣어야겠다는 생각이 들어 성장한 딸들에게 옛날 기억을 떠올리면서 글을 써달라고 부탁했다. 그런데 조금 글을 쓰던 이상형 딸이 더 이상 못 쓰겠다고 한다. 기억을 더듬다 보니 옛날의 억울하고 서운했던 생각이 떠올라 기분이 나빠지고 힘들다는 것이다.

며칠을 기다려 주다가 진정이 되었다고 생각되었을 때 의미를 설명해 주었다. 왜 우리가 이런 가족 간의 갈등이야기를 공개하는지, 이 책이 얼마나 많은 부모 자식 간의 갈등을 풀어 줄 것인지 한번 생각해 보고 기도하고 결정하라고 했다. 딸이 며칠 후에 말했다. 이번에 글을 쓰는 것을 지난 상처에 대한 회복의 기회로 삼기로 했다고. 딸은 한참의 시간을 가진 후 스스로 의미를 찾은 후에야 드디어 마음이 진정되었고 글을 다시 쓸 수 있었다.

현실형 아이들은 사람의 외모나 현장의 구체적인 모습을 잘 기억한다. 귀가 크다든지 옷 색깔이 예쁘다든지. 반면에 이상형 아이들은 사람의 외모의 특징보다는 느낌을 잘 기억한다.

아내 이야기

오랜만에 만나 품에 안긴 조카가 안기자마자 "고모, 이거 예뻐다" 하며 내 목에 있던 진주 목걸이를 만지작거린다. 이 3살짜리 현실형 아이는 고모가 반갑기는 하지만 인사가 끝나면 곧 자기의 관심사로 돌아가 버린다. 주변에 있는 예쁜 리본, 머리핀, 액세서리 등을 보면 눈이 반짝인다. 그러나 이상형 아이들은 목걸이나 액세서리보다 고모의 사랑을 느끼고, 고모의 기분이 좋은지, 나를 안고 무슨 생각을 하는지 등에 더 관심이 많다.

영화를 보고 무서워 잠 못 자는 아이들도 주로 이상형 아이들이다. 영화 속의 상황이 현실처럼 느껴지는 것이다. 그래서 이상형인 형은 무서운 영화를 보지 못한다. 컴퓨터 게임을 좋아하는 두 아들이 어렸을 때, 이상형 형은 컴퓨터 게임을 하다가도 무서운 장면만 나오면 "이제는 아빠가 해" 하고 나에게 게임기를 넘기곤 했다. 옆에 있는 현실형 동생이 "형, 그거 그냥 게임이야"라고 해도 "나도 알아"라고 대답만 하지 자기가 하지는 못한다.

지연이 이야기

언니가 중학교에 입학한 후 언니와 방을 따로 쓰게 되었다. 그런데 낮에는 괜찮지만 이상하게 밤만 되면 너무 무서웠다. 자려고 눈을 감으면 조그만 소리도 괜히 신경 쓰이고 저녁에 본 영화의 장면도 자꾸 떠오르고 왠지 강도가 들 것 같고. 안방으로 가면 아빠한테 혼날 것 같아 고민하다가 늘 이불을 싸매고 언니 방으로 갔다. 개인적인 공간이 생긴 것을 너무도 좋아했던 언니에게 나는 늘 불청객이었다. 내향형인 언니는 잠을 꼭 많이 자야 하는데 외향형인 내가 밤에 잠 안자고 이런저런 말 시키고 귀찮게 하니 얼마나 피곤했을까 싶다. 그래도 언니 옆에서 자면 왠지 안심이 되고 무서운 상상을 안 하고 잠들 수 있어 그렇게 구박을 당하면서도 매일 밤 이불을 가지고 언니 방에 갔다.

2. 구체적인 사실을 말하는 현실형 아이, 느낌과 의미를 돌려 말하는 이상형 아이

아이가 현실형인지 이상형인지 구별하기 위해서는 말하는 투를 보면 된다. 현실형 아이들은 주로 보이는 것과 사실의 특징을 찾아 구체적으로 말하는 반면, 이상형 아이들은 보이는 사실 그 자체보다는 연관된 의미와 가능성을 찾아 추상적이고 우회적으로 말한다.

둘째가 어렸을 때, 맑은 밤하늘의 큰 보름달을 보며 "하늘에 빵꾸가 났어"라고 말하자 현실형 엄마인 아내가 정색을 하며 가르쳤었다. "그건 빵꾸가 아니고 달이야. 따라 해봐. 달." 아내는 아이의 창조적인 표현을 완전 무시했던 것을 후회한다고 했다. 이

상형 아이들은 현실형 아이들처럼 사물에 대해 지정된 단어를 말하는 건 아니지만 잘 들어보면 이들의 표현은 독특한 자기만의 시각을 가지고 있다. 이런 현상은 어른이 돼서도 마찬가지이다. 단어 하나 문장 하나에 감동하고 민감한 것은 이상형들이 가진 재능이기도 하다.

학교에서 기분 좋은 일이 있었는지 이상형 딸이 집에 오자마자 현실형 엄마에게 말을 한다. "엄마, 오늘 학교 기분 짱이야!" 그러나 현실형 엄마는 그게 무엇을 뜻하는지 이해가 되지 않는다. "뭐가 짱이야?" 구체적으로 물어오는 엄마의 질문에 아이는 속이 콱 막혀오면서 대답하기가 싫어진다. "아니야. 그냥." 엄마가 자기의 느낌을 같이 공감해 주면 좋을텐데 항상 아쉽다.

반대의 경우 현실형 딸이 학교 갔다 와서 이상형 엄마에게 말을 한다. "엄마, 오늘 학교에 갔는데 글쎄 내가 제일 좋아하는 선생님이 첫 시간에 들어오잖아? 그리고 어쩌구 저쩌구." 하지만 딸의 느낌을 먼저 알고 싶은 이상형 엄마는 답답해서 기다릴 수가 없다. 몇 분을 들어도 아직 3교시도 안 지났다. "그래서 어쨌다는 거야? 좋다는 거야 나쁘다는 거야?" 참지 못한 엄마가 말을 막고 한마디 한다.

때론 이상형 아이들이 생각 없는 것처럼 보이기도 하지만, 오히려 생각이 너무 많고 마음이 복잡한 아이들이다. 내향형인 경우에는 더욱 생각이 많아진다. 모든 것에 의미를 생각하는 아이들이기에 오해도 많다. 무슨 말을 들어도 '왜 엄마가 지금 이야기를 하지?' '저 사람은 왜 나에게 이런 말을 하지?' 고민도 많다. 현실형 부모나 친구들이 아무 생각 없이 말한 것을 가지고 왜 저렇게 말했을까를 계속 고민하는 아이들이다.

그래서 이상형 아이들과 대화할 때는 특별히 주의를 해야 한다. 별것 아닌 말이나 일에 대해 의미를 다르게 해석하고 오해할 수 있기 때문이다. 현실형 부모가 이상형 아이들의 마음을 다 이해하기는 힘들겠지만 그래도 최선을 다해 경청하고 이해하려 노력해야 한다. 이상형 아이들이 가장 원하는 것은 진정으로 자기 마음을 알아주는 사람을 만나는 것이기 때문이다.

이상형 아이들은 때론 자기의 생각이나 아이디어에 대해 너무나 확신을 하기 때문에 부모나 형제, 다른 어른이 자기 의견을 반대하거나 받아들이지 않으면 매우 좌절하거나 화를 내곤 한다. 그래서 고집이 센 것으로 여겨지기도 튀게 보일 수 있다.

현실형 부모는 모든 것을 가능하게 보고 자기 생각에 확신하는 이상형 아이들이 황당해 보이고, 이상형 부모들은 생각이 자기 안에 갇혀 있고 모든 것을 안 된다고 부정적으로 말하는 현실형 아이들이 답답해 보인다. 그러면서 서로 대화의 한계를 느끼고 마음을 닫아 버린다.

3. 순서대로 이해하는 현실형 아이, 척 하면 아는 이상형 아이

이상형 딸과 현실형이자 정리형인 어머니. 이상형 딸은 현실형 엄마가 설거지를 시킬 때마다 일일이 이래라 저래라 하는 것이 짜증이 난다. 그릇을 깨끗이 씻는 것이 설거지이고 설거지 정도는 알아서 할 수 있다고 생각하는데 엄마는 못미더워하는 것 같다. 엄마에겐 설거지의 디테일이 중요하다. 그래서 "세제는 스펀지에 짜지 말고 개수대에 풀어라, 세제가 묻은 그릇도 작은 그릇, 큰 그릇을 분리해서 놓고 그릇을 하나하나 헹구지 말고 개수대에서 한꺼번에 행궈라"고 얘기한다. 그래서 딸은 엄마에게 "엄마, 알아서 할께요. 설거지도 못할까 봐" 한다. 그러면 엄마는 딸이 일을 시켜서 화가 났다고 생각한다. 딸은 화가 난 것이 아니라 나름 생각대로 설거지를 하고 있었는데 로봇처럼 생각 없이 일하라는 것 같고 그래서 일이 뒤죽박죽 되는 것 같아 힘이 드는 것이다.

현실형 아이들은 공부나 다른 일을 할 때 구체적인 예를 들어 주거나 따라가야 할 순서나 규칙을 가르쳐 주면 편안해 하는 아이들이다. 공부할 때도 순서대로 해야 하고 같은 문제를 반복적으로 푸는 수련장 같은 것을 좋아한다. 반면에 이상형 아이들은 지켜야 할 것이 너무나 많거나 같은 것을 반복하는 일은 답답해서 마음이 편치가 않다. 이 아이들은 항상 새로운 방법을 시도

해 보기를 원하고 더 나은 방법을 찾는 아이들이기 때문이다.

현실형 아이가 숫자 자체가 무엇을 의미하는지를 제대로 알지 못하면 심한 경우 2+3=5와 3+2=5가 같은 문제라는 것을 이해하지 못하고 따로 외우기도 한다고 한다. 이상형 아이들이 보면 기가 막힐 노릇이지만.

그러나 이상형 아이들은 척 보면 아는 능력을 갖고 있는 것 같다. 영화를 같이 봐도 결과를 다 안다고 느끼고 "난 다 알아"라고 이야기한다. 공부도 느낌과 직관을 통해 하는 것 같다. 선생님이 어떤 문제를 낼지, 무엇이 중요한지가 다 보인다고 한다. 그래서 열심히 공부하는 현실형 아이들보다 적게 공부하면서도 좋은 성적을 내기도 한다. 그러나 공부는 열심히 하는 사람을 이길 수 없다.

S부인의 이야기다. 이상형 엄마가 현실형 막내 동생에게 심부름을 시킬 때면 막내는 항상 못 알아듣겠다는 표정이다. "만원 어치 과자 사와!"하고 심부름을 시키면 막내는 "무슨 과자 사와?" 하고 꼭 되묻는다. "알아서 쿠키 종류로 이것저것 사와" 하면 "어디서 사지?" 하고 묻는다. 끝내 폭발한 엄마가 "가까운데서 빨리 사와!" 하고 소리를 지른다. 뛰어나간 막내는 20분이 되어도 감감무소식이다. 조금 있다가 온 막내는 빈손이다. "왜 아무것도 안 사왔어?"라는 엄마의 말에 그 가게에 쿠키 종

류가 없었다는 공허한 대답뿐이다.

아이들에게 일을 시키거나 심부름을 시킬 때도 다르게 시켜야 한다. 현실형 아이에게는 큰 그림만 주면 절대로 움직이지 못한다. 어디서 어떤 종류의 물건을 사올지에 대해 구체적으로 이야기 해줘야 감을 잡는다. 하지만 이상형 아이들은 많은 정보를 주지 않아도 척하고 알아듣는다. 이상형 아이들에게 자세하고 길게 설명을 하면 오히려 잘 못 알아듣거나 대충 듣다가 "알았어"를 외치며 나가 버린다. 답답하기 때문이다. 이상형 아이들에게는 큰 그림이나 그 일을 해야 하는 의미가 먼저 설명되어야 한다. 아무리 자세히 여러 번 가르쳐 줘도 계속 일을 잘못하는 이상형 아이의 경우는 대부분 큰 그림을 이해하지 못해서 다른 방향으로 가고 있는 것이다.

4. 현실에 강한 현실형 아이, 창의성과 난해한 일 해결이 뛰어난 이상형 아이

현실형 아이들은 두 발이 이 세상에 닿아있는 아이들이다. 지금 눈에 안 보이는 것은 없는 것이라고 생각하며 구체적인 세상의 것들을 보고 그것을 이해해 나간다. 그러므로 현실적인 것이 편하고 미래를 마음껏 상상하는 것이 힘든 아이들이다.

그러나 이상형 아이들은 물건을 보더라도 그 자체보다는 그것이 어떻게 작동하는지 어떻게 만들어졌는지 더 궁금한 아이들이다. 비록 지금 보이지는 않더라도 곧 얻게 될 그 무엇을 향해 나아가고 싶어 하고, 지금은 없어도 가능성이 있으면 만족할 수 있는 아이들이기 때문에 끊임없이 새로운 것에 도전하고 상상의 세계에서 즐거워한다. 하지만 현실의 작아 보이는 일들이 지루하고 답답하기만 하다.

현실형 아이들이 가지고 노는 장난감은 자동차는 자동차고 기차는 기차이다. 그러나 이상형 아이들은 막대기 하나만 있어도 비행기가 되기도 했다가 잠수함이 되기도 한다. 이상형 아이들의 상상의 세계는 끝이 없다.

현실형 아이들은 실생활에 사용되는 실질적인 장난감을 선호하는 아이들이다. 이 아이들은 특히 돌이나 조개껍데기, 카드, 우표, 스티커, 인형 등을 수집하는 것을 좋아한다. 이 아이들에게는 장난감도 수집의 대상이 된다. 새로운 장난감을 얻으면 하나가 더 생겨 마음이 뿌듯해 자기 장난감 통에 넣고 그것을 관리한다.

그러나 이상형 아이들에게는 수집하는 물건 그 자체보다 그 물건이 갖고 있는 의미가 더 중요하다. 여행을 하면서도 이들은 어떤 순간이나 의미 또는 추억을 기억하기 위해 물건을 고른다.

현실형 아이들은 일상적인 일이 쉽고 재미있다. 그래서 단순

하고 일상적인 일을 시키면 잘 해내 인정을 받는다. 그러나 창의적이거나 복잡한 일을 시키면 금세 한계에 부딪히고 만다.

지연이 이야기

중학교 때 막 십자수 붐이 일었다. 학교에서 친구들이 너도 나도 십자수를 하는 게 매우 여성스럽고 재미있어 보여 당장 십자수 세트를 사왔다. 왠지 내가 하면 더 잘할 수 있을 것 같았다. 액자도 만들고 베개도 만들어 엄마 생신에 선물해야지 하고 계획도 다 세웠다. 처음 하루 이틀은 신기하고 재미있어 열심히 했다. 그러나 눈도 아프고 손도 아프고 내 생각대로 예쁘게 되지도 않자 그만 질려 버렸다. 처음 십자수를 사왔을 땐 옆에서 돈 아깝게 왜 샀냐 어쨌냐 구시렁대던 언니가 내가 하다만 실들이 일주일 넘게 방에 그대로 있는 게 아까웠던지 십자수를 시작했다. 그 후 십자수는 언니의 취미생활이 되었다. 핸드폰 고리, 액자, 베개까지 완성하고 뿌듯해 했다. 비단 십자수뿐만이 아니다. 뜨개질, 퀼트, 종이인형, 베이킹 등 지금 언니의 취미활동은 다 내가 시작한 것들이다. 물론 나는 아직도 특별한 취미생활이 없고 그때그때 다르다.

이상형 아이들은 생각에 생각이 꼬리를 무는 아이들이다. 특

히 내향형이고 이상형인 아이들의 생각은 끝이 없이 펼쳐진다. 생각을 그만 하고 싶어도 끊임없이 떠오르는 생각에 어쩔 수가 없다. 이 아이들이 한 가지 생각에 빠지다 보면 주변의 다른 것을 잘 인식하지 못한다. 옆에 있는 것도 잘 안 보이고 옆에서 누가 불러도 잘 못 듣는다. 주변의 현실에 신경을 끄고 있으니 실수하는 경우도 생기고 현실 감각도 떨어져 보인다. 그러니 부모가 보면 가끔 얼빠진 아이처럼 보이기도 하고 아무 생각 없이 행동하는 것처럼 보이기도 한다. 하지만 너무 걱정할 필요가 없다. 생각이 많은 이 아이들은 매우 창의적이고 상상력도 풍부하다. 또한 생각을 많이 해야 하는 어려운 문제를 보면 더 신이 나고 밤을 새워서라고 해결하고야 만다.

어느 날 내향형이고 이상형인 셋째가 이렇게 이야기했다. "아빠, 나는 속에서 항상 창의적인 생각이 마구 떠오르는데 그것을 잘 표현할 수가 없어. 만일 내가 나중에 커서 일을 하게 되면 반드시 표현을 잘하는 친구와 같이 일을 해야 할 것 같아." 자기의 성격을 잘 이해하고 부족한 부분을 어떻게 도움 받아야 할지를 아는 것 같아 기특한 마음이 들었다.

초등학교 미술시간. 선생님이 엄마를 그리라고 하면, 현실형 아이들은 말이 떨어지자마자 열심히 어머니를 그리기 시작하지만 이상형 아이들은 일단 생각에 잠긴다. '오늘은 어떤 엄마를 그릴까?' 너무 좋은 엄마를 생각하다 드디어 엄마를 그릴 느낌이 떠올랐는데 선생님이 종을 치신다. "미술시간 끝. 다음은 수학책 펴세요." 이 아이는 미술시간 내내 아무것도 못하는 열등생이 되고 말았다.

과연 이 아이가 미술의 열등생일까? 아니다. 현실적인 교육 방법이 문제인 것이다. 왜 엄마 그림을 한 시간 안에 끝내야 잘하는 것인가?

자 이제 앞에서와 같이 우리 가족의 이름을 아래의 화살표에 넣어 보자. 우리 집에서는 나와 큰애 그리고 막내와 아내 순으로 현실형이 뚜렷하고 둘째와 셋째가 이상형이 뚜렷하다.

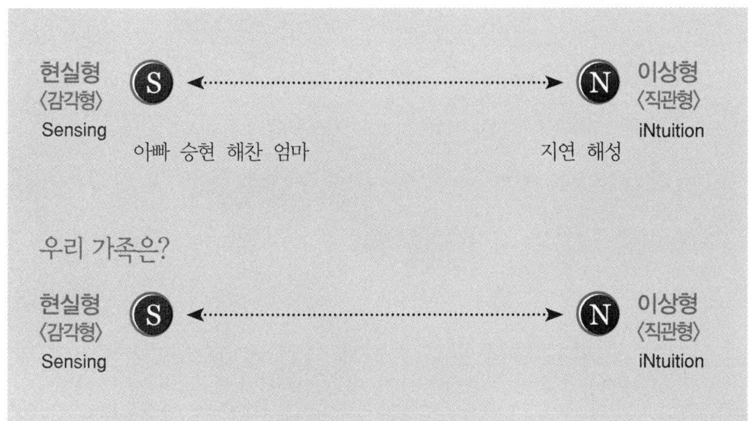

당신은 현실형 부모인가?
이상형 부모인가?

현실형 부모, 이상형 아이 이해하기

현실형 부모들은 아이들의 일상을 잘 돌봐주고 일상의 욕구를 충족시켜 주려고 한다. 이들은 아이들과 함께 여행을 가거나 좋은 식당에 가거나 운동을 함께 하는 등 현실적인 활동과 경험을 통해 현실 세상을 살아가는 데 필요한 지식과 기술을 가르쳐 주고 싶어 한다. 그러나 이상형 아이들의 관심은 이런 현실적인 것이 아니라 이상적인 것에 있기 때문에 실망과 오해가 많을 수 있다.

1) 이상형 아이들의 엉뚱한 아이디어, 상식에 벗어난 말이나 행동에 놀라지 말고 이해하고 격려해줘야 한다

만화가가 꿈이었던 이상형 자녀가 대학졸업 후 밤낮 '만화 나부랭이'만 그리는 것이 못마땅한 현실형 엄마는 쫓아다니면서 번듯한 직업을 찾아보라고 성화다. "너 이렇게 집에서 빈둥거리지 말고 어서 시험 봐서 교사나 기자 그런 거 해라. 가서 몇 년 성실하게 하면 노후도 보장이 된다." 그런데 이상형 딸은 꿈쩍도 안 하고 오히려 엄마를 설득한다. "엄마 그냥 내 꿈을 찾게 놔둬. 매

일 출근해서 싫어하는 일을 한다면 5년 하고 그만 둘 걸? 하지만 내가 하고 싶은 일 하면 늙어 죽을 때까지 할 수 있으니까 그게 더 이익이라니까. 그리고 요즘은 애니메이션이 뜨는 시대라고. 내가 멋진 책 만들어 돈방석에 앉게 해줄게."

이상형 아이들이 가끔 과장되고 엉뚱한 이야기를 하고 황당한 꿈을 꾸더라도 화내거나 지적하지 말고 받아줘야 한다. "엄마, 나 미국의 제일 좋은 MIT 대학에 가서 박사하고 로봇 과학자가 되어 엄마를 편하게 해주는 로봇을 만들 거예요" "아빠 조금만 기다려. 내가 벤츠 사줄게." 공부는 하나도 안하는 이런 아이들의 이야기에 부모는 화가 난다. "되지도 않을 얘기 하지도 말고 오늘 숙제나 해라. 부모 속 좀 그만 썩이고." 이런 말로 이상형 아이들의 꿈을 무시하면 자기는 황당한 이야기나 하는 아이로 생각하고 스스로의 가능성을 포기할 수도 있다.

코치 부모라면 엉뚱한 생각이라도 화내지 말고 칭찬하고 격려하며 그것을 이루는 현실적인 방법을 찾게 질문해야 한다. "우와~ 우리 아들이 이제야 마음잡았나 보구나. 너무 기특하네. 아빠가 그 날을 기다릴게. 그런데 그것 이루려면 어떻게 해야 하지?" 그러면 아마 스스로 공부해야 한다고 대답할 것이다. 이런 현실형 코치 부모 밑에서 자란 이상형 아이들은 큰 비전도 갖지만 현실적이고 구체적인 방법으로 그것을 이루어 나가는 능력도 배울 수 있게 될 것이다.

밖에서 실컷 놀다가 갑자기 엄마에게 주고 싶어 옷에 흙을 가득 묻힌 채 들꽃을 꺾어 들어온 이상형 아이에게 "야, 야, 야, 흙먼지 털고 들어와. 얘가 정신이 있어?"라고 소리치는 현실형 엄마. 아이의 속마음과 동기를 읽고 칭찬을 먼저 해주어야 한다. "우와~ 엄마 주려고 이렇게 예쁜 꽃을 꺾어 왔구나. 그런데 흙먼지가 너무 많아 엄마가 할 일이 더 많아졌네. 어떻게 하지?" 라고 한다면 인정받은 아이는 자기가 나서서 깨끗하게 청소를 할 것이다.

얼마 전 막내가 수두로 학교를 못 가게 되자, 이상형 셋째는 자기도 아프다며 학교를 가지 않겠다고 한다. 꾀병 부리는 것이 보이는데 아빠가 그것을 용납할 리가 없다. 그래도 힘들다니 아침에 아들을 학교 앞까지 데려다 주고 출근했다. 아이는 학용품을 사가지고 들어가겠다고 문방구로 걸어갔고 나는 "오늘 하루도 잘해라. 사랑한다"라는 말을 남기고 회사로 왔다.

사무실에 있는데 오전 10시쯤 되었을까. 아내에게 전화가 왔다. 아이가 학교에 오지 않았다고 선생님께서 전화하셨다는 것이다. 그럴 리가? 내가 분명히 아이를 학교 앞에서 내려주었는데. "제대로 확인도 안하고 전화하는 선생님이 어디 있어?"라며 아내에게 화를 냈다. 아내가 몇 번 학교에 확인한 후 아이가 정말 학교에 등교하지 않은 것을 알았다. 아이의 전화도 불통. 상대방이 받을 수 없다는 메시지가 나온다. 다시 전화를 하자 전원이 꺼져 있단다.

순간 아이가 깡패에게 납치되었을지도 모른다는 생각이 떠올랐다. 아이가 학교 근처에 불량배들이 가끔 있다고 한 말이 생각난다. 급히 회사를 나와 차를 몰고 학교로 달려갔다. 전화를 안 받던 아이가 엄마의 문자 메시지에는 회신을 했고 학교 근처 지하철역 옆의 편의점에 있다고 했다. 간신히 아이와 연락이 되어 그곳에 가서 아이를 차에 태웠다.

너무 기가 막혀 아무런 말도 할 수 없었다. '아니 무슨 생각으로 뻔히 들킬 일을 하는 거지?' 학교 안 간 것도 그렇고 금방 들킬 일을 하는 아들이 한심해 보였다. 집에 오는 길에 조용한 제과점에 들어가서 최대한 나의 감정을 억누르며 아이에게 왜 학교에 안 갔느냐고 물었다. 아이의 대답은 "그냥 너무 힘들어서…"였다. "무엇이 그렇게 힘들었어?"라고 묻자 눈물을 흘리며 이것저것 이야기한다. 나는 그 아이의 힘들었던 마음을 받아주기로 하고 더 이상 아무런 말도 하지 않고 집에 데려가 재웠다.

아마 내가 우리 아이 성격이 내향형이고 이상형인 것을 몰랐다면 이 사건은 매우 큰 갈등을 일으키거나 아이는 크게 혼이 났을 것이다. 물론 아이도 자기를 이해해 준 부모가 고마웠을 것이다. 아이는 하루를 쉰 후 다시 아무렇지도 않은 듯이 학교에 나갔고, 학교에는 아이가 너무 힘들어서 결석을 한 것으로 양해를 구했다.

어느 이상형이고 개방형인 부인에게 이 사건을 이야기한 적이 있다. 그때 그 부인의 말이 지금도 잊혀지지 않는다. "그 매일 가는 학교, 하루 안 간다고 뭐가 그리 큰 문제에요?" 머리를 망치로 맞은 느낌이었다. 현실형이고 정리형인 나는 학교는 빠지면 안 되는 줄 알고 거의 개근을 했는데, 이렇게 생각하는 사람도 있다니. 처음에는 황당한 궤변같이 느껴졌는데 곰곰이 생각해보니 그럴 수도 있다는 생각이 들었다. 평생을 고지식하고 융통성 없이 살아왔는데 이해를 하다니 나도 나이가 들어서 그런가?

아이의 눈높이에 맞추어서 생각해야 한다. 아이가 감정적으로 힘들다면 힘든 것이다. "어떻게 학교 가는 것이 힘들어?" 하고 이야기해봐야 소용이 없다. 아이가 힘들다는데…. 부모가 괜찮다고 힘들지 않아야 하는 것이 아닌 것이다.

아내 이야기

우리 집안의 여자들은 모두 클래식 음악가들이고 어릴 때부터 음악을 전공하면서 컸다. 이상형 둘째는 바이올린을 골랐다. 곧잘 하는 모습을 보며 내심 바이올리니스트가 되려나 하고 콩쿠르에 내보내야지 하고 있던 어느 날. 둘째가 영화를 보더니 갑자기 탤런트가 되고 싶다고 했다. 어차피 아이가 가장 좋아하는 걸 해주고 싶은 마음에 "그래?" 하면서 순발력이 빠른 나는 어린이 탤런트 교실 같은 걸 알아봐야겠다고 생각했다. 그런데 몇 주 후 딸은 다시 자기가 요리사가 될까 심각하게 생각한다고 했다. "맞아. 지난번에 여성잡지 보니까 요즘엔 어려서부터 아이들이 자기 길을 미리 정해 필요한 자격증도 따더라" 하면서 정보를 또 찾아보았다.

그런데 이런 일이 계속되다 보니 짜증이 났다. 아이의 적성이나 선호도를 찾아주려 하다가 이젠 오히려 아이한테 휘둘리는 것처럼 느껴졌다. 정리형 엄마라면 흔들리지 않고 초지일관 아이를 끌고 나갔겠지만, 개방형인 나는 이상형 아이의 변화무쌍함이 감당이 안 되었던 것이다. 그런데 나중에 알고 보니 그럴 필요가 없었다. 이상형 아이들은 단지 그때그때 원하는 걸 이야기 했을 뿐이었고 그다지 심각한 것도 아니었는데 행동이 빠른 엄마는 단지 한 순간의 꿈이었을 뿐인 아이의 이야기에 따라 급하게 행동을 개시하는 것이었다.

2) 이상형 아이들이 때로 현실에 적응하지 못하고 있어도 그 가능성을 인정하고 꿈을 키워줘야 한다

그림 그리는 이상형 C는 언니와 방을 같이 쓰기 때문에 혼자만의 공간이 없었다. 그러나 한번 생각이 떠오르면 계속 생각이 나기 때문에 밤새도록 그림을 그렸다. 그때는 먹기도 싫고 잠도 안 온다. 자나 깨나 그림 생각만 한다. 혼자만의 공간을 찾기 위해 베란다 구석에 책상을 놓고 책도 보고 그림도 그리고 상상의 세계로 들어가다 보면 동이 튼다. 그러면 새벽부터 움직이는 많은 것들을 보면서 또 그걸 그림으로 옮긴다.
아침이 되면 발도 시려 오고 코도 빨개진다. 현실형 엄마가 일어나면 잔소리가 시작된다. "아니 저녁밥도 안 먹고 뭐했냐?" 현실형 언니도 "이그, 뭐 하나 잘 챙기지도 못하면서 그림은…." 현실형 가족에게 이상형 딸은 사회생활 잘 못하는 철부지에다 자기 몸 하나 관리 못하는 걱정스러운 아이였다.

이상형 아이는 가끔 같이 있어도 혼자 다른 세계에 있는 것 같은 표정이다. 머릿속은 벌써 상상의 세계로 간 것이다. 가끔 멍하게 있는 아이들을 보는 현실형 엄마는 도대체 정신을 어디다 두고 다니냐고 아이를 윽박지른다. 특히 내향적이고 이상형인 아이들은 어떤 경우 조용하고 꿈을 꾸는 아이같이 보이기도 한다.

자기만의 세계에 들어가 버린 아이를 바라보는 부모는 답답하기만 하다. 하지만 지적하면 할수록 더 깊이 들어가 버린다. 상상의 세계를 즐기고 있는 것을 인정하고 그 시간을 존중해줘야 한다.

일상적인 일이 쉽고 재미있는 현실형 아이들과는 달리 이상형 아이들은 일상적인 일이 지루하고 힘들 때가 많다. 때로는 중요하지 않다고 생각되는 일을 시키면 잊어버리거나 다른 방향으로 잘못해 가기도 한다.

아이들이 어렸을 때 종이비행기를 접어 날리는 놀이를 했다. 현실형인 첫째는 쉽게 접고 쉽게 날리는데 이상형 둘째는 그것이 쉽지 않았다. 비행기를 거꾸로 손에 잡고 날리려고 한다. 아무리 노력을 해도 어딘가가 어설프고 비행기도 잘 날지 않는다. 자기도 잘 안 되는 게 속상하고 언니 아빠가 놀리니 창피하기도 하고. 이상형 아이라서 그럴 수 있다는 것을 알았다면 상처를 덜 주었을 텐데.

우리 집 셋째가 학교에 갔을 때, 가장 힘들어한 일은 일기 쓰기였다. 아무리 혼내고 가르쳐도 일기를 잘 못썼다. 한두 줄 이상은 쓰지도 못할 뿐 아니라 쓴 내용도 무슨 이야기인지 도저히 알 수가 없었다. 하지만 이렇게 대충 쓰고 난 일기의 끝에는 항상 같은 말이 쓰여 있었다. '오늘 느낌이 좋다.' 이상형 셋째에게는 하루의 구체적인 일과는 잘 생각이 안 나지만 오늘 느낌이 좋다는

것이 일기의 전부였는데, 현실형 부모 그리고 현실형 선생님에게 이것은 일기가 아니었던 것이다. 지금 생각하면 현실형 부모 밑에서 인정을 못 받고 고생한 셋째에게 가장 미안하다.

얼마 전 학교 선생님들을 대상으로 강의를 했는데 대부분의 선생님들이 현실형이었던 기억이 있다. 그러다 보니 이상형 아이들은 주로 현실적인 분위기인 학교에서 적응이 쉽지 않다. 이미 다 아는 이야기는 재미도 없고 공부하는 의미도 없다. 같은 것을 반복적으로 시키는 학교 숙제는 지루할 뿐이다. 그래서 학교에서 잘 인정받지 못하는 경우가 많다.

특별히 이상형이며 사고형인 아이들은 지적 능력이 탁월하다. 위대한 과학자나 발명가들 중에는 이 유형이 많다. 하지만 이 아이들이 어렸을 때 학교에 적응을 잘 못하는 경우가 많았다. 에디슨이나 스필버그 같은 천재도 어렸을 때 학교에서는 적응을 하지 못했다고 하지 않는가? 이런 아이들의 놀라운 잠재력을 무시하고 현실적응력이 좀 떨어진다고 어리바리하다거나 엉뚱한 생각만 하고 있다고 말을 한다면 이런 아이들의 잠재력이 계발되지 못한다. 학교에 적응을 못하는 이런 아이들에게는 "네가 학교를 못 따라가는 것이 아니라, 학교가 너를 못 따라가는구나"라는 부모의 전폭적인 인정과 격려가 필요하다.

3) 이상형 아이들은 부모의 말 한 마디나 별것 아닌 행동에 쉽게 상처 받을 수 있다는 것을 인정하고 조심해야 한다

아내 이야기

딸들이 십대일 때 옷을 사러 가기로 약속했다. 맨날 바쁘다 보니 도무지 쇼핑을 같이 갈 시간이 없었는데 모처럼 쇼핑을 하니까 아이들이 너무 좋아했다. 그런데 하필이면 그날 갑자기 중요한 일이 생겨 도저히 갈 수 없게 되었다. 현실형 큰딸에게 "정말 미안하다. 하지만 이 상황 좀 봐. 도저히 갈 수가 없어. 약속 못 지킨 거 미안하니까 다음번에 엄마랑 더 좋은데 가든지 차라리 직접 가서 사도록 돈을 충분히 줄게"라고 했다.

물론 엄마랑 같이 가고 싶었겠지만 상황을 이해한 현실형 딸은 쉽게 수긍해 주었다. 오히려 그로 인해 돈도 많이 생기니 별로 개의치 않는 표정이었다. 문제는 이상형 둘째 딸이었다. 둘째는 엄마의 상황을 이해하려 들지 않았다. 돈 더 준다고 해도 통하지 않았다. 자기들과의 약속이 먼저인데 어떻게 다른 약속을 할 수 있냐고, 딸보다 그 약속이 중요하냐고 너무 한다며 서운해 했다. 아무리 설명을 해주어도 마음이 풀리지 않았다.

왜 그럴까? 엄마와 옷을 사러 가기로 약속을 하면 이상형 아이는 이미 며칠 전부터 자신의 상상 속에서 쇼핑을 시작한다. 간

김에 떡볶이도 같이 사먹고 옷만 아니라 신발가게도 구경하고 엄마한테 하고 싶었던 이야기도 하려고 했다. 그런데 갑자기 못 가게 된다니 그것은 며칠 동안 꿈꾸던 모든 즐거움과 기대가 무너지는 것이었다. 엄마가 자기와의 약속을 깬 것은 엄마의 일을 자기보다 더 중요하게 여겼다는 생각을 넘어 자기 인격이 무시당한 것처럼 느낀다. 그러면서 계속 징징거리기 시작한다. 나 같은 현실형 엄마에겐 이런 이상형 아이와의 약속이 겁난다.

이상형 아이들은 나름대로 자기의 방식이 있고 자기의 꿈과 바람이 있다. 현실형 부모에게는 이것이 별것 아닌 것으로 보일지 모르지만 그 아이에게는 자기의 모든 것이 될 수 있다. 그러므로 이 꿈이 깨지게 되면 예상 밖으로 화를 내거나 짜증을 부려 부모를 당황하게 만든다. 이상형 아이들은 자기 감정을 잘 표현하지도 못하기 때문에 무슨 까닭인지 알 수 없는 부모는 답답하기만 하다. 아이가 속으로 원하는 것이 무엇인지 그리고 아이가 왜 힘들어하는지 알아내기 위해 집중하여 경청하고 질문을 잘하는 코치 부모가 되어야 한다.

우리 집 밑의 두 아들이 가장 무서워하는 사람은 현실형이고 정리형인 큰누나이다. 엄마 아빠의 말은 잘 안 들어도 누나 말이라면 꼼짝 못한다. 워낙 조목조목 증거를 대고 꼬치꼬치 따지고 들기 때문에 어설픈 두 아들은 상대가 안 된다. 하루는 내가 봐도 심하게 따지는 큰누나 앞에서 몇 마디 변명을 하던 이상형 셋째는 더 이상 표정 변화도 없고 반응도 없다. 무표정에 묵비권을 행사하는 동생에게 더 열이 난 누나는 더욱 따지고.

이상형 아이들은 현실 감각도 조금 떨어지고 지난 일도 구체적으로 기억이 안 나기에 제대로 설명이 안 될 때가 있다. 그럴 때 과거의 일을 조목조목 나열하면서 언제 무엇을 어떻게 잘못했는지 따지는 현실형이 얄밉게만 보인다. 반면에 무엇을 잘못했는지 제대로 설명을 못하는 이상형을 보는 현실형 부모들은 이해도 안 되고 무시당하는 것 같아 더 화가 나고 서로의 상처는 깊어만 간다.

이상형 아이들의 감정을 이해하고 구체적이지 못한 것을 이해해줘야 한다. 그러기 위해서는 아이 수준으로 눈높이를 낮추고 아이의 마음을 경청해야 한다. 생각이 복잡하고 다른 사람의 말과 행동에서 의미를 찾는 이상형들은 오해도 잘하고 상처도 잘 받는다.

어린 나이에 혼자 유학을 가게 된 이상형 아이. 어렸을 때 한 집에서 같이 지내던 엄마의 학교 후배가 공항에 나와 아이를 보고 펑펑 운다. 고향을 떠나 이민 생활에 지쳐있던 분이 오랜만에 절친한 언니의 딸을 보니 감정이 복받쳤던 것이다. 이 순간 이 아이의 머리에 친척 한 분이 "넌 엄마가 따로 있어"라고 밤낮 놀리던 말이 생각이 난다. 갑자기 아이의 머리가 복잡해진다. "이 분이 내 진짜 엄마인가?" 한 달 동안 울고 고민하던 아이가 마침내 엄마에게 전화를 한다. "엄마 솔직하게 말해봐. 내가 친딸이야?" 갑자기 말도 안 되는 소리를 들을 엄마는 황당하기만 하지만 아이는 심각한 상태이다.

자녀들에게는 모두 말을 조심해야 하지만 이상형 아이의 경우 특히 조심해야 한다. 별것 아닌 말과 행동이 자칫 오해를 불러일으키기 때문이다.

이상형 부모, 현실형 아이 이해하기

이상형 부모들은 현실세계의 경험보다는 가능성과 가치를 중시하기에 아이들에게 창의적이고 새로운 방법을 시도하도록 도와주는 사람들이다. 아이들만의 독특한 잠재력을 찾아 계발해 주기를 원하지만 가정과 학교의 현실에서 반복되는 일상의 일을 챙기는 일이 신도 안 나고 힘들게만 느껴진다. 하지만 현실형 아이들은 이상형 부모의 이런 교육 방법이 잘 이해가 안 되고 당장 필요한 것을 해결해주지 않는 부모에게 짜증이 나기도 한다.

1) 현실형 아이가 좋아하는 일이 가볍고 답답해 보이더라도 고치려 하지 말고 현재를 즐기도록 놔둬야 한다

꿈은 크게 가져야 한다고 생각하는 이상형 아빠. 자녀들도 큰 꿈을 꾸게 하고 그것을 이룰 수 있는 많은 교육과 훈련을 시키면서 키워왔다. 그런데 어느 날 아들이 결혼할 상대라고 여자를 데려왔다. 상대 여자는 가뜩 긴장하고 시아버지 될 분 앞에 조심스럽게 있는데 갑자가 황당한 질문이 온다. "그래, 네 비전은 무엇이야?" 전혀 예상 밖의 질문에 당황한 그녀의 머릿속이 혼미해진다. 한참 고민하다가 "잘 모르겠어요"라고 답할 수밖에. 황당하기는 서로 마찬가지이다. "이 나이가 되도록 꿈도 없다니."

현실형 아이들은 큰 꿈이나 비전이 그렇게 중요하지 않다. 그저 현실에 만족하면서도 얼마든지 살아갈 수 있다. 회사를 물려주려고 아들을 훈련시키고 싶은데 아들은 전혀 관심이 없다. 그런 아빠의 노력이 고맙기는커녕 부담스럽기만 하다. 큰 목표를 이루기 위해 가정을 희생하고 바쁘게 자신을 몰아가는 것보다 적게 벌어도 가족과 함께 평범하게 지내는 것에 더 가치를 두기도 한다. 이상형 부모가 보기에 현실형 아이들은 현실에만 빠져 있어 미래를 보지 못하고 아까운 기회를 다 놓쳐 버리는 아이들이고, 할 수 있어 보이는데도 도전하지 않고 못한다고 불평만 하는 아이들이다. 하지만 이런 아이들이 현실형 아이라는 것을 인정해줘야 한다.

현실형 첫째는 초등학교 때부터 받았던 편지나 쪽지 같은 것

을 아직도 다 모아두고 입던 교복도 절대로 못 버리게 한다. 집 떠난 지 오래 되었는데도 자기 물건을 못 건드리게 다 봉해 놓았다. 그런데 이상형 둘째는 언니의 이런 모습을 보면서 한마디로 답답하다고 느낀다. "그건 너무 쓰레기 같은 거잖아? 나에게는 그때의 그 시간들이 소중하지, 교복이나 그런 편지들은 그냥 종이 쪼가리 같은 것이거든."

현실형 딸이 떨어져 사는 이상형 엄마에게 생일선물을 보내고 받았는지를 계속 확인한다. "엄마, 선물 받았어? 아직 못 받았어?" 다른 아이들은 엄마 생일을 기억하는지 못하는지 관심도 없어 보이는데 현실형이고 정리형인 딸은 그래도 선물까지 챙겨준다. 며칠 후 선물을 받은 엄마는 선물보다 먼저 생일 카드를 뜯는다. 선물보다 아이의 마음이 중요하니까. 그런데 카드에는 그냥 "생일 축하해요. 큰딸"이라고만 쓰여 있다. 왠지 허전한 마음이 들어 딸에게 이메일을 보낸다. "선물 잘 받았어. 예쁘던데? 비싼 것 같아. 근데 편지가 넘 짧아 좀 실망했어. ㅠㅠ." '엄마 미안, 시간이 없어서….' 이런 회신을 기대하면서 말이다. 그런데 돌아온 메일 내용 "난 긴 편지 보낸다고 말하지 않았는데?"

이런 현실형 아이들을 바꾸어 보려고 아무리 노력을 해도 소용이 없다. 이 아이들은 미래에 가치를 두기 보다는 현실적인 일상의 일에 더 가치를 둔다. 마음을 전하는 것보다 선물이 편한 아이들이다. 역시 아이의 눈높이에 맞추어야 한다. 아이가 좋아하는 일을 너무 막기 보다는 그것을 즐기게 해주면서 점점 큰 그림을 보게 해줘야 한다. 내 생각대로 끌고 가면 서로의 관계만 상처를 받게 된다.

2) 현실형 아이들은 큰 그림만 주면 잘 할 수 없다는 것을 이해하고 구체적으로 순서에 맞춰 설명해줘야 한다

현실형인 내가 어렸을 때 가장 싫어하던 시간은 미술시간이었다. 무엇이든지 마음껏 표현해 보라는 주문은 나에게 가장 힘든 숙제였기 때문이다. 유치원 때의 일이다. 미술시간에 선생님이 엄마 얼굴을 그리라고 해서 그냥 그렸다. 머리는 검정색, 얼굴은 살색. 그런데 선생님이 나의 그림을 보더니 "배경을 더 넣어"라고 한마디 하시곤 지나가 버리신다. 배경이 뭔지도 모를 때여서 나에게는 그 말이 "백용"을 더 넣으라는 말로 들렸다. 아니 선생님이 왜 내 이름을 더 넣으라고 하지? 아무리 생각해도 이해가 안 되었다. 뭘 해야 하는지를 찾지 못하고 고민하고 있는데 선생님이 내게 오시더니 한마디 더 하신다 "배경을 넣으라니까." '아니 내 이름을 어떻게 그림에 넣나' 고민하다가 결국은 포기하고 말았다. 선생님에게는 내가 말 안 듣는 못된 아이로 보였을지도 모르지만, 나에게는 미술과 멀어지게 된 사건이기도 하다.

아내 이야기

피아노를 가르치는 것은 손가락 사용하는 법만 가르치는 것이 아니다. 기술적인 부분은 음악을 표현하기 위한 도구일 뿐 결국 생각과 느낌이 손가락을 통해 전해져야 듣는 사람들에게 감동이 오는 것이다. 음악이란 상상과 느낌, 감정과 같은 보이지 않는 세계를 들리는 소리의 세계로 옮겨놓는 일이다.

이상형 선생님은 이렇게 가르친다. "여름방학에 시골에 간 적 있니? 선생님은 지난 여름, 홍천 깊은 산골에 갔었단다. 그런데 밤하늘을 보고 너무 놀랐어. 하늘에 별들이 쏟아질 것처럼 가득한 거야. 마치 거대한 크리스마스 트리가 하늘에 장식되어 있는 거 같았어. 이 부분이 바로 그런 곳이란다. 한번 눈부시게 쳐봐." 그러면 이상형 아이는 눈이 반짝거리면서 놀랍게도 비슷한 표현을 하며 피아노를 친다. 그 아인 이미 홍천 시골 산골에 가 있는 것이다.

그런데 똑같은 이야기를 현실형 아이한테 하면 어떻게 될까? "너 여름방학에 시골에 간 적 있니?"하면서 이상형 선생이 이야기를 시작하면 현실형 아이는 고민에 빠진다. "뭐야. 나 지난 여름방학에 시골 안 갔는데." 게다가 선생님이 꿈꾸듯 설명하는 이야기가 도무지 이해가 안 된다. "밤하늘의 별이 아름답다는 건 알겠다고. 그런데 도대체 그걸 피아노 치는데 어떻게 적용하란 말이야? 눈부시게 치라니 눈이 부시는데 어떻게 피아노를 쳐?" 현실형 아이들은 말을 있는 그대로 받아들이기 때문에 어떻게 피아노를 치라는 구체적인 지시가 없는 선생님의 말이 이해가 안 가는 것이다.

문제는 그 다음부터다. 선생님은 나름 열심히 설명했는데 아이가 제대로 표현해 내지 못하는 경우, 이상형 선생님이 "너는 느낌도 감정도 없니? 도대체 음악적인 표현이 왜 이리 약해. 과연 피아노를 전공할 수 있을지 모르겠다"라고 한다면 어떻게 될까?

사실 이상형 선생과 현실형 학생의 의사소통이 안 되었을 뿐이고 단지 어떻게 표현을 해야 할지 모르는 것일 뿐 밤하늘의 별이 아름답다는 걸 느끼지 못하는 것은 아닌데, 음악성이 없다는 지적을 받은 현실형 아이는 스스로 재능이 없다고 느끼게 된다.

학생이 현실형인 경우는 이렇게 설명해줘야 한다. "이 부분이 화려하게 들려야 하지? 그러려면 건반 한 음 한 음이 별빛처럼 초롱초롱 빛나게 해야 하거든. 즉 공명이 되게 울려야 하는 거지. 자 그러려면 소리가 단단해야 할까 물컹해야 할까? " "단단이요." "그런 단단한 소리가 나려면 손가락에 힘이 있어야겠지. 한번 힘주어 쳐보자." 현실형 아이들은 순서적으로 이해하기 때문에 차근차근 설명하면서 실제로 아이의 손을 잡아 경험을 시켜야 한다. "좋아. 그런데 아직 울림이 없잖아? 손목을 부드럽게 같이 움

자, 지난 여름
시골 갔을 때 밤하늘에
쏟아질듯한 별들을 봤을 때
그런 느낌으로 쳐보는거야~
알겠니?
시골에 안갔었는데...
어떻게 하라고
하시는 걸까?
통~ 모르겠는데...

직여야 공명이 되어 더 빛나는 소리가 나지…. 이렇게 말야" 하면서 선생님이 직접 시범을 보여준다. 오감을 쓰는 것이다.

이상형 아이처럼 척 하고 이해는 못해도 차근차근 설명을 듣고 이해한 현실형 아이는 오히려 선생님의 지시에 더 순종적이다. 게다가 정리형이고 현실형인 아이라면 10번 연습해 오라고 하면 정말 10번 연습을 해온다. 하지만 선생님의 추상적인 표현에도 금방 따라 하던 천재 같던 이상형 학생은 어떻게 할까? 레슨 시간에 숙제가 있었는지 기억조차 못할 수도 있다.

이처럼 가르치는 데에도 성격을 모르면 피차 상처를 받게 된다. 학생을 가르치기 전에 자신의 성격 유형과 학생의 성격 유형을 제대로 아는 것은 많은 시간을 아낄 수 있고 불필요한 오해를 줄일 수 있다. 교육을 하는 모든 선생님과 학생들이 원활한 의사소통을 위해 먼저 성격의 차이를 아는 교육부터 시작해야 한다.

3) 현실형 아이의 요구에 너무 의미를 두지 말고 그냥 들어준다

이상형 엄마가 초등학교 4학년 현실형 아들의 영어공부를 봐 주고 있다. 아이가 오늘 따라 유난히 열심을 낸다. 생글생글 웃으며 빨리 공부를 하자는 것이다. 아이는 중간에 나오는 독해문제를 먼저 풀자고 한

다. 그래서 엄마는 '얘가 드디어 영어공부에 맛을 들였구나. 특별히 독해를 좋아하는구나' 싶어 반가운 마음으로 지문 해석을 한다. 아이에게 그 지문에 나오는 문법과 단어들에 대한 설명도 열심히 한다. 그런데 아이는 설명은 그만하고 문제를 풀자는 것이다. 그런데 아이 태도가 좀 이상하다. 자기가 문제를 푸는 것이 아니라 엄마가 문제 풀이하는 것을 지켜보는 것이다. 수상쩍은 생각이 들어 물어본다.

"오늘 독해를 먼저 하자고 했는데 왜 그랬니?" 아이는 당황하며 우물쭈물한다.

"뭐, 그것부터 하고 싶었지."

"근데 문제는 엄마 혼자 푸는 것 같네. 재미없으면 우리 독해하지 말고 스피킹 부분 할까?"

아이는 절대 안 된다고 한다. 그렇게 실랑이를 하다 결국 아들의 진심을 알게 됐다. 학원 선생님이 숙제로 독해를 해오라고 한 것이다. 현실형에 개방형인 머리 잘 돌아가는 아들 녀석이 자기 숙제를 엄마에게 대신 시킨 것이다. 아들에게 속은 것도 화가 나고 잔머리와 얄팍한 공부태도에 실망을 한 엄마. 아들에게 한바탕 연설을 한다. 그러나 아들, 뉘우치는 기색도 없이 하는 말. "엄마 그래도 끝까지 문제 풀어 줄 거지? 내가 공부하는 거 좋잖아."

엄마와 아들 둘을 데리고 모처럼 외식을 한다며 고급 레스토

랑에 갔다. 이상형 셋째는 좀 부담이 되는지 "아빠, 나는 이런 고급보다는 양 많이 주는 곳이 더 좋아요"라고 한다. 그런데 현실형이고 개방형인 막내에게는 신나기만 하다. 스테이크를 맛있게 먹던 셋째가 또 한마디를 한다. "아빠, 나는 이 담에 커서 내 아들에게 이렇게 좋은 식당에서 음식을 사줄 자신이 없어요." 생각이 깊은 것 같은 셋째가 기특해 보인다. "아니야. 너는 아빠보다 더 훌륭하고 성공한 사람이 될 수 있어. 정말이야"라고 말하면서도 "아빠, 스테이크 무지 맛있다"라고 좋아하는 현실형 막내가 점점 더 아무 생각이 없는 아이처럼 보인다.

한번은 큰딸과 두 아들과 함께 외식을 할 일이 있었다. 맛있는 것 사주겠다는 아빠의 말에 막내가 "일식집에 가요"라고 했다가 형과 누나에게 혼이 났다. "안 돼. 거긴 너무 비싸." 정말 기특한 아이들이다. 설렁탕집을 찾아 들어가려는데 바로 옆에 일식집이 있다. "우리 그냥 일식 먹으러 가자." 아이들과 잘 놀아주지도 못해 미안한 내가 우겨서 일식집으로 갔다. 메뉴를 보던 큰애와 셋째는 싼 메밀국수와 우동을 시키는데 막내는 초밥을 먹겠다고 해서 한 번 더 눈총을 받았다. 큰애는 나이가 들어서 그렇고 셋째는 이상형이어서 그런지 몰라도 현실형 막내아이는 별로 생각이 없어 보인다. 그저 먹고 싶은 것 먹고 보고 싶은 것 보고 싶은가 보다. 거기다 개방형이어서 그게 얼마짜리인지 잘 알지도 못한다.

현실형 아이들은 의미나 가치 있는 일보다 현실의 필요에 더 끌린다. 여기에 개방형까지 겹치면 충동적으로 그런 욕구를 충족시키려고 하고 외향형이면 더욱 적극적으로 표현하면서 얻으려고 한다. 이런 모습을 보는 이상형 부모는 자기와 다른 가치체계로 움직이는 아이들이 이해가 안 된다. 아무리 이 아이가 왜 그럴까, 그 의미를 찾아보아도 잘 알 수가 없다. 현실형 아이의 말과 행동에 지나친 의미를 부여할 필요는 없다. 이 아이들은 있는 그대로 생각하고 말하는 아이들이다. 그냥 원하는 것을 인정해 줘야 한다. 그리고 들어줄 수 있는지 없는지만 판단하는 것이 좋다. 해줄 수 있는 것이면 편안하게 해주고 안 된다면 딱 부러지게 안 된다고 이야기하는 것이 좋다. 괜히 돌려 말해도 잘 이해하지 못하고 서로 불편해지기만 한다.

합리적인 사고형 아이, 사람 마음에 민감한 감정형 아이

현실형과 이상형이 주변의 사물로부터 정보를 수집하는 데 사용하는 심리적 기능이라면 사고형과 감정형은 수집된 정보를 가지고 의사결정을 할 때 사용하는 심리적 기능이다.

사고형은 의사 결정할 때 원칙적이고 합리적이고 객관적으로 공평한 기준을 찾으려 하지만 감정형은 인간관계의 가치를 더 중요하게 생각하며 그것을 기준으로 삼으려 한다. 쉽게 말하면 사고형은 일이나 과제를 중심으로 결정을 하고 감정형은 사람 중심으로 결정을 한다고 볼 수 있다. 그러므로 사고형의 결정을 보는 감정형은 더 중요한 것을 빠뜨린 것 같은 느낌을 갖고 감정형의 결정을 보는 사고형은 어딘가 치우친 것 같은 느낌을 갖는다.

사고형이라는 말이 마치 생각을 많이 하는 것 같고 감정형은 감정적이라는 것처럼 보이지만, 단지 의사결정을 할 때 사고적인 기능을 많이 쓰는지 감정적인 기능을 많이 쓰는지를 나타내는 것이다. 생각이 많은 아이는 사고형이 아니라 오히려 내향적인 아이이다.

우리 사회에서는 일반적으로 남자들을 일과 원칙을 중요시하는 사고형으로, 여자들을 사람과의 관계를 중시하는 감정형으로 보는 경향이 있다. 그러므로 남자 아이가 감정형일 경우에는 마음이 연약해 남자답지 못하게 보일 수 있다. 특히 외향형이고 사고형인 아빠는 이런 감정형 아들이 못내 못마땅하여 어떻게 해서든지 강하게 키워보려고 하지만 상처만 줄뿐 결과는 별로 좋지 않다. 더 나쁜 것은 아이 스스로도 여자 같은 자기 성격을 창피하게 생각하여 심한 경우 남들 앞에서 더 남자같이 보이려고 과격

한 행동도 서슴지 않는다는 것이다. 우리 집에서도 밖에서 싸우고 오는 아이는 사고형 아들이 아니라 감정형 아들이다.

사고형 여자 아이들도 힘들기는 마찬가지이다. 감정형 엄마가 보기에 사고형 딸은 너무 정이 없어 냉혈동물같이 보인다. '여자가 저래서 어떻게 하지' 하며 바꿔 보려 하지만 역시 잘 안 되고 상처만 주고받는다. 사회적 통념이 중요한 것이 아니다. 아이들의 타고난 모습을 그대로 인정하고 격려해줘야 한다. 스스로 편한 대로 행동할 수 있어야 자존감과 자신감을 가지고 자기의 잠재적 능력을 찾아 발휘하게 될 것이다.

1. 옳다고 생각하는 대로 결정하는 사고형 아이, 좋아하는 쪽으로 결정하는 감정형 아이

원칙과 논리 그리고 공평과 정의가 중요한 사고형 아이들은 어려서부터 "이거 맞아, 이건 틀려"라는 단어를 많이 쓰는 반면, 가치나 사람과의 관계를 중요시하고 사람으로부터 인정과 칭찬을 더 듣고 싶어 하는 감정형 아이들은 "이거 좋아, 이건 싫어"라는 단어를 많이 쓴다.

사고형 아이들이 가장 힘든 때는 부모가 공평하지 않다고 느낄 때이다. 그러므로 객관적인 논리가 약한 감정형 부모 밑에서 자라는 사고형 아이들은 아무런 기준도 없이 자기 마음대로 이랬

다저랬다 하는 것같이 보이는 부모의 결정에 많은 스트레스를 받는다. 동생과 싸우면 잘잘못은 가리지도 않고 일단 먼저 우는 감정형 동생만 챙기는 엄마, 별로 필요도 없는 것 사달라고 떼쓰는 감정형 동생에게 넘어가는 엄마를 보며 "엄마는 동생만 사랑해!" 라며 속상해 한다.

그러나 감정형 아이들은 부모가 자기 맘을 이해해주지 못할 때 가장 힘들다. 사고형 부모들이 생각하는 공평은 감정형 아이들이 보기에 개인적 상황이 무시되는 섭섭한 상황이다. 자기의 처지를 인정받지 못하는 느낌에 "엄마는 형아만 사랑해"라고 울어 버린다.

사고형 아이는 비록 어린 나이일지라도 논리적으로 이해가 되어야 동생에게 양보할 수 있다. 그래서 아빠가 "이번에 형아가 한 번 양보해. 너는 형이잖아"라고 해도 "왜 밤낮 나만 양보해야 돼. 이번엔 싫어"라고 소리친다. 화가 난 아빠가 "아빠가 하라면 해!" 라고 소리치는 것도 통하지 않는다. 어린 나이에는 아빠의 권위에 눌려 아무 말 못하지만, 속으로는 절대로 아빠를 인정하지도 존경하지도 않는다.

사고형 아이는 원칙과 기준이 분명하고 합리적 이유를 설명하는 사람을 존경한다. 그리고 먼저 그 사람이 존경스럽고 신뢰할 만해야 사랑하는 마음이 생기기 시작한다. 그러니 원칙에 맞

지 않는 행동을 계속하는 사람은 부모라도 존경받기 힘들고 사랑도 깊어지지 않는다. 그러나 감정형 아이들은 신뢰하는 마음보다 애정이 먼저이다. 자기가 사랑하는 사람을 무조건 신뢰하는 것이다. 아이가 아무리 잘못하고 틀려도 감정형 부모에게는 자기 아이가 다 옳고 그 아이의 말이 다 맞는 것같이 보인다.

사고형 부모는 자녀 양육에 원칙을 지키고 싶어 하고, 잘잘못에 따라 상과 벌을 주어야 공정하다고 생각한다. 사고형이 강한 나는 아무리 다 큰 딸들이 "무슨 우리가 구석기 시대에 사냐고! 친구들은 다 늦게 들어가는데"라고 항의를 해도 통금시간은 밤 10시다. 물론 요즘은 사전에 허락 받아 늦는 경우가 많지만 가능하면 원칙을 고수하려고 한다. 아이들이 잘못을 해도 잘못이 무엇인지 묻고, 몇 대 맞을지를 정하게 하고, 따끔하게 종아리를 회초리로 때린다. 물론 다 때린 후에는 아이들을 껴안고 아빠가 미워해서 그런 것이 아니라고, 아빠는 정말 너를 사랑한다고 말하는 것도 잊지 않는다.

매를 잘 들지 않는 감정형 부모들에게는 빨리 잘못했다고 싹싹 비는 감정형 아이는 용서가 되는데 말도 잘 안하고 뻔대는 내향형 사고형 아이들이 더 밉게 보인다. 잘못하면 감정이 북받쳐 "너 죽고 나 죽자. 너 때문에 못 살아"라며 정신없이 때리는 경우가 생길 수도 있다. 감정형 부모는 스스로 감정의 기복에 주의하여 조절이 안 되면 잠시 중단하고 화장실에 가서 감정을 고르고 다시 나오는 것이 훨씬 현명한 방법이다.

'자녀를 몇 살 때부터 혼내는 것이 맞는가?'라는 질문을 많이 듣는다. 나는 나이에 관계없이 부모 말을 안 들을 때부터 혼내는 것이 맞다고 생각한다. 자녀를 때리는 것이 좋은지 끝까지 말로 타이르는 것이 좋은지는 잘 모르겠다. 하지만 사고형인 나는 아이들이 큰 잘못을 하거나 계속 잘못을 하면 종아리를 때렸다. 아빠가 "하지 말라"고 경고한 일을 했을 때는 지체 없이 혼을 냈고, "잘못하면 맞는다"라고 말한 이상 반드시 매를 들었다. 아빠가 한 말은 반드시 지킨다는 것을 보여주기 위함이었다. 물론 해준다는 약속도 반드시 지키려고 노력했다. 하지만 아이들이 어렸을 때는 회초리를 들기가 쉽지만 나이가 들수록 때리기가 힘들어진다.

2. 자기 생각을 있는 그대로 이야기하는 사고형 아이, 다른 사람이 신경 쓰여 돌려 말하는 감정형 아이

사고형 아이들은 자기가 말하는 것이 상대방에게 어떤 영향이나 상처를 주는지 잘 느끼지 못하고 있는 그대로 말하는 경우가 많다. 현실적으로 섬세하지 않은 이상형인 경우에는 더욱 심하다.

그러나 감정형 아이들은 항상 다른 사람과의 관계에 신경

을 쓰기 때문에 자기의 의견을 이야기하기 전에 먼저 주변의 다른 사람이 어떻게 생각하고 있는지 알고 싶어 한다. 감정형 특히 내향형인 아이들은 다른 사람의 생각에 따라 자기 의견을 바꾸기도 하고, 하고 싶은 말을 다하지 못하고 속에 묻어두고 지낸다. 감정형 아이들이 아플 때는 사람과의 관계에서 문제가 생긴 경우가 많이 있으므로 속마음을 먼저 점검하는 것이 좋다.

싫으면서도 좋은 척, 속으로는 아니면서도 그렇다고 끄덕이는 감정형들의 행동을 보면서 사고형은 마음이 불편하다. 물론 감정형들이 의도적으로 거짓말을 하려는 것이 아니라 상대방의 마음을 배려하기 때문이라는 것을 알기는 하지만 사실이 아닌데 그렇게 말하는 것은 사람 기만하는 것 아닌가?

감정형들은 실감나게 자기의 감정을 표현할 수 있지만 사고형들은 자기 감정의 표현이 서툴다. 사고형이면서 내향형인 경우에는 더욱 심하다. 요즘은 많이 변했지만 과거의 아빠들은 부인이나 자녀에게 감정 표현을 거의 하지 않고 지냈다. 이런 아빠의 모습에 많은 감정형 자녀들은 힘들어한다.

엄마 아빠에게 사랑받고 싶은 외향형이고 감정형인 딸. 열심히 공부해서 좋은 대학 디자인과에 들어가고 뭔가를 보여 드리고 싶어 연극도 하고 패션쇼에도 출연했다. 그런데 엄마 아빠는 와서 보시고 칭찬이나 격려는커녕 아무 말도 없으시다. 대학에 합격했을 때 아빠가 옆으로 한번 안아준 것이 처음이자 마지막이었던 것으로 기억한다.
주요 출판사에서 내가 만든 책이 나왔을 때도 마찬가지로 아무 말도 없으셨다. 주변 사람들에게 10권의 책도 안 돌리셨다. 뭘 사다 드려도 오히려 돈을 함부로 많이 쓴다고 나무라시는 엄마 아빠는 "너나 잘 살아라"라고 늘 말씀하신다.

오랜만에 엄마에게 좋은 선물을 해 드리고 싶어서 큰맘 먹고 비싼 물건을 산 감정형 딸. 엄마가 "와~ 고맙다~" 하고 놀랄 것을 기대하니 웃음이 나왔다. 선물을 받자마자 잠시 놀라기는 한 사고형 엄마는 곧 이렇게 말씀하신다. "이거 비싼 거지? 얼마주고 샀니? 부담스럽다 얘. 근데 어디서 샀어?"

사고형 엄마와 감정형인 딸이 함께 드라마를 보다가 딸이 감동해서 말한다. "엄마! 너무 슬프지?" 엄마의 대답은 이랬다. "이런 거 중독이야. 빠지면 안 돼. TV나오는 이야기는 거의 정상인 게 없으니 감정에 빠질 필요 없어." 정말 같이 TV 보기가 싫다.

사고형 아이들이 감정을 잘 드러내지 않는다고 감정이 없는 것은 아니다. 단지 표현을 잘 못할 뿐이다. 사고형 아이들이 어렵

게 자기의 감정을 표현했는데 그 모습을 보면서 감정 표현을 잘 못한다고 웃거나 무시하면 이 아이들은 점점 자기 감정 표현에 소극적이 되어간다.

사고형 아이가 감정 표현을 잘 못한다고 부모도 감정 표현을 안 하면 곤란하다. 사고형 아이들 역시 사랑과 관심과 보살핌이 필요하며, 그들이 느끼는 감정을 잘 표현하게 옆에서 칭찬하고 격려하며 도와줘야 한다.

어느 날 사고형 아들이 엄마에게 이렇게 이야기한다. "어떤 때는 친구를 잘 못 사귀는 나의 모습이 싫어. 그래서 친구들 특히 감정형 친구들을 대할 때는 최대한 감정형같이 대화하고 행동을 하려고 노력하거든. 그러면 친구들과 좀 더 친하게 지낼 수 있어. 평소에는 안 그랬는데 지난번 친구 생일에 감정형 흉내를 내어 선물을 주었더니 훨씬 더 친하게 되더라고." 어렸을 때부터 자기의 성격을 잘 이해하고 자기가 상대하는 사람들의 성격에 맞추어 행동하려는 셋째. 자기 성격의 한계를 극복하고 폭넓은 대인관계를 유지하리라 기대한다.

3. 객관적이고 분석적인 사고형 아이, 주관적이고 동정심 많은 감정형 아이

해찬이 이야기

형이랑 또 싸웠다. 형과 나는 교회의 찬양 밴드에서 함께 기타를 친다. 어느 날 교회 밴드에서 드러머 자리가 비는데 나보고 드럼을 좀 쳐달라고 했다. 나도 드럼 치는 걸 좋아하고 한번 해보고도 싶었으니까 일단 예스라고 했고 우리 밴드에 있는 사람들도 다 허락했다. 자랑도 할 겸 형한테 허락을 받으려고 집에 오자마자 "형 나 드럼 치게 됐어" 라고 신나서 말을 했는데 형은 '무슨 네 주제에 드럼?' 이런 표정이었다. 내 이야기를 다 들은 형은 "넌 박자도 틀리고 잘하지도 못하잖아?"라고 화내며 나에게 드럼을 제안한 사람한테 전화하더니 해찬이는 아직 못해서 안 되고 다른 사람을 시키든지 드럼 없이 하자고 했다.

그때 나의 인내심이 툭 끊어지면서 바로 신경질이 나기 시작했다. 나는 형한테 화를 낸 기억이 없는데 왜 나한테 화를 먼저 낼까? 그리고 내가 드럼을 그렇게 못 치는 편도 아닌데 왜 내 자존심을 건드리나? 하는 생각이 들어 형한테 마구 신경질을 냈다. 더 어이가 없는 건 형이 자기가 뭘 잘못했냐고 반문하는 거다. 일단 내가 속상해 눈물을 흘리고 있는 상황이었기에 나라면 "아, 그래? 미안해. 내가 잘못했어. 네가 그렇게 맘이 상한 줄 몰랐어"라고 하면서 토닥였을 것이다. 그런데 형은 더 염장을 질러냈다. 결국 형의 잘못으로 끝이 났지만 이런 일이 한두 번이 아니다. 형은 "미안해." "고마워." "아, 그래?" 이런 대처가 너무 느리다. 아니 없을 때가 더 많다. 이런 대목이 형과 내가 항상 싸우는 원인이다.

아내 이야기

내향형이고 사고형인 셋째는 친구를 많이 사귀지 않는다. 많아야 두세 명 정도이다. 하지만 그 친구들하고는 아주 친하다. 밤이고 낮이고 그 아이들하고만 문자하고 전화하고 함께 다닌다. 그 나이 때에는 친구가 중요하니까 어떤 아이인지 궁금해 넌지시 물어 보았다. "네 친구 XX 어떠니? 성격이 조용한 것 같더라" 했더니 "음 ~ 걔가 좀 음흉하지. 성격도 얼마나 꼼꼼한지 여자아이 같아" 라고 한다. 무척 좋아하는 친구인데도 객관적인 평가를 할 줄 안다.

그런데 감정형 막내아들은 다르다. 막내는 외향적이기까지 해서 친구도 많고 항상 공사가 다망하다. 방과 후 그대로 집에 오는 법이 없다. 수업이 끝나면 일단 축구를 하는데 학교 운동장에 자리가 없으면 아파트 단지 공터에서라도 놀고 온다. 막내는 학원을 안 다녀 다른 아이들에 비해 시간이 많다. 요즘 애들은 보통 학원에 가느라 시간이 없을 텐데 시간 많은 우리 애랑 날마다 같이 놀아주는 친구가 도대체 누군지 궁금해서 물어 보았다. "네 친구 YY 애가 어떠니? 그 친구는 학원도 안 가나 보지?" 그랬더니 눈치 빠른 아들이 얼른 친구를 옹호한다. "우리가 얼마나 친하다고. 내가 학교에 준비물 못 가져가도 걱정 없어. 우리 둘이 항상 같이 하거든…."

감정형 아이들은 관계에 능하다. 외향형이기라도 하면 거의 노느라고 정신이 없어 보인다. 어떻게 놀아야 하는지 노는 방면으로는 머리가 잘 굴러간다. 초등학교 고학년이 되어 가는데 공부는 전혀 관심이 없는 막내가 걱정이 되어 담임선생님을 만났다. "아이들이 친하긴 한데 너무 놀기만 하는 거 같아 좀 걱정이에요." 그랬더니 웃으시며 "좋은 애들이에요. 공부는 좀… 하하… 그렇지만 밝고 인간미 넘치는 아이들이에요. 저는 그런 아이들을 오히려 좋아하는 걸요. 공부만 잘했지, 자기 것, 자기 시간만 챙기는 이기적인 애들은 얄밉거든요. 그런데 이 아이들은 '누가 오늘 남아서 선생님 청소 도와줄래?'하면 '저요, 저요.' 하면서 즐겁게 도와줘요. 나중에 자기가 좋아하는 일 찾으면 열심히 할 테니 걱정하지 마세요" 라고 하셨다.

인간관계를 중요시하는 감정형 아이들은 남들이 부탁하면

잘 거절하지도 못하고 동정심이 많아 주변의 힘든 친구를 도와주길 좋아한다. 돈을 빌려 달라고 하는 친구의 부탁을 거절하기도 힘들다. 자기가 잘 빌려 주니까 친한 친구도 자기에게 잘 빌려 줄 것이라고 생각했다가 상처를 받기도 한다. 그러나 사고형 아이들은 안 빌려 주는 경우도 많다. 동정심이 없는 것은 아니다. 하지만 '왜 내가 도와줘야지?' 또는 '이렇게 하는 것이 정말 도와주는 것인가?' 등 생각이 많다.

해찬이 이야기

나는 감정형이라서 그런지 형이나 누나들, 아빠 엄마가 내게 무언가를 부탁하면 쉽게 거절하지 못한다. 아무리 안 한다고 버텨도 결국 마지막에 하는 건 나다. 우리 집은 설거지를 돌아가면서 하는데 형은 자기 차례가 와도 꼼짝도 안 한다. 형한테 빨리 하라고 그러면 형이 나한테 와서 "고마워~~"하고 가버린다. 물론 저항은 해보지만 그렇게 부탁했을 때 내가 안 해준 적이 없다. 한마디로 내가 형을 위해 많이 희생하는 것 같다. 나는 가족들이 힘들까 봐 많은 일을 도와주는데 어떨 때는 가족들이 내 약점을 이용해 먹는다는 생각도 든다.

아내 이야기

어느 날 저녁에 마트를 가야 하는데 너무 힘들어서 두 아들보고 함께 가자고 했다. 일단 힘 좋은 셋째에게 “엄마가 맛있는 거 사 줄테니 같이 마트에 가자. 너 지난번에 핸드 로션 필요하다고 했잖아. 직접 같이 가서 네가 원하는 걸 사자구” 라고 했다. 그런데 내향형이고 사고형인 아들은 안 간다는 것이다. 숙제도 있고 공부할 것도 있다고 핑계를 댄다. “그럼 네 로션 안 산다”라고 협박했더니 안 사도 된다고 한다. “인정머리 없는 녀석!” 나는 좀 화가 났다. “자기 학교 늦을 때는 전철역까지만 데려다 달라고 온갖 수작을 부리면서. 어디 다시는 데려다 주나 봐라.” 불끈 역정이 났다. ‘내가 뭐 저더러 날마다 가자고 했나? 보통 때야 공부하라고 안 데려 가지만 그날은 자기 시험도 끝났고 엄마가 힘들어서 모처럼 부탁한 건데.’

완강히 싫다는 데야 할 수 없었다. 그래서 눈길을 돌려 감정형 막내라도 데려 가려고 말을 꺼냈다. 막내도 처음엔 “나 지금 재미있는 책 읽고 있는데”라며 안 간다고 했다. 아이들이 커가니 어디 데리고 다니기도 힘들다. 하지만 이번에는 포기하지 않았다. 그 아이의 성격에 맞추어 좀 신경을 썼다. “엄마가 너무 힘들어서 그래. 혼자 가기도 심심하고, 또 밤이라 올 때 무섭잖아. 그리고 카트도 혼자 밀고 다녀야 하는데 살 것이 많아서 짐 실을 때 네가 도와주면 좋겠어. 책 읽고 싶은 거 알지만 이번만 엄마를 위해서 같이 가줄래?" 하며 사정했다.

평소 같으면 이 정도면 따라 나설 아이가 그날따라 잘 안 먹힌다. 그래서 조금 연극적 요소를 가미했다. 눈을 내리깔고 시무룩한 표정으로 "그래? 할 수 없지 뭐~ 엄마가 일 갔다 와서 힘든데. 너희 좋아하는 만두랑 치즈랑 요구르트 사러 가는데 자식들이 안 도와 준다니 정말 자식 다 소용없다. 됐어! 그냥 혼자 갈게" 하며 일어서려고 했다. 그제야 막내는 "어휴~ 알았다구 알았다니까"하며 따라나선다.

나는 내심 그러면 그렇지 하며 웃었다. 그런데 한편으로는 좀 걱정도 된다. "남자 녀석이 저렇게 마음 약해가지고 어떻게 하나? 누가 불쌍한 척 슬픈 척 하면서 꼬실 때 항상 넘어가면 어쩌지? "

감정형인 P양은 사고형 동생과 많이 싸운다. 동생이 더 먹고 싶어 하는 것 같아서 내 것을 안 먹고 줘도 고맙다라는 말도 들을 수 없으니 다시는 주고 싶지 않다. 혼자서 무얼 먹으면서 나에게는 먹어보라는 이야기도 안 할 때는 '다시는 주나 봐라' 하고 속으로 생각한다. 내게 무엇을 빌리러 오면 그때가 생각나서 "너도 나에게 안 주었잖아?" 라고 하면 "언제?"라고 하면서 빌려 달라고 우긴다.

동생한테 잘 해주려고 부드럽게 말하면 느끼하다고 싫어하는 표현을

후후 고맙긴 한데
사내 녀석이
이렇게 마음이 약해서
어떡하니?
에휴~
같이 가드릴께요~
됐죠?

하니 도대체 어떻게 해주어야 할지 몰랐는데 성격에 따라 좋아하는 것과 표현 방법이 다르다는 것도 알게 된 뒤로 동생을 이해하게 되었다. 지금은 예전처럼 서로 으르렁거리지도 않고 동생도 언니가 감싸주고 부드럽게 대해 주는 것을 쑥스러워하면서도 좋아하는 것 같다.

사고형 형이 생일날 감정형 동생을 꼬드긴다. 친구들이 자기에게 돈을 모아 큰 선물을 해주려고 하는데 자기가 필요한 것이 무엇인지 넌지시 가르쳐주라고. 감정형 동생이 그런 이야기 못 한다고 하자 어차피 자기가 원하는 물건이 아니면 다시 가서 바꾸어야 하니까 서로 기분 좋게 가르쳐주라고 한다. 동생이 형에게 직접 이야기하라고 해도 체면은 있어 직접은 못하고 끝까지 동생을 시킨다. 논리적인 사고형은 어차피 같은 돈으로 선물을 사 줄 거라면 자기가 원하는 것을 받는 것이 더 좋은 방법이라고 생각하지만 감정형 동생은 그런 이야기를 하는 형의 모습이 창피하기만 하다.

냉정한 사고형 부모의 모습을 보면서 가슴 아파하는 감정형 아이들이나, 또는 아무에게나 헤프게 베푸는 감정형 부모를 보며 한심해하는 사고형 아이들 모두 서로 다른 성격을 이해하지 못해 일어나는 일이다.

4. 일 중심이어서 성취에 대해 인정받고 싶은 사고형 아이, 사람 중심이어서 개인적인 도움이나 협력에 대해 칭찬받고 싶은 감정형 아이

승현이 이야기

피아노를 전공하는 나는 중학교 때부터 피아노 콩쿠르에 많이 나갔다. 어렸을 땐 엄마가 데려다 주시기도 했지만, 점점 바빠지는 엄마는 나를 콩쿠르 장에 매번 데려다 주실 수 없다고 하셨다. 처음에는 미안한지 택시를 타고 가라며 돈을 주셨다. 그러다가 나중에는 지하철과 버스로 가는 방법을 알려주셨다.

한 번은 압구정동 현대백화점 근처에 있는 콩쿠르 장에 가야 했는데 마침 현대백화점에서 운행하는 무료 셔틀버스가 우리 아파트 근처에도 오기 시작했다. 보통 엄마들 같으면 "엄마가 같이 못 가서 미안해. 데려다 주기라도 했으면 좋겠는데 엄마가 시간이 없네. 다음엔 꼭 같이 갈게. 혼자지만 잘하고 와." 뭐 이런 내용의 얘기를 했을 텐데, 엄마는 "승현아, 현대백화점 셔틀버스 타고 가면 될 것 같아. 갈아타지도 않고. 너무 잘 됐다! 잘하고 와!" 라고 하셨다(콩쿠르 때문에 떨리는 딸의 마음을 공감해주기엔 너무나 거리가 먼 현실형에 사고형인 엄마인가 보다).

콩쿠르 장에 가면 친구들은 다 엄마와 함께 와서 같이 기다

리고, 엄마가 옆에서 이것저것 챙겨주시고, 또 끝나면 엄마와 같이 밥을 먹으러 가기도 했다. 그럴 때마다 나는 혼자서 조용히 구석에 앉아있거나, 악보를 보면서 기다리곤 했다. 몇 년을 계속 혼자서 콩쿠르 장에 가다 보니 나중엔 친구엄마들이 "어머 승현아, 오늘도 혼자 왔니?" 하면서 걱정스럽고 신기하단 눈빛으로 바라보시곤 했다.

처음에는 같이 와주지 않는 엄마가 미웠고 원망스러웠지만, 나중에는 택시비를 받고 버스를 이용하여 저축(?)도 하고 내가 어떻게 쳤는지 엄마가 알 수 없기 때문에 마음이 더 편할 때도 있었다. 그렇게 혼자 모든 것을 해야 할 수밖에 없었던 나는 뭐든 스스로 할 수 있는 능력이 생겼고 무슨 일이 있어도 혼자 해결해보려고 하게 되었지만, 그것이 엄마에 대한 서운함을 없애주지는 않았다. '엄마는 내 생각을 알려고 하지 않고, 나를 도와주지도 않아'라는 서운함이 점점 쌓이다 보니 상처가 되고 어느 날 별것 아닌 일에 그것이 폭발할 때가 있어 엄마가 놀라시는 경우도 종종 있었다.

어느 날 감정형 막내가 늦게 들어온 아내에게 뛰어가면서 "엄마, 나 수학 숙제 다 했어"라고 자랑스럽게 이야기한다. 공부하고 거의 담을 쌓고 지내는 막내가 숙제를 다 했다는 것은 크게 칭찬받을 일인 것이다. 수학 숙제를 다 점검한 아내가 막내에게 묻는다. "국어 숙제는?" 그 순간 막내가 울면서 엄마에게 대든다. "내가 이렇게 힘들게 수학 숙제를 다 했는데 엄마는 왜 국어 숙제를 물어?"

감정형 아이들은 열 가지 중에 다섯 가지를 잘하면 아주 잘한 것이고 칭찬받고 싶어 한다. 심지어는 아홉 가지를 잘못해도 한 가지를 잘하면 그 한 가지를 칭찬받고 싶어 하고 그 잘한 한 가지로 나머지 잘못한 것도 용서받기를 원한다. 그러나 사고형은 그렇지 않다. 열 가지 중 아홉 가지를 잘하고 한 가지를 잘 못해도 그 잘못한 한 가지가 더 크게 보여 지적하지 않으면 견딜 수가 없다.

어느 날 검도장에 형과 같이 갔다 오면서 감정형 막내가 징징 울고 들어온다. "형아가 날 사랑하지 않아." 감정형에게는 사랑하고 안하고가 중요한 문제이다. 형에게 왜 동생을 사랑하지 않느냐고 물었더니 자기는 정말 동생을 사랑한단다. 뭐가 문제냐고 묻자 도장에서 형아가 자기만 세게 때린다는 것이다. 다시 형에게 왜 동생만 세게 때리느냐고 물었다. 사고형 셋째가 펄쩍 뛰면서 말한다. "아빠, 나는 누구나 다 똑같이 세게 때렸어요. 그리고 검도는 세게 맞아야 훈련이 돼요." 너무나 사고형 같은 대답이다. 그러나 감정형 동생에게 공평한 것은 사랑하지 않는 것이다. 사랑하는 동생이라면 특별대우를 받아야 한다.

아이가 잘못을 하면 사고형 부모는 혼을 내야 한다고 생각한다. 그러나 감정형 부모는 생각이 다르다. "그럴 수도 있지. 상황이 이해가 되잖아." 이렇게 되면 아이들 문제로 시작된 일이 심한 부부싸움으로 번진다.

얼마 전 큰애가 셋째의 잘못을 혼내고 있었다. 누가 봐도 잘못한 일이었다. 그런데 그 순간 감정형인 둘째가 끼어들었다. "아니, 애들이 그럴 수도 있지. 언니는 너무 심하다." 그 한 마디에 큰애가 발끈했다. 동생들의 잘못을 제대로 고쳐 주려는 맏이는 자기를 마치 냉혈동물 취급하는 동생 때문에 화가 났고, 큰일도 아닌데 혼나는 동생을 본 감정형 둘째는 언니의 융통성 없음에 화가 난 것이다.

웬만하면 용서해 주자는 감정형들은 벌주는 일을 잘 못한다. 얼마 전 여자 중학교에서 있었던 일이다. 복도에서 담배를 피우다 걸린 여학생을 처벌하는 문제를 놓고 사고형과 감정형 선생님 간의 차이가 확연히 드러났다. 사고형 선생님은 다시는 이런 일이 없도록 다른 학생들에게 본을 보이기 위해서라도 퇴학이나 정학을 시켜야 한다고 주장했다. 그러나 감정형 선생님은 이제 학기가 끝나가는 1월인데, 물론 잘못된 행동을 했지만 한 달만 있으면 수업이 끝나고, 2월엔 졸업하니 퇴학을 시키면 인생이 어떻게 되겠느냐고 선처해 주자고 했다. 감정형 선생님은 상황이나 관계가 결정에 영향을 미친다.

갈등을 좋아하는 사람은 없다. 하지만 사고형들은 그것이 더 원칙적이고 공평하기 때문에 약간의 갈등이 있어도 견디어 나간다. 그러나 감정형들은 갈등 관계를 너무 힘들어한다. 차라리 내가 져 주는 것이 낫고 갈등하느니 안 보는 것이 낫다고 생각한다. 자 이제 우리 가족의 이름을 아래의 화살표에 넣어 보자. 우리 집은 셋째, 아빠, 엄마 순으로 사고형이 뚜렷하고 막내, 둘째, 첫째 순으로 감정형이 뚜렷하다.

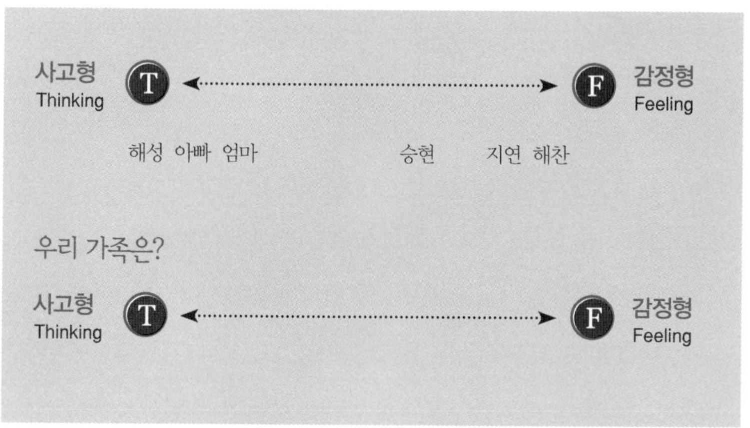

당신은 사고형 부모인가? 감정형 부모인가?

사고형 부모, 감정형 아이 이해하기

사고형 부모는 자녀들이 냉철한 시각으로 상황을 정확하게 분석하여 문제를 해결하기 원하고 또 그렇게 할 수 있도록 도와주는 사람들이다. 이들은 자녀의 성공과 성취에 관심이 많으며 자기의 능력을 발휘할 수 있도록 도와주고 싶어 하고 무엇보다도 아이들을 독립적으로 키우려고 한다. 그러나 감정형 아이들은 이런 성공이나 성취보다는 그저 부모 사랑을 많이 받는 자녀가 되고 싶어 한다.

1) 아이들의 지나친 애정 표현이나 요구에 짜증내지 않고 맞추어 주어야 한다

사고형 아빠 P씨와 엄마는 감정형 딸의 지나친 감정 표현이 이해가 안 되어 아이가 마음에 상처가 있는지 아니면 애정 결핍증이 아닌지 걱정을 했다고 한다. "여보, 저 아이가 커서 아무나 붙들고 좋다고 말하고 껴안고 다니면 어쩌지?" 정이 많아 애정 표현을 서슴없이 한다고 생각하기에는 아무리 봐도 도가 좀 지나쳐 보인다. 보통 아이들도 학교 갈 때는 엄마에게 인사하고 껴안고 뽀뽀하고 간다. 그런데 이 딸은 여기서 그치지 않는다. 껴안고 입 맞추고 그리고서도 못내 발걸음이 떨어지지 않는지 나가는 길에 팔을 벌려 하트 모양을 하고 엄마와 눈을 맞춘 후에야 간다.

그뿐이 아니다. 밤에 자라고 침대에 뉘면 딸이 말한다. "엄마 사랑해. 알고 있지?"라고 한 다음 "그~럼, 잘 자!" 하고 나오는 엄마에게 다시 외친다. "엄마, 사랑해." 지나친 애정 표현에 힘든 엄마가 "오늘은 문 닫으면 절대로 더 이상 말하지 않기야" 라고 말해도 문을 닫고 돌아서는 순간 안에서 소리를 지른다. "엄마~ 사랑해."

그러면 그동안 별말 안 하고 있던 큰딸도 혹시 엄마가 동생 말만 들을까 봐 불안해진다. 그래서 자기도 소리친다. "엄마, 나도."

감정형 아이들에게 감정 표현은 매우 자연스럽다. 특히 외향적일 경우에는 너무 지나치게 보일 정도로 감정을 표현한다. 감정형 아이들은 항상 부모한테 와서 껴안고 부비며 "엄마, 날 얼만큼 사랑해?"를 노래 부른다. 이 아이들에게 신체적 접촉은 매일 먹지 않으면 죽는 음식과 같이 중요한 것이다.

우리 강의를 들은 한 사고형 엄마가 심하게 후회를 하면서 이렇게 이야기를 한다. "나는 우리 아이가 매일 와서 껴안고 부비는 것이 너무 싫어 제발 좀 그만하라고 항상 밀쳐냈는데 이제 보

니 감정형 아이여서 그런 것을 모르고 큰 실수를 했네요." 그렇다. 감정형 아이가 다가오면 더 많이 껴안아주고 사랑을 표현해줘야 한다. 아이들이 부모에게서 사랑을 받지 못하는 것 같은 느낌이 들면 어떻겠는가?

2) 우유부단하고 결정을 잘 못하더라도 인내심을 갖고 지켜봐야 한다

생일을 앞둔 감정형 막내에게 고민이 생겼다. 친구를 좋아하는 막내는 생일파티에 좋아하는 친구를 다 부르고 싶은데 문제는 서로 사이가 안 좋은 친구들도 있다는 것이다. 한 친구를 초대하면 다른 친구가 기분 나쁠 것이고 그렇다고 안 부르면 그 친구가 기분 나빠할 것 같다. 이런 모습을 보는 사고형 형이 답답해서 말한다. "간단하네. 자르면 되지." 하지만 이러지도 저러지도 못하고 고민하던 막내는 결국 생일파티를 안 하기로 했다. 그러나 비슷한 경우 사고형 형도 고민은 하지만 '어차피 이건 내 파티야' 하고 그냥 친구들을 다 모아서 했다.

다른 사람의 마음이 상할까 봐 이러지도 저러지도 못하는 감정형. 이렇게 하면 이 사람이 걸리고 저렇게 하면 저 사람이 걸려 결정을 못한다. 엄마가 왜 갑자기 생일파티를 취소하느냐고 물어도 무슨 말인지 알아듣지도 못하게 횡설수설 대답한다.

중국집에서 음식을 주문할 때도 짬뽕이 먹고 싶지만 다른 친구들이 다 자장면을 시키면 나도 자장면이라고 말하는 아이들. 음식을 먼저 시키라고 하면 힘들어하는 아이들은 다 감정형이다. 내가 원하는 것을 말하면 상대방이 혹시 마음에 들어하지 않을까 걱정되는 아이들이다.

이런 아이의 속마음을 읽어야 한다. “원하는 것이 뭐야?” 하고 날카롭게 질문하거나 “남자가 그래서 어떻게 큰일 하겠냐?”라는 말로 윽박지르지 말아야 한다. 모든 사람과 좋은 관계를 유지하고 싶어 하는 것이 이 아이들의 장점이자 능력이다.

3) 아이들의 감정을 판단하려 하지 말고 공감을 해줘야 한다

어느 날 감정형 딸이 학교에서 돌아오며 “선생님, 미워” 하고 운다. 그 순간 사고형 엄마의 머리는 상황을 분석하느라고 복잡해진다. ‘선생님이 얘에게 무슨 말을 했나?’ ‘얘가 남을 미워하는 아이가 아닌데….’ ‘선생님을 미워하면 안 되는데.’ ‘얼마 전까진 선생님이 너무 좋다고 한 아이인데 뭐가 바뀌었지?’ 이상형 엄마라면 마구 상상의 나래를 펴고 외향형인 경우에는 참지 못하고 아이를 다그치거나 선생님께 따지려고 당장 전화기를 든다.

그러나 감정형 아이의 감정에는 기복이 있다는 것을 인정해줘야 한다. 감정은 때론 좋았다 나빴다 할 수 있는 것이다. 그것이

잘못된 것도 아니다. 감정에는 윤리가 없기 때문이다. 아이가 기분 나빠하고 속상해 하는 것의 잘잘못을 따지거나 고쳐 줄 필요가 없다. “선생님이 밉구나. 참 속상하겠다”라고 그저 공감해 주면서 그냥 아이들이 감정을 표출하도록 잠시 껴안고 기다려 준다. 그리고는 “그런데 왜 선생님이 미워?” 라고 물어보면 된다. 자기의 감정이 엄마에게 받아들여지면 아이는 금방 진정하게 되고 자기가 미워한 이야기도 하면서 감정이 풀려 버리기도 한다.

“공부하기 싫어” 하는 아이에게 “시험이 내일인데 정신이 있니?”하고 화를 내거나 “공부를 안 하면 나중에 거지 된다”라고 겁을 주는 것도 바람직하지 않다. 공부 안하고는 성공할 수 없다는 정도는 아이들도 다 안다. 그저 지금 공부하기 싫을 뿐이지 아주 안하겠다는 것도 아닌데 감정 처리는 안 해주고 무조건 혼만 내면 반항심만 더해진다. 쌓인 감정을 먼저 풀어 줘야 한다. “아, 지금 네가 공부하기가 싫구나”라고 공감해 준 다음에 좀 쉬게 하든지, 아니면 왜 싫은지, 그러면 어떻게 하려고 하는지 등을 천천히 물어보면 된다. 아이들이 다 답을 알고 있다.

아내 이야기

아이들을 카시트에 태우는 아빠에게 6살짜리 딸이 말했다.

“난 더 이상 부스터 시트에 안 앉을 거야.”

그러자 사고형 아빠가 "앉으라면 앉아!" 버럭 소리를 질렀다. 아이 얼굴에 순간적으로 노여움이 보였다. 내향형이고 사고형인 지민이는 천천히 부스터 시트를 옮겨 앉으면서 입술을 깨물고 있었다.

계속 저렇게 화난 얼굴로 함께 타고 갈수는 없었다. 그동안 보고 있던 내가 참견했다.

"너 거기 앉기 싫지?"

아이 얼굴에 울음이 터지려는 걸 보면서 재빨리 말을 이었다.

"아빠가 너 타기 싫어하는 것 아는데도 왜 그러시는지 아니? 아줌마가 얘기해줄까?"

아이는 말없이 고개를 끄덕였다.

"사고가 나서 차가 부딪히면 차의 벨트가 탁 조여 오거든. 그래서 사람이 밖으로 튕겨져 나가지는 않지만 그 대신 갈비뼈가 부러진대. 그런데 지민이는 키가 작은데 부스터 의자에 앉지 않으면 벨트가 지민아 목에 닿을거 아냐? 혹시 사고 나면 벨트가 어떻게 될거 같아? 목을 콱 조이겠지?"

큰 눈이 더 둥그레졌다.

"그러면 안되잖아? 그러니까 지민이 아빠는 지민이 사랑하니까 앉으라는 거야."

한참 지나서 물었다.

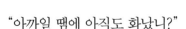

"아까일 땜에 아직도 화났니?"

아이는 고개를 흔들었다. 얼굴에 더 이상 노여움은 보이지 않았다.

아이들이 어렸을 때 아빠에게 혼이 나거나 하고 싶은 일을 못하게 하면 "아빠, 미워"라고 하면서 삐졌다. 그래도 나는 "그래? 그래도 아빠는 네가 좋은데"라고 답했다. 그러면 더 화가 난 아이가 아빠 밉다고 큰 소리로 치지만 나는 끊임없이 "그래도 아빠는 네가 좋고 너를 사랑해"라고 말해 주었다. 그러다 보면 아이는 금세 감정이 풀리곤 했다. 아빠는 어떤 경우에도 나를 사랑하고 있다는 확신을 갖게 되어서였을 것이다. "그래? 아빠를 미워하면 아빠도 너 미워할래" 라고 대답한다면 아들과 같은 수준으로 다투는 한심한 아빠가 아닌가?

아이들의 감정을 처리해 주고 아이들이 스스로 방법을 찾아 해결할 수 있도록 도와주는 부모. 아이들의 감정과 관계없이 끊임없이 사랑해주고 이해해주려고 노력하는 부모가 코치 부모이다.

감정형 부모, 사고형 아이 이해하기

감정형 부모들은 자녀의 요구에 민감하게 반응하며 자녀들로 하여금 자신들이 특별한 사랑을 받고 있다는 느낌이 들게 해준다. 부모들은 가족과 친구들이 사이좋게 서로 협력하고 조화롭게 살아가기를 원하며 자녀를 인간관계가 좋은 아이로 성장시키고 싶어 한다. 그러나 가끔 자녀의 지나친 요구를 단호하게 거절하지 못하고 자녀의 잘못을 따끔하게 지적하지 못하는 경우가 많다.

1) 사고형 아이들이 감정 표현을 잘 하지 않고 혼자 하려는 마음을 인정해줘야 한다

떨어져 살던 두 아들을 몇 달 만에 만났다. 만나기 전부터 전화로 "아빠, 보고 싶어. 빨리 와" 하던 감정형 막내는 만나자마자 안기고 뽀뽀를 한다. 같이 있는데도 심심하면 옆에 와서 뽀뽀를 하며 아빠가 와서 너무 좋다는 마음을 표현한다.

그런데 사고형 셋째는 공항에도 안 나오고 자기 일 다 끝내고 집에 올 때까지 연락도 없다. 집에 와서도 머쓱하게 한 번 껴안고 그만이다. 물론 공부가 바빠 늦게 오는 것은 이해하지만 그래도 그렇지 좀 너무한다는 생각도 든다. 사고형인 나도 그런 느낌이 드는데 감정형 부모라면 얼마나 속상할까?

유학 간 감정형 둘째 딸을 방문하고 돌아오는데 둘째는 역에서 떠나가는 부모를 보고 계속 울어댄다. 그 모습을 보던 아내도 울기 시작한다. 가족과 떨어지는 것이 너무나 싫은 둘째는 유학 간 후 처음 한국에 왔을 때 공항버스만 보면 다시 갈 생각이 나서

눈물이 나왔다고 한다. 그런데 둘째보다 사고형이 많은 첫째는 부모가 왔다 가도 아무렇지도 않은 표정으로 손을 흔든다. 그런 모습을 보며 오히려 엄마가 속상해 한다.

자녀의 사랑 표현을 바라는 감정형 엄마는 다가가서 껴안아도 몸을 뒤로 빼고 항상 머쓱하게 서 있는 사고형 아이들에게 아쉬움을 느낀다. 그렇다고 사고형 아이들이 감정형 아이들보다 부모를 덜 사랑하는 것은 아니다. 보고 싶지 않다는 것도 아니고 사랑이 없는 것도 아니다. 사랑을 표현하는 방법이 다를 뿐이다. 감정형 아이들은 그 순간에 느끼는 감정을 억누르지 않고 표현하지만 사고형 아이들은 그래봤자 더 속만 상하고 아무 소용이 없다고 생각한다. 사고형 아이들이 무뚝뚝하게 보이고 사랑 표현을 잘 하지 않는다는 것을 이해해줘야 한다. 너무 속상해서 "널 어떻게 키웠는데, 어떻게 엄마에게 이럴 수가 있니?"라고 하면서 상처주는 말을 하면 서로 힘들기만 하다.

그런 말보다는 "엄마는 너를 무척 사랑하고 보고 싶어 하는데 너는 그렇지 않은 것 같아 엄마 마음이 너무 속상해" 라고 I-Message를 통해 자기 감정을 표현하는 것이 바람직하다. 그렇게 말하면 사고형 아이라도 "그런 게 아니야. 나도 엄마를 너무 사랑하고 보고 싶었어"라고 말하며 와서 안길 것이다.

감정의 표현이 약한 대신 사고형 아이들은 감정형 아이들보다 훨씬 독립적으로 혼자 잘 지낼 수 있다. 서로의 장점이 다른 것이다.

지방에서 서울로 유학을 간 고등학생 사고형 P양은 수능 준비에 한창이다. 하지만 지방에 있는 감정형 엄마는 떠나 있는 딸 걱정에 마음 편할 날이 없다. 하루에도 몇 번씩 전화를 해서 안부를 묻고 도와줄 것이 없는지 묻는다. 어쩌다 주말에 집에 내려가지 않으면 너무 서운해 하는 엄마 때문에 하고 싶은 공부도 다 못할 지경이다. 바쁠 때 걸려오는 전화에는 짜증나서 빨리 끊으라고까지 말한다. 딸의 이런 반응에 갈수록 섭섭해 하는 엄마를 보며 아이는 점점 자기 생활을 간섭 받는다고 생각한다. 딸도 엄마가 보고 싶기는 하지만 해야 할 일이 너무 많다. 그리고 감정 표현을 많이 한다고 달라지는 것도 없는데. 가만 놔두면 혼자 다 알아서 잘하는 자신을 가만 두지 못하는 엄마가 짜증스럽다.

사고형 셋째는 남의 간섭을 가장 싫어한다. 아빠 엄마가 장기간 집을 비워 이모에게 아이들을 맡기면 정말 갈등이 심해진다. 아이들을 잘 보호할 책임을 가진 이모는 혹시라도 잘못될까 봐 아이들 행동에 일일이 간섭을 하려 하고 아이는 엄마도 안 그러는데 이모가 왜 그러냐고 따지기 일쑤이다.

옆에서 공부를 좀 도와주려고 한마디라도 하면 질색을 한다.

자기가 다 알아서 하는데 왜 그러느냐는 식이다. 옷도 부모가 사다 주기보다는 자기가 알아서 사 입기를 좋아한다. 혼자 알아서 잘하니 편한 것도 있지만 왠지 멀어져 있는 느낌이 든다.

사고형 아이들의 혼자 하려는 마음을 인정하고 칭찬해줘야 하며 좀 불안하더라도 스스로 하도록 지켜봐야 한다. 일일이 간섭해서는 아이들의 독립심이 자라지 않는다. 때로는 실수도 하고 실패도 하지만 그것이 아이들이 성장하는 과정이라 생각해야 한다. 하지만 아이들을 일일이 보살핌으로써 친밀감을 느끼려는 감정형 부모들은 이런 독립적인 모습에 섭섭함을 느낀다. 언제까지 아이들을 내 곁에 끼고 살 수는 없다. 내 옆에 항상 가까이 붙들어 두려면 아이들은 아마 질식해 버릴지도 모른다.

2) 따지기 좋아하고 고집 피우는 사고형 아이들에게 논리적 이유를 설명해줘야 한다

출장을 다녀온 아버지가 모처럼 아들이 좋아하는 일본과자를 사오셨다. 그런데 손님이 오시자 엄마가 그 과자를 손님상에 내놓게 되었다. 나중에 이 사실을 알게 된 아들은 아빠가 날 위해 사 준 건데 왜 내 허락 없이 남한테 주냐고 울고불고 난리를 친다. “아빠가 사 오신 것을 자기만 먹어야 하나? 손님이 오면 내놓을 수도 있는 거지.” 사고형 아들은 엄마의 논리가 이해가 안 되

고 감정형 엄마는 아들의 사고가 이해되지 않는다. 그날 이후 자기가 좋아하는 과자가 있으면 엄마가 다른 사람 못 주게 숨겨놓는 아들을 보고 전혀 엄마의 마음을 이해하지 않는 모습에 섭섭한 마음이 든다.

감정형인 엄마와 사고형인 난 어렸을 때부터 사소한 일로 매일 싸웠다. 엄마는 내가 엄마를 쫓아다니면서 괴롭히고 들들 볶는다고 하셨고 시어머니가 없으니 딸이 시어머니 노릇 한다면서 싫어하고 힘들어했다. 나는 단지 엄마의 행동이나 태도가 이해가 안 가서 '왜?'라고 묻는 것뿐인데 한 번도 정확하고 시원한 대답을 안 해주면서 짜증내는 엄마가 이해되지 않았다. 뿐만 아니라 내가 보기에 엄마가 자식들을 대하는 태도도 공평치 않아 보였다. 감정형 동생한테는 부드럽게 대하던 엄마가 나에게는 항상 신경질을 냈다. 사춘기 때는 엄마가 나보다 동생을 더 사랑한다는 생각을 했다. 그러다가 나이가 좀 들고 성격에 대해 이해를 하고 나서야 드디어 엄마가 어떤 사람인지 알았다. 엄마는 동생처럼 울어야 마음이 움직이는 사람인 것이다.

사고형인 M양은 필요한 물건이 있어도 참고 지내다가 몇 번씩 생각하고 나서야 엄마에게 사달라고 하는데 감정형 엄마의 반응은 늘 시큰둥하다. 동생이 별 필요도 없어 보이는 물건을 사달라고 하면 잘 사주면

서 자신이 꼭 필요한 물건을 고민 끝에 사달라고 하면 시큰둥해하는 엄마의 태도는 말도 안 되는 불합리의 극치라고 생각했다. 그러나 성격에 대해 공부를 하고 난 M양이 방법을 바꿔 엄마가 좋아하는 스타일로 말해 보기로 했다. 예전 같으면 물건의 효용성과 가격에 대해 조목조목 설명하며 사달라고 했을 텐데 평소와는 다르게 말을 시작한 것이다.

"엄마, 우리 반 친구들은 다 가지고 있는데 난 없잖아. 이젠 아이들이 날 무시하는 것 같아 쥐구멍에 숨어 버리고 싶을 정도로 창피해"라고 하면서 우는 척 코까지 훌쩍거렸다. 그랬더니 엄마가 "당장 사줄게, 걱정하지 마! 얼마나 힘들었냐?" 하시는 것이었다. "이럴 수가!" M양은 자신의 연기에 넘어간 엄마가 바보 같다는 생각도 들었지만 비굴해진 느낌이 들어 참기가 힘들었다.

사고형 아이들은 관계가 우선이 아니라 일이나 논리가 우선인 아이들이다. 이 아이들은 이해가 잘 안 되면 쉽게 화내고 고집부리고 따지기 일쑤이다. 하는 말도 냉정하고 배려 없어 감정형 부모가 심한 상처를 받기도 한다. 자기가 잘못한 것이 납득이 안 되면 잘못했다는 말도 하기 싫어하고, 좀 양보하라고 하면 "내가 왜 그래야 하는데?"라고 따진다.

사고형 아이들은 갈등이 있어도 견딜 수 있지만 논리적으로 이해가 안 되는 것은 견디기 힘들다는 것을 이해해야 한다. 감정형 부모가 자괴감까지 느끼며 힘들어하거나 감정이 폭발해 손찌검을 하는 경우도 생기지만, 사고형 아이는 부모가 왜 화를 내는지 도무지 이해가 안 되고 억울하기만 하다. 화내기 보다는 논리적으로 차근차근 설명하려고 노력해야 한다.

3) 아이의 지나친 요구에는 단호하게 No를 말할 수 있어야 한다

얼마 전 TV에서 자기가 원하는 것이 있으면 계속 떼를 쓰며 울어대는 아이를 감당 못해서 힘들어하는 부모의 모습이 나왔다. 전문가 선생님이 와서 아이를 꼼짝 못하게 잡고 딱 부러지게 안 된다고 하자 버티던 아이의 태도가 180도 바뀌는 모습은 신기할 정도였다. 아이들은 영악해서 자기가 어느 정도 조르거나 떼를 쓰면 부모가 허락할지를 항상 테스트한다. 그래서 얼만큼 울고 얼만큼 우기면 부모가 해줄 것이라는 것을 다 아는 것이다.

아빠 엄마 다 사고형인 우리 집은 아이들이 원하는 것을 모두 들어주지는 않는다. 큰애는 중학교를 졸업할 때까지 핸드폰이 없었다. 반에서 딱 두 명만이 없었단다. 지금은 많은 초등학생이 핸드폰을 갖고 다니지만 셋째는 중학교 입학을 해서야 핸드폰을 얻을 수 있었다. 그것도 통화료는 자기가 낸다는 조건으로 말이다. 핸드폰이 생겨 너무 좋아하던 셋째가 어느 날 이렇게 이야기

했다. "이 핸드폰은 정말 내거야. 내 친구들은 다 아빠가 통화료를 내주는데 나는 내가 내잖아" 집 분위기가 이러하니 어쩔 수 없지만 감정형 막내는 항상 불만이다.

감정형 부모의 힘든 일은 아이의 요구를 거절하는 것이다. 다른 사람의 요구도 거절하기 힘든데 사랑하는 자녀의 요구를 어떻게 거절할 수 있단 말인가? 내가 좀 더 힘들더라도 아이들이 원하는 것을 다 해주고 싶은 것이 부모의 마음인데. 그러다 보니 때로는 아이의 요구가 자기의 한계를 넘어서기도 한다.

아이들이 떼를 쓰는 것은 다 똑같지만 감정형 아이들은 그래도 엄마의 힘들어하는 마음을 이해하며 때로는 넘어가 주기도 한다. 하지만 사고형 아이들에게는 이런 것이 잘 안 통한다. 엄마가 힘든 것은 힘든 것이고 약속은 약속이다. 내가 필요한 것이 합당하면 당연히 해 줘야 한다고 생각하는데 안 해주는 엄마가 이상한 것이다.

사고형 아이들은 안 되는 이유가 합당하면 아무리 원하는 것이라도 쉽게 포기할 수 있다는 것을 기억해야 한다. 어린 나이의 아이에게 안 되는 이유를 설득하는 일이 쉬운 일은 아니겠지만 일관되고 단호하게 안 된다고 이야기하는 것만으로도 아이를 설득할 수 있다. 아이들에게는 한번 안 된다고 하면 계속 안 돼야 한다. 상황에 따라 변하거나 아이가 더 떼를 쓴다고 일관성 없이 해

준다면 아이들에게 당할 수도 있다. 힘들더라도 해 주어야 할 것과 해 주지 말아야 할 것이 있다는 것을 자녀들에게 분명히 가르쳐 줘야 하고 필요하다면 따끔하게 혼도 내야 한다.

No라고 이야기하기 힘들어 항상 Yes라고 이야기하는 감정형들은 지금 말하는 No가 다른 것에 대한 Yes라고 생각하면 말하기가 조금 쉬워진다. 엄마는 너무 피곤해서 쉬고 싶은데, 조금 더 놀아 달라고 떼쓰는 아이에게 No하는 것은 엄마가 육체적으로 휴식을 갖고 그 다음 날 아이와 더 재미있게 놀아 줄 수 있는 체력을 준비하는 것에 대한 Yes이다. "엄마 지금 너무 힘들어. 왜 자꾸 엄마 힘들게 해" 라고 짜증내는 것이 아니라 "엄마가 논다고 약속은 했지만 지금 쉬지 않으면 너무 힘들어져. 그러면 내일도 또 못 놀아 주게 돼. 지금 놀고 엄마가 아픈 게 좋아? 아니면 지금은 엄마 쉬게 해 주고 내일 같이 노는 것이 좋아?"라고 솔직한 상황을 이야기하면서 대화해야 한다.

★ 2부 ★

내 아이, 어떤 성격일까?

활발한 외향형 아이의 특성	조용한 내향형 아이의 특성
사람을 만날 때 힘이 솟는다.	조용히 혼자 쉬어야 에너지가 충전된다.
생각보다는 말이나 행동이 먼저 나온다.	말이나 행동을 하기 전에 신중하게 생각하는 편이다.
다른 사람에게 관심이 많고 좋은 영향을 주고 싶어한다.	남이 자기를 어떻게 볼지 신경을 쓰며 자신의 속내를 드러내지 않는다.

외향형 부모, 내향형 자녀 코칭법

- 신중함을 인정하고 반응할 때까지 기다려 주어야 한다.
- 어리더라도 내향형 자녀의 개인 생활이나 요구를 존중해 주어야 한다.
- 자녀의 에너지를 자주 충전해 주어야 한다는 것을 이해해야 한다.

내향형 부모, 외향형 자녀 코칭법

- 급하고 산만하다고 과잉 반응하지 말고 인정해 주라.
- '말 안해도 알겠지'라고 생각하지 말고 적극적으로 자기 생각과 감정을 표현해 주는 것이 좋다.

- 자신의 부족한 에너지 때문에 아이들의 행동을 제한하지 말고, 충전할 시간이 필요하다고 미리 말해주라.

꼼꼼한 정리형 아이의 특성	잘 적응하는 개방형 아이의 특성
자기 물건을 깔끔하게 잘 챙기는 편이다.	물건을 잘 못 챙겨도 순발력으로 위기를 넘어간다.
계획을 정하고 순서대로 해야 편하다.	하고 싶은 일을 원하는 때에 하기 원한다.
시간이 늦으면 힘들어한다.	시간이 늦어도 느긋하다.
하던 방식대로 하기를 원한다.	새로운 방법을 좋아한다.

정리형 부모, 개방형 자녀 코칭법

- 정리 정돈을 못하고 치밀하지 못하다는 것을 인정해 주어야 한다.
- 느긋하고 시간을 안 지키는 기질이라는 것을 알고 목표를 성취할 수 있도록 도와주라.
- 자신의 방식대로 통제하려 하지 말고 좋은 습관을 들일 수 있도록 돕는 것이 중요하다.

개방형 부모, 정리형 자녀 코칭법

- 주변이 원하는 대로 되어 있지 않으면 힘들어하고 안정감이 깨진다는 것을 인정해 주어야 한다.
- 자기의 생각이나 계획이 틀어지는 경우 힘들어 한다는 것을 알아주어야 한다.

• 약속을 어기는 것을 힘들어하니 부모가 약속한 것은 꼭 지켜줘야 한다.

감각적인 현실형 아이의 특성	의미를 추구하는 이상형 아이의 특성
본 대로 기억한다.	느낌과 의미를 기억한다.
구체적인 사실을 말한다.	느낌과 의미를 돌려 말한다.
순서대로 이해한다.	척 하면 이해한다.
현실에 강하다.	창의성과 난해한 일 해결이 뛰어나다.

현실형 부모, 이상형 자녀 코칭법

• 때로 엉뚱한 아이디어, 상식에 벗어난 말이나 행동을 할 때 놀라지 말고 이해해야 한다.
• 현실에 잘 적응을 못하고 있어도 그 가능성과 꿈을 인정하고 키워줘야 한다.
• 부모의 말 한마디나 별 것 아닌 행동에 쉽게 상처 받을 수 있다는 것을 인정하고 조심해야 한다.

이상형 부모, 현실형 자녀 코칭법

• 좋아하는 일이 가볍고 중요하지 않아 보여도 고치려 하지 말고 놔둬야 한다.
• 큰 그림만 주면 하기 어려워한다는 것을 이해하고 구체적으로

순서에 맞추어 설명해 주라.

- 아이의 요구를 너무 복잡하게 의미를 두어 생각하지 말고 그냥 들어준다.

합리적인 사고형 아이의 특성	사람 마음에 민감한 감정형 아이의 특성
옳다고 생각하는 대로 결정한다.	좋아하는 쪽으로 결정한다.
자기 생각을 있는 그대로 이야기한다.	다른 사람이 신경 쓰여 돌려 말한다.
객관적이고 분석적이다.	주관적이고 동정심이 많다.
일 중심, 성취를 인정받고 싶어 한다.	사람 중심, 개인적인 도움이나 협력을 칭찬 받고 싶어 한다.

사고형 부모, 감정형 자녀 코칭법

- 지나친 애정 표현이나 요구에 짜증내지 말고 맞추어 주도록 노력해야 한다.
- 우유부단하고 대책 없어 보여도 인내심을 가지고 지켜보라.
- 아이들의 감정을 판단하려 하지 말고 공감을 해 주라.

감정형 부모, 사고형 자녀 코칭법

- 혼자 하려고 하는 것을 인정해 주고 과잉 보호하지 말아야 한다.
- 따지기 좋아하고 고집 피우는 아이들에게 논리적 이유를 설명해 주는 것이 좋다.
- 아이의 지나친 요구에는 단호하게 No를 말하라.

I LOVE
YOU

3부

아이들을 움직이는 힘을 찾아라!

기본 욕구란 우리 내면 깊숙한 곳에서 채워지기를 간절히 원하는 욕구로 물이나 공기와 같이 충족되지 못하면 살아갈 수 없는 것이다. 사람들은 기본 욕구가 채워지지 않으면 스트레스를 받고 자기도 모르는 사이 그것을 충족시키려는 노력을 하게 되며 이것이 우리의 행동으로 나타난다.

마음 깊은 곳에서 채우기 원하는 것

엄마가 미리 말을 안 해주고 갑자기 계획을 바꾸었다고 계속 심통 부리는 첫째. 자기가 원하는 옷이 아니면 절대로 안 입으려고 고집 부리는 둘째. 별것도 아닌 보드 게임에서 지면 너무나 속상해 우는 셋째. 재미없어 보이면 죽어도 안 하려고 버티는 넷째. '나는 안 그런데 얘는 왜 그러지?'하며 당황하고 갈등하던 문제들이었다. 이런 갈등을 해결하기 위해서는 먼저 아이들 내면에 있는 기본 욕구Core Need를 이해해야 한다.

기본 욕구란 우리 내면 깊숙한 곳에서 채워지기를 간절히 원하는 욕구로 물이나 공기와 같이 충족되지 못하면 살아갈 수 없는 것이다. 사람들은 기본 욕구가 채워지지 않으면 스트레스를 받고 자기도 모르는 사이 그것을 충족시키려는 노력을 하게 되며 이것이 우리의 행동으로 나타난다.

겉으로 원하는 것Want은 같을 수 있지만 그 내면의 기본 욕구는 다 다를 수 있다. 리모콘으로 움직이는 장난감 자동차 사달라고 조르는 것은 다 같지만 어떤 아이는 재미있을 것 같아서, 어떤 아이는 친구 사이에 나만 없으니까, 어떤 아이는 친구와의 시합에서 이기려고, 어떤 아이는 좋아하는 친구 불러서 같이 놀기 위해 사달라고 한다.

다른 것을 아무리 많이 갖다 줘도 이 기본 욕구가 채워지지 않으면 편안함을 느끼지 못한다. 어른의 경우는 주변 상황도 보며 어느 정도 견딜 수 있지만, 아직 미성숙한 아이들의 경우에는 기본 욕구가 채워지지 않으면 매우 힘들다. 그러므로 아이의 기본 욕구가 무엇인지 알아야 행동의 원인을 이해하게 되고 또한 그것을 채워 줄 수 있다.

서로 다른 성격 때문에 갈등하는 것의 내면에는 기본 욕구의 충돌이 있다. 기질에 따라 기본 욕구가 다 다르기 때문이다. 경험주의자의 자유롭고 싶은 기본 욕구는 전통주의자의 안정감의 기본 욕구와 충돌한다. 합리주의자의 이기고 싶은 기본 욕구는 이상주의자의 좋은 관계를 유지하려는 기본 욕구와 충돌한다.

기본 욕구는 아이들을 움직이는 근본 동기가 되기 때문에 아

이들을 다룰 때도 도움이 된다. 하기 싫어하는 방 청소를 시켜야 할 경우 경험주의자 아이들에게는 "우리 방 치우는 놀이하자"라고 재미의 논리로 접근하고, 전통주의자 아이들에게는 "네가 우리 집의 맏이인데 이렇게 청소도 안하고 있으면 동생들도 다 청소를 안 하잖아? 네가 본을 보여야지" 라며 책임감에 호소를 한다. 합리주의자 아이들에게는 "누가 빨리 방 청소하는지 보자"라며 경쟁심을 불러일으키고, 이상주의자 아이들에게는 "네가 방 청소를 안 하면 엄마가 손님들에게 창피하잖아"라고 관계에 호소한다.

장점과 단점은 동전의 양면이다

많은 사람들이 배우자의 단점을 고치고 싶어 한다. 그래야 더 행복한 가정이 될 거라고 믿기 때문이다. 배우자의 단점을 고쳐보려고 노력하다가 잘 안 되면 그와 비슷한 기질을 가진 자녀들의 단점만은 반드시 고쳐 주려고 한다. 그래야 자녀들이 더 성공적인 삶을 살고 행복해질 것이라고 믿기 때문이다. 그러나 아내나 자녀의 단점을 고치는 노력에 효과를 본 사람을 아직 별로 보지 못했다.

나 역시 아내의 단점을 고쳐 사람 한번 만들어 보려고 무던히 노력했던 사람이다. 항상 늦고, 잘 잃어버리고, 정리가 잘 안 되는 아내의 단점은 일상에서 나를 정말 힘들게 했기 때문이다. 단점을 고치려고 노력하지 않는 아내에게 화도 많이 내보았다. 나에 대한 성의와 사랑이 없어서 그렇다고 생각했기 때문이다. 그러나 결혼한 지 28년이 지난 지금 아내의 단점이 바뀌지 않는다는 것을 분명히 안다. 그저 내가 바라보고 같이 살아야 한다는 것도 안다. 왜냐하면 그것은 아내의 한계이니까. 하지만 아직도 포기하지 못하고 은근히 고쳐보려고 온갖 수를 다 써보는 나 자신을 발견하곤 혼자 씩~ 웃는다.

모든 사람들은 공평하게 창조되었기 때문에 자기의 타고난 성격에 따라 잘 할 수 있는 것과 잘할 수 없는 것이 있게 마련이다. 특히 자신의 기본 욕구를 충족시키기 위해 열심히 해 왔던 일들은 누구보다도 잘 할 수 있다. 사람들은 자신이 잘하는 것을 장점이라고 자랑하고, 잘 하지 못하는 것을 단점이며 고치려고 노력한다. 단점을 고치려는 마음을 갖게 되는 것은 단점을 나쁜 것으로 보는 관점 때문이다. 사실 단점이라는 것은 나쁜 것이 아니라 우리가 할 수 없는 한계이다.

어린 자녀가 자기보다 빨리 뛰지 못한다고 화를 내는 부모는 없다. 그것이 그 아이의 한계라는 것을 알기 때문에 상처를 받거나 화낼 필요가 없다. 키가 작은 어린아이의 손이 높은 선반에 닿지 않는다고 화내는 부모도 없다. 그것이 그 아이의 한계이기 때문이다.

단점을 보는 우리의 관점을 바꿔야 한다. 단점을 나쁜 것이라고 여기면 고치려 하지만, 할 수 없는 한계로 보면 이해할 수 있고 그것을 할 수 있는 부모가 도와줘야겠다고 생각하게 된다. 아이의 성격적인 단점을 고치라고 강요하는 것은 마치 빨리 뛰지 못한다고, 손이 높이 닿지 않는다고 화내는 것과 같은 것이다.

성격이나 기질에서 이런 한계가 나타나는 이유는 장점이 지나치기 때문이다. 예를 들어 아내는 순발력이 강한 장점을 가지고 있다. 그러나 이 순발력이 너무 지나쳐 주변의 것을 잘 못보고 실수를 한다. 그래서 옷에 음식을 흘리고 물건을 어디다 두었는지 못 찾는 것이다. 나에겐 규칙과 규범을 잘 만드는 장점이 있지만 지나치면 완고해져서 가족들을 힘들게 하는 한계로 나타난다. 그래서 우리는 장점과 단점이라는 표현 대신 장점과 지나친 장점이라는 표현을 사용한다.

단점을 잘못된 것으로 보고 고쳐주려고 할 때는 안 보이지만, 한계로 보고 도와주기 시작하면 상대방의 장점이 보이기 시작한다. 그리고 상대방의 장점이 나의 부족한 한계를 도울 수 있다는 것을 깨닫는다. 이렇게 서로 다른 장점을 가진 사람들이 만나 서로의 한계를 채워주는 방법을 배우는 장소가 가정이다. 각기 다른 남녀가 만나 부부가 되고 서로 다른 아이들이 태어나지만 서로의 장점을 칭찬하고 한계를 보완하면 정말 능력이 넘치고 행복한 가정이 될 것이다. 그런 가정에서 자란 자녀는 가정에서 받은 훈련으로 다른 사람과 같이 협력하면서 더 아름다운 세상을 만들어나갈 수 있다. 그러고 보면 성격이 전혀 다른 부부가 만나고 성격이 전혀 다른 자녀들이 태어나는 것은 더 큰 축복일 수 있다. 훨씬 더 많은 훈련을 받을 수 있기 때문이다.

21세기에는 자기의 단점을 보완하기보다는 장점을 극대화해야 한다. 장점을 극대화하는 방법은 아이들이 잘한 것을 계속 칭찬해 줘 스스로 자신감을 가지고 더 열심히 하게 만드는 것이다. 부모가 자녀의 장점을 빨리 발견하고 그것을 계속 인정하고 칭찬해 줘야 그 아이의 잠재적 능력이 극대화되는 것이다.

그러면 16가지 성격 유형을 경험주의자, 전통주의자, 합리주의자, 그리고 이상주의자의 네 가지 기질로 나누어 각 기질의 기본 욕구와 장점이 무엇인지 알아보기로 하자. 먼저 성격 유형이 현실형이면서 개방형인 사람을 경험주의자라고 한다. 16가지 성격 유형 중 ESTP, ESFP, ISTP, ISFP의 네 가지 유형이 여기에 속한다. 현실형이면서 정리형인 사람을 전통주의자라고 한다. 여기에는 ESTJ, ESFJ, ISTJ, ISFJ 의 네 가지 성격 유형이 여기에 속한다. 이상형이면서 사고형인 사람을 합리주의자 또는 관념주의자라고 하며, ENTJ, ENTP, INTJ, INTP의 네 가지 성격 유형이 여기에 속한다. 이상형이면서 감정형인 사람들을 이상주의자라고 한다. 여기에는 ENFJ, ENFP, INFJ, INFP 네 가지 성격 유형이 속한다.

기본 욕구에 관한 설명은 전편인 『남편 성격만 알아도 행복해진다』에서 자세히 다루었으므로 여기서는 아이들을 보는 시각으로 간단히 설명하기로 한다.

재밌는 것만 하고 싶어!
경험주의자 아이들

기본 욕구 : 충동으로부터의 자유, 남에게 좋은 것을 주고 싶은 마음, 재미있는 것만 하고 싶은 마음

1. 충동이 오면 자유롭게 반응하고 싶어 한다는 것을 이해해 주세요

경험주의자 아이들은 생각이 산만하고 한 가지 일에 오래 집중하지 못한다. 그 이유는 주변에서 오는 충동에 자유롭게 반응하고 싶은 기본 욕구가 있기 때문이다. 수업시간에도 늘 딴 생각이고, 공부에 집중하지 않아 엄마가 옆에 앉혀 놓고 공부를 시켜도 진도가 잘 나가지 않는다. 맛있는 것을 보면 사먹고 싶고 좋은 것이 보이면 즉시 갖고 싶어 한다. 하고 싶은 것이 생기면 무슨 이유를 둘러대더라도 해야 하고 심하면 눈 하나 깜박하지 않고 거짓말까지 한다.

무엇을 시켜도 진득하게 마무리하지 못하고, 아무리 중요한 학교의 시험이 있어도 친한 친구가 놀자고 하면 아무 생각 없이 나가 버리는 아이들은 안정감과 책임감이 기본 욕구인 전통주의자 부모들과 심하게 갈등한다. 아이들이 탁월해지기를 원하는 합리주의자 부모들도 최선을 다해 열심히 공부하지 않는 이 아이와 갈등이 일어나고 가치를 중요하게 생각하는 이상주의자 부모들도 충동적으로 적당히 둘러대는 아이에 대해 힘들어한다.

하지만 이 아이의 내면에 자유롭고 싶어 하는 기본 욕구가 있다는 것을 인정해줘야 한다. 이것은 하지 못하게 한다고 해결할 수 있는 것이 아니다. 부모의 억압 때문에 이 욕구가 충족되지 않으면 이 아이들은 심하게 스트레스를 받고 우울해지거나 도망가고 싶어 한다. "네가 갑자기 이것이 하고 싶어졌구나"라고 자유롭고 싶은 아이의 욕구를 있는 그대로 인정해 주고 스스로 알 수 있도록 하는 것이 좋다. 자기도 왜 그러는지 모르다가 이런 욕구

때문이라는 것을 알게 되면 조금 편해지고 스스로 절제할 수 있게 될 것이다.

2. 남에게 좋은 것을 주고 싶어 한다는 것을 인정해 주세요

이 아이들은 항상 다른 사람을 기쁘게 해주고 싶어 한다. 무엇인가 좋은 것을 주려고 하는 것이 그 아이들의 기본 욕구이기 때문이다. 상대방이 좋은 것을 받고 기뻐하는 모습을 보기 원하고 또 그 일로 칭찬 듣기를 원한다. 상대방이 기뻐하면 더 좋은 것을 주려고 노력하지만 기뻐하지 않으면 스트레스를 받는 아이들이다.

이 아이들이 부모를 도와주거나 시키는 일을 하는 동기는 부모의 마음을 기쁘게 해주려는 것이다. 부모가 힘들어하는 모습을 보면 옆에 와서 안마도 해주고 집안일도 잘 도와주려는 아이들이다. 공부도 부모를 기쁘게 해주기 위해서 한다. 열심히 공부해 성적을 조금 올렸는데 부모가 엄청나게 기뻐하면서 조그만 보상이라도 해주면 너무 좋아서 더욱 열심히 공부하게 된다. “우와~ 우리 아들 최고구나. 아빠 너무 기쁘다”라고 말하며 모든 일에 두 배로 과장해서 반응을 해야 한다. 기대한 것보다 더 기뻐하고 더 칭찬해야 신나는 아이들이다.

때로는 엄마에게 선물을 만들어 준다고 온 집안을 난장판으

아빠,
피곤하시죠?
안마해 드릴까요?

로 만들어놓기도 하고 시키지도 않은 정리를 한다면서 물건을 깨뜨리기도 하여 부모를 당황시키기도 하지만 상황을 볼 것이 아니라 아이의 마음을 먼저 봐야 한다. 그리고 이 모든 것이 남을 기쁘게 해주고 싶어 하는 이 아이의 욕구라는 것을 인정하면 어느 정도 화가 가라앉기도 한다. 칭찬이 인색한 전통주의자 부모나 일등을 하지 못하면 화나는 합리주의자 부모. 쉽지 않겠지만 입에 "우와~~"라는 감탄사를 달고 살면 경험주의자 아이들의 놀라운 변화를 보게 될 것이다.

3. 재미없는 것은 정말 하기 싫어한다는 것을 이해해 주세요

이 아이들은 재미가 없는 것은 절대로 하지 않는다. 재미있게 살고 싶은 것이 이 아이들의 기본 욕구이기 때문이다. 무슨 일이나 놀이이든 하다가 재미없어지면 금세 지루해하고 더 재미있는 다른 것을 하고 싶어 한다. 그래서 이 아이들은 항상 신나고 재미있는 것을 찾아다닌다. 공부에는 별로 관심이 없는 아이들이다. 그러나 어느 날 공부에 재미를 붙이면 너무 재미있어 열심히 할 수 있는 아이이기도 하다.

책임감만 강조하는 전통주의자 부모는 따분하고 답답할 뿐이고 원하는 것을 은근히 강요하는 합리주의자 부모를 따라가는 것은 재미가 없어 숨이 막힌다. 재미의 논리로 일을 하는 이 아이

들을 움직일 때는 재미있는 방법으로 꼬셔야 한다. 공부도 재미있는 놀이로 만들어줘야 하고 운동을 시켜도 재미있어야 한다. 어디에 데려갈 때도 정말 재미있을 것이라는 생각을 갖게 해주어야 한다.

재미있다고 매일 새벽 6시에 친구와 배드민턴을 치러가는 막내를 보면서 어떻게 하면 공부도 저렇게 하게 할까가 우리의 숙제이다. 딱딱한 수업시간의 분위기는 질색이므로 모든 창의적인 방법을 동원해야 하며 오래 집중하지 못하기 때문에 지루하지 않게 계속 변화를 줘야 한다. 경험주의자인 엄마도 공부에 재미를 붙이고 잘 했으니 막내도 언젠가는 공부에 재미를 붙이겠지. 놀다 놀다 더 재미있는 게 없으면 공부하려나?

경험주의자의 장점

1) 손재주와 집중력이 강하다

지금 이 순간이 가장 중요한 경험주의자 아이들은 순간에 집중하는 탁월한 능력이 있고 손재주가 뛰어나다. 그래서 이 아이들은 악기도 잘 다루고 물건도 잘 만진다. 연장이나 도구를 잘 다루고 짜릿한 놀이기구도 눈 하나 깜짝 안하고 잘 탄다.

이 아이들은 집중력이 강해 일에 쉽게 몰두하지만 그것이 지나쳐 어떤 때는 중요한 것을 놓치곤 한다. 중요한 약속도 잊어버

리고 연락도 안 되고 심지어는 옆에서 불러도 대답하지 않는 이런 모습에 무시당하는 것 같은 느낌이 들어 속이 상한다.

화장실에서 샤워를 하는데 경험주의자 막내가 화장실에 잠시 들어왔다가 나가면서 불을 끄고 가 버린다. 어찌나 빠른지 아무리 불러도 듣지 못하고 사라져 버렸다. 어쩌면 자기 엄마하고 똑같은지….

2) 어려운 순간도 잘 넘어간다(위기 관리 능력)

경험주의자 아이들은 어떤 상황에서도 순발력이 뛰어나다. 아무리 어려운 상황이 닥쳐도 별로 당황하지 않고 자기가 할 수 있는 모든 자원을 동원해서 그 일을 해결해 나간다. 위기일발의 순간에도 영화에 나오는 '맥가이버'나 '007 제임스 본드' 같이 멋지게 일을 잘 해내는 아이들이다. 위기 관리 능력이 탁월해서 임기응변도 잘한다. 엄마한테 들킬 것 같으면 술술 둘러대는 거짓말도 잘한다.

이 아이들은 일을 할 때 어떻게 주변의 모든 자원을 활용해야 할지를 본능적으로 알고 자기가 활용할 수 있는 모든 것을 동원한다. 그래서 이들이 해결하려다 꼬인 일을 다른 사람이 해결한다는 것은 거의 불가능하다. 또한 주변 사람들에게 너무나 많은 요구를 했기 때문에 상처를 남기기도 한다.

아내 이야기

평소에는 맨날 흘리고 다니면서 덜렁대지만 나도 집에서 웬만한 건 다 알아서 고쳐 쓴다. 언젠가 피아노 연습용 박자기에 붙어 있는 레버가 떨어졌는데 고치기가 귀찮아 몇 달간 놔두었더니 경험주의자 제자가 "순간접착제 있으세요?" 하더니 금방 고쳐 주었다. 그 제자가 학교에 간다고 해서 버스 정류장 근처 횡단보도까지 차로 데려다 주었다. 횡단보도 건너가서 타라고 몇 번을 다짐시켰는데 옆에 오는 버스를 보고 뒤도 안 돌아보고 뛰어가더니 순식간에 올라탄다. 학교와 반대편으로 가는 버스였다. 아무리 불러도 그냥 간다. 주변을 보니 차가 오지 않아 그 자리에 차를 세워 놓고 떠나는 버스를 두들겨 세웠다. 기가 막혔다.

"너, 자주 이러지? 반대로 가는 버스였는데 어떻게 할 작정이었어?" "음~사실은 자주 그래요. 지난번에는 지하철을 반대로 탔다는 걸 알고 다시 돌아왔어요. 속상하지만 뭐 어쩔 수 없으니 그냥 다시 돌아오죠. 히히…." 속 편한 제자는 별로 기분 나빠하는 표정이 아니었다. 정작 경험주의자는 느긋한데 공연히 주변에 있는 사람만 파닥거린다. 순간 차도에 그냥 차를 세워놓았던 것이 생각나 오싹해졌다. 그 선생에 그 제자이다.

3) 환경에 쉽게 적응한다

경험주의자 아이들은 낯설거나 힘든 상황에 부딪혀도 잘 적응한다. 생활이 불편한 오지에 가서도 잘 적응하면서 지낼 수 있는 아이들이다. 처음 만난 사람들과도 쉽게 친해지고 재미있게 적응하며 잘 지낸다.

하지만 모든 일에 빠르게 적응하기 때문에 한 가지 일을 오래하지 못하고 쉽게 다른 곳으로 빠져 버리는 경향이 있다. 뭐 하나 시키면 진득하게 마무리하지 못하고 다른 것을 하고 있는 아이들을 보면 속상하지만 그것이 이 아이들의 높은 적응력 때문에 나타나는 한계, 즉 지나친 장점인 것이다.

아내가 5살 된 막내를 맡길 데가 없어 데리고 레슨을 했다. '계속 보채고 울면 어떻게 하나?'하고 걱정 했는데 웬걸, 학생 엄마랑 같이 온 동생한테 먼저 말 걸고 친해지더니 과자도 얻어먹고 그 아이랑 잘 놀았다는 것이다. 경험주의자 막내에게는 새로운 환경에 적응하는 것이 별로 어렵지 않은가 보다. 하루 종일 즐거운 시간을 보냈다고 한다.

4) 어려움을 쉽게 극복한다

경험주의자 아이들은 어려운 일이라도 자기가 좋아하면 쉽게 포기하거나 좌절하지 않는다. 이들에게는 남들이 힘들어하는 어려운 일도 재미를 느끼면서 쉽게 하는 능력이 있다. 참을성도 대단하여 웬만하면 힘들다고 하지도 않고 아프다고 하지도 않는다. 그래서 극기 훈련을 가장 잘 견뎌내는 아이들이다.

하지만 이런 장점이 지나쳐 자기 감정을 통제할 때도 있다. 스스로를 감정에 빠뜨리지 않으려고 하는 것이다. 그래서 가끔 자기의 문제조차도 남의 얘기하듯 한다. 문제에 자기 감정을 넣지 않고 사실 그대로 보는 것이다.

포도를 따 먹을 수 없게 된 여우가 "흥, 저건 신포도야" 하고 가버리듯이 자기가 원했던 일이 잘 안 이루어져서 좌절감을 느끼는 순간에도 쉽게 극복하고 일어난다.

경험주의자 막내는 '엄마가 없어도 아줌마만 있으면 된다'고 하면서 엄마 다음으로 아줌마를 따랐다. 어느 날 아줌마가 집에 갈 시간이 되자 막내는 가지 말라고 마구 울면서 떼를 썼다. 마음이 약한 아줌마, 30분째 집에 가지 못하고 현관에서 아이와 씨름하고 있다가 시간이 늦어 할 수 없이 가고 말았다. 그런데 아줌마가 가 버린 그 순간 막내는 울음을 뚝 그치더니 "아빠~ 놀자"라며 소파에 앉아 있는 나에게 뛰어와서 안기는 것이 아닌가. 이것을 어떻게 해석해야 할지 기가 막혔다. 하지만 이것이 경험주의자 막내의 장점이다.

아내 이야기

결혼 후, 친할머니가 돌아가셨다. 어릴 때부터 돌봐 주신 친할머니가 내겐 특별했다. 자주 찾아 뵐 수 없는 입장이어서 늘 맘에 아쉬움이 남아 있었다. 병원에서 의식을 잃고 며칠 후 돌아가셨는데 임신 중이라 장례식에도 가지 못했다. 계속 참고 있다가 어느 날 아무도 없는 조용한 시간 그동안 참았던 그리움과 눈물을 몇 시간 동안 쏟아냈다. 들을 사람도 없겠다 집안이 떠나가라 울고 나니 시원했다. 그리고 그 이후로는 더 이상 울지 않았다. 사람들이 감정을 어떻게 모았다가 한꺼번에 처리할 수 있느냐고 묻는다. 하지만 경험주의자들에게는 가능한 일이다. 오히려 감정을 숨기기도 한다. 그 감정이 없어진 것이 아니라 잠시 숨겨놓았을 뿐이다. 그리고 저장된 감정을 시간이 날 때 한꺼번에 처리한다. 처리 방법은 대부분 아무도 없는 곳에 가서 울부짖는 것이다.

5) 지극히 현실적이다

경험주의자 아이들은 심한 사실주의자이다. 이들의 관심사는 현재 이 순간이고 매우 현실적이다. 그러다 보니 냉소적으로 보이기도 해서 다른 사람들에게 생각지 않은 오해를 불러일으킨다. 냉소적이라는 말이 냉정하다는 뜻은 아니다. 지극히 현실적이어서 차갑게 느껴질 뿐이다.

또한 이들은 현재의 효율을 가장 중요하게 여긴다. 모든 일을 가장 효율적으로 처리하는 능력도 있다. 하지만 효율을 중시하다 보니 많은 경우 규칙을 무시하여 다른 사람을 힘들게 하는 경우가 많다.

승현이 이야기

내가 성격 유형에 대해 몰랐다면 선생님께 많은 상처를 받았을 것 같다. 선생님은 엄마하고 아주 비슷한 경험주의자이다. 학생 중 한 명이 시험에 통과하지 못했다. 통과하지 못한 학생이 선생님을 찾아가 어떻게 해야 할지 고민했더니, 선생님께선 안타깝지만 어쩔 수 없지 않느냐고 다음에 다시 시험을 보라고 말씀하셔서 적지 않은 상처를 입었다고 했다. 그 순간 엄마가 생각났다. 엄마는 무슨 일이든 길게, 깊게 생각하지 않는다. 생각해 보고 어차피 돌이키지 못할 일이면 그 자리에서 포기하거나 잊어버리신다. 어떻게 사람이 저렇게 감정을 정리할 수 있는가 했는데 선생님도 그러신다. 그렇다고 해서 우리 선생님이 냉정하고 매정한 분은 아니다. 가르칠 때는 너무나 재미있고 최선을 다해 학생들을 가르치고 우리한테 관심도 많은 선생님이시다.

성실함을 인정받고 싶어!
전통주의자 아이들

기본 욕구 : 소속감, 안정감, 책임감

1. 소속된 느낌을 받기 원한다는 것을 이해해 주세요

전통주의자 아이들에게는 소속감이 첫 번째 기본 욕구이다. 자녀로서의 소속감, 친구로서의 소속감, 학생으로서의 소속감 등 모든 관계에서 소속감을 느껴야 안정되고 편안해진다. 이 아이들은 소속감을 유지하고 인정받고 싶어서 가족과 함께 시간을 보내며 사랑을 나누고 부모 말 잘 듣는 착한 자녀가 된다. 학교에서도 모범생이고 친구의 생일을 잘 챙겨주고 주변 사람을 도와주는 친절한 아이로 통한다. 한마디로 충성스럽고 예의 바르고 성실한 아이가 되는 것이다.

그러나 잘못한 것이 없는데 부모나 선생님께 혼이 났다든지, 친구들과의 관계에서 왕따를 당했다든지, 당연히 부모가 줄 것이라고 기대한 생일선물을 못 받았다든지 등의 일로 소속감에 상처를 입으면 배신감을 느끼고 매우 힘들어한다. 그리고는 자기를 거절한 상대방을 향하여 '네가 나를 거절하면 나도 너를 거절할 거야' 라며 마음을 닫아 버리기도 한다.

또한 부모의 부부싸움에 자기가 속한 가정이 깨질까 봐 가장 많이 상처받는 아이들이다. 부모의 충분한 사랑으로 소속감의 욕구를 채워줘야 한다. 가정으로부터 소속감의 욕구가 채워지지 않으면 다른 곳에서 채우려고 하다가 잘못되는 경우도 있다.

많은 형제 안에서 자란 어떤 여자 분이 어느 날 좋은 성적을 한 번 받으니까 아버지가 관심을 갖고 칭찬해 주었다고 한다. 그녀는 아버지께 인정받기 위해 그저 열심히 공부해서 박사가 되고 성공은 했지만 일 밖에 모르고 사람, 특히 가족을 사랑할 줄 모르는 사람이 되었다는 이야기를 들었다. 공부를 잘한다고 사랑해 주는 것이 아니라 자녀이기 때문에 무조건적으로 사랑해줘야 한다. 그래야 자녀로서의 소속감이 채워지고 사랑을 배우고 사랑을 나누게 된다.

2. 안정된 분위기가 중요하다는 것을 이해해 주세요

자기 주변에서 안정감을 느끼기 원하는 것은 전통주의자 아이들의 두 번째 기본 욕구이다. 이 아이들은 안정된 주변 환경과 안정된 인간관계를 원한다. 그래서 가르쳐 주지 않아도 주변을 깔끔하게 정리하고 모든 일은 사전에 계획하고 미리미리 준비하는 것이다. 정리가 안된 어지러운 환경이나 인간관계에서의 불안정 그리고 무엇인가가 결론이 안 난 상태 등이 지속되어 기본 욕구를 충족시키지 못할 경우에는 불안감을 느껴 짜증을 내거나 화

를 내는 아이가 되어 버린다.

안정감이 기본 욕구이기 때문에 이 아이들은 엄마가 옆에 없으면 불안해 멀리 나가 놀지도 못하고 변화를 싫어하며 새로운 일이 두려워 잘 하지 않으려 한다. 잔걱정과 쓸데없는 근심이 많아 큰일에 도전하는 것도 힘들어한다. 그러다 보니 항상 새롭고 변화무쌍한 경험주의자 부모들과 갈등이 생기고, 더 큰일에 도전하기를 원하는 합리주의자 부모들과 힘든 관계가 된다.

이 아이들이 힘들어할 때는 무엇이 이 아이의 안정감을 깨고 있는지 잘 살펴봐야 한다. 힘들어하는데 밀어붙이거나 겉으로 보이는 것으로만 판단하고 화내지 말아야 한다. 자기의 기본 욕구가 무엇인지 잘 모르는 아이들의 속마음까지 잘 경청하고 그것을 해결해 주는 부모가 코치 부모이다.

3. 무엇이든지 책임지고 싶어 하는 마음을 칭찬해 주세요

전통주의자 아이들의 세 번째 기본 욕구는 책임감을 갖는 것이다. 이 독특한 기본 욕구 때문에 이 아이들은 맡은 일 없이 지내는 것이 오히려 어색하고 힘든 아이들이다. 무슨 일이든 맡기만 하면 꾸준하고 충성스럽게 최선을 다하는 아이들이기 때문에 작은 일이라도 자꾸 맡겨주는 것이 좋다.

학교에서도 선생님이 일을 시키면 자기는 열심히 일을 하는

데 주변에 놀고 있는 아이들 때문에 속상해서 견딜 수가 없는 아이들이다. 주변 정리 잘 안하고 약속을 잘 안 지키는 경험주의자 엄마나 모든 일에 좀 튀어 보이는 이상주의자 엄마에게는 계속 잔소리를 하며 시어머니 노릇을 한다.

이 아이들을 움직일 때는 책임감의 논리로 일을 시켜야 한다. 전통주의자 맏딸에게 항상 써먹는 방법은 "네가 우리 집 맏이잖아. 책임지고 잘 할 수 있지?" 또는 "이 일을 할 사람이 너밖에 없잖아. 어떻게 하냐?" 라며 책임감에 소속감까지 들먹인다. 부모와 같이 가려고 하지 않는 아이에게도 "다른 집 아이들은 다 같이 오는데 우리 집 대표인 네가 안 가면 어떻게?" 라며 책임감을 자극해야 한다.

전통주의자의 장점

1) 목표를 세우고 잘 실천한다

전통주의자 아이들은 목표를 세우고 그것을 성취해 나가는 일을 잘하는 아이들이다. 이들은 목표가 세워지면 그것을 실행할 계획을 세우고 끈기 있게 이뤄 나간다. 이런 성실한 노력으로 사회에서 성공할 뿐 아니라 자기의 성품까지도 원하는 모습으로 바꿔간다.

그러나 이 아이들의 눈에는 가야 할 목표만이 보인다. 더 좋은 기회가 있어도 목표를 향해 나가는 관성 때문에 그 기회를 포기하고 만다. 옆에서 아무리 좋은 기회라고 이야기해도 잘 듣지 않는다. 한 우물을 파다 보니 그 분야에서는 잘하는 사람이 되지만 조금 아쉬움은 남는다.

전통주의자 맏딸이 제일 좋아하는 선물이 수첩이다. 연초가 되면 맘에 드는 수첩을 고르러 문방구를 헤맨다. 자기가 좋아하는 취향의 수첩을 딱 맞게 고르면 기분이 너무 좋아서 시간 날 때마다 수첩을 꺼내어 보고 흐뭇해한다. 그리고 온갖 계획을 다 적어놓고 하나씩 실천해 나간다. 그런데 이게 심해지면 주변을 힘들게 한다. 계획을 바꿀 상황이 생기면 엄청나게 짜증을 내기 때문이다.

다이어트 프로그램을 가장 잘 실천하는 유형도 이들이다. 다이어트를 지도해 주는 코치들이 거의 다 전통주의자라는 글을 보고 공감했다. 그럴 수밖에. 매일 음식의 칼로리를 계산해서 먹고, 절대 충동적으로 먹지 않고, 정해진 시간에 운동하는 일들은 이 유형 아니고는 해내기 힘들다. 경험주의자들은 다이어트 결심을 해도 음식 앞에서는 허물어져 버리고 "내일부터!" 라고 하는데 말이다.

연간계획
월간계획
주간계획
일일계획
다이어트계획서
1
2
3
4
5
체크리스트
1
2
3
4
5
6
7
식품별칼로리

2) 정리를 잘한다

전통주의자 아이들은 주변 환경을 정리하는 데 탁월한 능력이 있다. 이들의 완벽한 눈은 조금만 주변이 어질러져 있어도 금방 알아차리고 모든 능력을 동원하여 그것을 정리해 나간다. 정리가 안 된 환경에서 가장 많은 스트레스를 받기 때문이다.

하지만 자기 방식대로 주변을 정리하고 싶어 하기 때문에 간섭과 잔소리가 많다. 너무 자기 방식을 고집하지 말아야 한다. 자기 방식만이 맞는 것은 아니기 때문이다. 다른 사람이 도와주지 않는다고 너무 화내거나 삐치지도 말아야 한다. 그냥 주변을 정리하는 것이 내 일이겠거니 하고 열심히 하면 나도 행복해지고 언젠가는 복이 돌아오지 않을까?

아내는 내가 말만 하면 잔소리를 한다고 한다. 사실 나는 정리 안 된 것이 보이면 열 번 참았다가 한 번 말하는 것인데. 그렇다고 그냥 넘어가 주지도 못한다. 아무리 기다려도 지적하기 전에는 치우는 법이 없기 때문이다. 나름대로 부드럽게 이야기해도 잔소리라고 한다. 권위 있는 위치에 있는 사람이 이런 이야기를 하면 영락없이 잔소리가 되나 보다.

아내 이야기

전통주의자 딸은 가끔 "엄마 내가 오늘 정리의 신이 임했거든. 그래서 온 집안을 다 뒤집어 정리해 주었지." 하면서 좋아한다. 나로서는 정리는 정말 시간이 남아돌아 더 이상 할 게 없어도 하지 않는 부분이다. 일단 정리보다 재미있는 것들이 많아 정리 같은 시시한 일들은 우선적으로 하지 않고 미룬다. 내가 정말 정리하게 되는 것은 무엇을 찾아야 할 때나 남편이 쫓아다니면서 자기는 더 이상 정리 안된 집안을 볼수 없으니 제발 살려 달라고 (?) 며칠 동안 나를 괴롭힐 때이다. 그러니 저렇게 귀한 시간에 다른 일보다 정리를 먼저 하는 딸은 정말 내가 가르친 게 아니다. 어찌 성격은 타고나지 않는다고 말할 수 있으랴?

3) 분류와 체계화를 잘한다

전통주의자 아이들은 무엇이든지 조직화하고 체계화하는 데 탁월한 능력이 있다. 학교에서도 준비물을 잘 챙기고 노트 정리도 잘한다. 나이가 들면 어느 조직에서든지 시스템 만들기를 좋아한다. 더 효율적으로 일할 수 있는 시스템, 그리고 모두가 행복해질 수 있는 시스템 말이다.

그러나 문제도 있다. 그 원칙과 룰을 지키는 데 너무나 완고해 도무지 융통성을 발휘하지 못할 때가 많다는 것이다. 원칙과 룰은 지키라고 있는 것이기 때문에 그것을 지키지 않는 사람에게는 용서가 없다. 스스로도 그것을 지키려고 부단히 애를 쓰고 있으며 못 지키면 자신에게 벌을 준다. 관용을 가르쳐야 한다. 시스템도 사람을 위해 존재하는 것이기 때문이다.

알림장에 있는 건 한 가지도 놓치지 않는 초등학교 1학년 딸아이 때문에 고민하는 엄마. 수학을 15쪽까지 해오라는 숙제였는데, 엄마랑 함께 풀다 보니 어느새 17쪽까지 풀게 되었다. 문제는 아이가 16~17쪽에 푼 답을 지우겠다는 것이다. 덜해간 건 혼나도 더 많이 해간 건 괜찮다고 아무리 말려도 아이는 맘이 편치 않다. 엄마랑 한참을 실랑이 한 끝에 결국 아이는 다 지우고 15쪽까지만 풀어 갔다.

아내 이야기

객지에서 공부하던 큰딸이 오랜만에 집에 왔다.

떠나는 날 나가서 밥이라도 먹자고 나가자는데 자기는 안 간다고 하더니 집에만 있었나보다. 내향형이라서 그동안 너무 바쁘게 지내 에너지가 필요한가 보다 했는데 학교 갔다 오니 아이들이 좋아하는 사과 케이크 구운 냄새가 향긋했다. 다음날 딸이 떠나고 나서 부엌에 들어와 보니 부식이며 그릇이며 바쁘다는 핑계로 쑤셔 넣었던 장속이 환해져 있었다. 건식품들, 그릇은 물론 마켓에서 가져온 쓰레기 봉투까지 일일이 다 조그맣게 접어서 차곡

차곡 사용하기 좋게 모아 놓았다. 혹시 못 찾을까봐 서랍장 앞에는 이름표까지 붙여 있었다.

'엄마 이렇게 정리해 놓았으니 동생들이 찾아서 꺼내 먹기 좋을거야. 바쁘다고 거르지 말고 잘 드시고 건강하세요!'라는 메모를 찾곤 눈물이 핑 돌았다. 결국 사랑의 표현도 자기 성격대로 하고 있었다. 어릴 때는 심심하면(?) 내 핸드백 뒤집어서 교통카드랑 크레딧카드 포인트 카드 다 정리해 주면서 "엄만 이게 뭐야 지난번에 정리해 주었는데…"하며 잔소리 하더니, 전통주의자의 잔소리가 성숙해 지니 '말없는 정리'로 바뀌어져 있었다.

4) 주변을 잘 돌본다

전통주의자 아이들은 다른 사람을 헌신적으로 섬기고 남을 위해 자기 것을 주는 아이들이다. 이 아이들이 갖고 있는 의무 수행의 기본 욕구가 이들을 자극하기 때문이다. 그래서 이 아이들은 남을 잘 돌보고 어려운 사람을 도와주기를 좋아한다.

우리 집에서도 전통주의자 맏딸이 아침에 동생들 다 깨우고 밥 먹이고 학교에 보낸다. 정말 기특한 아이다. 어느 집이나 큰딸이 전통주의자면 살림 밑천이 된다. 옆집의 일곱 살밖에 안 되는 전통주의자 여자아이는 다섯 살된 동생이 밥 안 먹고 돌아다니거나, 쇼핑센터에서 엄마 손 안 잡고 뛰어가면 걱정스러운 눈빛으로 엄마한테 일일이 다 보고하면서 동생이 없어질까 봐 눈을 떼지 못한다.

이런 좋은 장점 역시 지나치면 단점이 된다. 이 아이들은 주는 것이 몸에 배 있어서 남에게 잘 받지를 못한다. 그래서 다른 사람이 자기를 섬겨 주면 몸 둘 바를 몰라 하거나 불편해 하기도 한다. 이 아이들은 부모님의 도움을 받는 것보다는 자기 스스로 등록금이나 용돈을 해결하려고 노력한다. 남이 주는 것을 감사한 마음으로 잘 받고 그것을 즐기는 것도 이 아이들에게는 훈련 과목이다.

누가 봐도 남에게 잘하고 남에게 도움을 주면 주었지 도움을 잘 안 받는 아이들이다 보니까 이 아이들의 마음속 깊은 곳에는 "그래도 나는 참 좋은 사람이야" 라고 생각하는 교만함이 있는 것 같다. 그리고 이 부분을 인정받지 못하거나 상처를 받으면 정말 속이 상하고 화를 많이 내기도 한다.

이들은 상대방이 달라고 하지 않아도 자기가 주어야 할 것 같다는 생각이 들면 쫓아다니며 주는 사람들이다. 그러다 보니 갈등이 생긴다. 전통주의자 부모는 자녀에게 이것을 꼭 해주어야 할 것 같아 자기를 희생하면서까지 해 주었는데, 그 아이는 고마워하기는커녕 시키지 않은 일 했다고 오히려 역정이다. 그렇게

까지 하지 않아도 상대방은 나를 좋아한다. 경험주의자인 아내는 아이들을 잘 보살피지 못하지만 아이들은 엄마를 가장 좋아한다. 먼저 내가 다 해야 한다는 책임감을 내려놔야 한다. 또한 주변에 이런 전통주의자가 있으면 그들의 수고에 대한 정당한 보상과 인정을 해줘야 한다.

5) 상식적이다

이 아이들은 가장 상식적이고 한결같다. 미래의 꿈보다는 현실이 중요하고 그렇기에 전통을 중요하게 여기는 아이들이다.

하지만 가장 상식적으로 판단하기에 튀는 아이디어를 수용하기 힘들어하며 꼭 일어나지 않을 일까지도 염려하고 걱정하면서 온갖 부정적인 가능성을 들이대는 아이들이다. 돌다리도 두드려 보고 건너가는 수준을 넘어 하도 두드리다 돌다리마저 무너뜨리는 사람들이 전통주의자들이다.

외국에서 공부하는 전통주의자 S양. 어느 날 갑자기 아빠에게 전화를 해서 서울에 일주일 놀러가겠다고 통보한다. 갑작스러운 말에 놀라는 아빠에게 이렇게 말한다. "응 그냥. 그동안 너무 틀에만 매여 있는 것 같아 일탈을 해보고 싶어서…. 그냥 비행기 표를 샀어. 괜찮지? 그리고 나 서울 가도 며칠은 집에 안 가고 친구랑 놀 거야." 항상 모범생이고 상식에서 벗어나 본 적이 없는 자신의 모습이 힘들었나 보다. 며칠 만에 집에 와서는 일정이 바쁜데도 하루를 내어 죽은 친구 묘에 가겠다고 한다. 누구랑 가느냐는 질문에 같이 가기로 한 친구들이 다른 약속이 생겨 혼자 간다고 한다. 친구들도 다 못 가게 되고 꼭 가야 하는 것도 아닌데 바쁜 일을 먼저 하면 어떠냐는 아빠의 말에 그래도 계획한 것이니까 가겠다고 한다. 일탈을 하겠다고 모든 것 다 취소하고 서울에 오기는 했지만 아직도 자기 계획을 바꾸는 것이 힘든가 보다. 제 성격 어디 가겠나?

더 잘하고 싶어!
합리주의자 아이들

기본 욕구 : 성취 욕구, 지식 욕구, 영향력을 가지려는 욕구

1. 무엇이든지 잘하고 싶은 마음을 이해해 주세요

합리주의자 아이들은 무엇을 해도 잘하고 싶어 한다. 성취 욕구가 기본 욕구이기 때문이다. 게임을 해도 남보다 잘하고 싶고 운동을 해도 지는 것이 싫다. 공부도 같은 반 친구들보다 못한다는 말을 듣고 싶지 않다. 탁월함에 대한 열망이 있는 이 아이들은 결과가 만족스럽지 못하거나 무능하게 보이면 힘들어하고 스트레스를 받는다.

특히 외향적인 아이들은 이런 경쟁심이 밖으로 드러나기 때문에 공놀이를 하든지 운동 시합을 하면 일단 눈빛이 달라진다. 이겨야 하기 때문이다. 남들보다 더 잘하고 싶어 연습도 많이 하지만 결과적으로 자기가 이기지 못하면 화가 나서 울어 버린다. 형에게 좀 더 잘해주는 것도 못마땅해서 형과 경쟁하려 든다. 안정감을 중요시하는 전통주의자 부모나 경쟁을 싫어하는 이상주의자 부모는 이런 모습을 보면 당황스럽기만 하다.

이 아이들이 잘하고 싶어 한다고 모든 것을 다 잘하는 것은 아니다. 적성이나 재능이 부족한 경우도 있고 열심히 하지 않는 경우도 있기 때문이다. 하지만 이럴 때 좌절하는 모습을 보이기 싫어 그것이 재미없다고 아예 보지도 않는 경우가 있다. 이기려는 마음으로만은 이길 수 없다. 쉽게 좌절하거나 포기하지 않고 최선을 다하는 태도를 바르게 가르쳐줘야 한다. 부모가 이 아이의 마음을 잘 이해하고 큰 장점인 성취 욕구를 활용하면 자기 분야의 탁월한 리더로 성장하게 될 것이다.

2. 더 많이 알고 싶은 마음을 이해해 주세요

합리주의자 아이들은 알고 싶은 것도, 궁금한 것도 많은 아이들이다. 지식 욕구가 기본 욕구이기 때문이다. 이 세상의 모든

것, 특히 주변의 자연 현상이나 모든 물건들이 어떻게 작동하는지 알고 싶어 한다. 궁금한 것이 많아 항상 "왜?"라는 질문을 하고, 말이 없는 내향형 아이들은 혼자 속으로 연구를 하거나 물건을 몰래 뜯어서 시계나 전자 제품을 망가뜨리기도 한다.

이런 아이의 모습을 성가시게 생각하면 안 된다. 항상 모든 것을 다 알고 있는 듯이 행동해서 주변 사람을 당황하게 만들기도 하지만, 시간이 지남에 따라 정말 많은 것을 알고 있는 아이들이라는 것을 알 수 있다. 계속 격려하고 칭찬해주며 지적 호기심을 자극하면 점점 지적 능력이 계발되어 탁월한 과학자나 발명가가 될 수 있는 자질이 있는 아이들이다.

이 아이들은 틀에 박히거나 쓸데없는 일, 자기가 다 아는 뻔한 일을 반복해 하라고 하면 심하게 스트레스를 받으며 안 하려고 한다. 그래서 주어진 일을 성실하게 하지 않는 이런 모습이 이해되지 않는 전통주의자 부모와 갈등을 일으키게 된다. 아이의 성격에 맞게 자기가 잘할 수 있는 일을 하게 해야 잠재 능력이 더욱 계발된다.

3. 주변을 이끌고 싶어 하는 마음을 이해해 주세요

합리주의자 아이들에게는 주변에 영향력을 행사하고 싶어 하는 기본 욕구가 있다. 주도적으로 친구들을 이끌고 그러기 위한 능력과 힘을 갖고 싶어 한다. 이 아이들은 항상 주변의 모든 사람들이 자기 생각과 뜻대로 움직여주기를 원하지만 그것이 잘 안 되어 스트레스 받고 속이 상한다.

부모도 자기 뜻대로 움직이기를 원해서 어렸을 때부터 집안의 모든 사람을 자기 생각대로 리드하는 아이도 있다. 어렸을 때는 하는 짓이 예쁘기 때문에 아이가 원하는 대로 따라주지만 아이가 점점 자라 요구 사항이 어려워지면 부모와 갈등이 일어나게 된다.

힘과 능력을 중요하게 생각하기 때문이 자기보다 능력이 있어 보이는 사람은 존경하지만 그렇지 못해 보이는 사람의 말은 잘 듣지 않는다. 권위만으로는 말을 잘 듣지 않아 기존의 질서를 무시하고 반항하는 것같이 보이기 때문에 전통주의자 부모나 선생님과 갈등이 많다.

합리주의자 아이들은 스스로 결정할 수 있게 해줘야 한다. 노는 것이 재미있어 밥 안 먹는 아이에게 화내기보다는 "너 밥 먹을래, 국수 먹을래?" 하고 물으며 스스로 결정하게 해줘야 한다. 그러면 한참 생각하다가 "국수"라고 대답하곤 얼른 와서 국수를 먹는다. 자기 스스로 결정한 일이기 때문에 불평이 없다.

통계상 이 기질이 가장 적게 나온다. 아마 이 세상에 리더가 너무 많으면 안 되기 때문일 것이다. 그렇기에 이 아이들을 이해

하는 것은 쉽지 않다. 좀 건방져 보이기도 하고 이상해 보이기도 한다. 하지만 이런 것들이 기본 욕구이기 때문에 나타나는 행동이라는 것을 이해하고 인정해주는 것이 중요하다. 그렇게 해줘야 아이들이 갖고 있는 무한한 장점과 잠재 능력이 계발되어 사회에 공헌을 할 수 있기 때문이다.

합리주의자 아이들에게 일을 시킬 때는 경쟁의 논리를 사용하는 것이 좋다. 경험주의자 아이들은 재미있으니까 게임을 하고 전통주의자 아이들은 친구와 약속이 되어 있어서 한다. 이상주의자 아이들은 사실 게임에는 크게 관심이 없다. 단지 같이 노는 친구에게 더 관심이 있다. 이기고 지는 것 역시 별로 관심이 없다. 좋아하는 친구가 이겨서 기뻐하는 것이 더 좋을 수 있는 아이들이다.

하지만 합리주의자 아이들은 이기기 위해 게임을 한다. "누가 더 잘하나 보자"라는 말에 이 아이들은 갑자기 힘이 솟아 덤벼든다.

합리주의자의 장점

1) 지적 재능이 뛰어나다

합리주의자 아이들은 지적 재능이 뛰어나다. 새로운 지식에 대한 호기심이 많아 지적 욕구를 충족시키다 보니 그렇다. 영재가 아니더라도 자기가 좋아하는 부분에 대해서는 깊이 파고든다. 합리주의자 셋째는 유치원 때 공룡박사였다. 어린아이가 어떻게 그렇게 어려운 공룡의 이름을 줄줄 외는지 참 대견했다. 곤충에 관심이 많았을 때는 곤충에 관해 모르는 것이 없었다. 같이 등산을 가다가 매미 한 마리를 봐도 그것이 무슨 종류의 매미인지, 암컷인지 수컷인지 다 알고 있어 나를 정말 놀라게 했다.

그러나 지적인 것에만 관심을 갖고 있으니 사회성이 좀 부족하다. 상황이 썰렁한데 자기 관심 분야인 매미 이야기만 하자면 어떻게 하겠는가? 이 아이들의 관심은 오로지 지적인 곳에만 있어 주변 사람이 어떻게 생각하는지 무엇을 느끼는지 잘 알지 못한다. 연애를 해도 상대방이 무슨 감정을 느끼는지 잘 모르는 경우가 많다. 그러다 보니 자기는 잘 해주었는데 상대방 반응이 안 좋아 배신감을 느끼기도 하고 주변 사람들에게 무시당하는 경우도 있다. "남에게 대접 받고 싶은 대로 남을 대접하라"는 황금률이 있다. 내가 주변 사람들과 좋은 관계를 유지하기 위해서는 나도 그들의 관심사를 잘 이해하고 그들이 원하는 것을 해 주어야 한다.

이 아이들은 지적 능력을 중요시하기 때문에 지적 능력이 떨어지는 친구를 무시하거나 잘 상대하려 하지 않는다. 또래 아이들보다 수준이 높은 나이 많은 형들과 노는 것을 좋아한다. 인간이 알아야 얼마나 알겠나. 창조주 앞에서 다 도토리 키 재기 하는 것이고 다 그 분의 손바닥 안에 있는 것인데.

2) 비전의 아이들이다

합리주의자 아이들은 꿈이 큰 아이들이며 대부분 비전의 사람들로 성장한다. 지금 현재는 보잘 것 없지만 저 멀리 있는 비전을 제시하고 사람들을 이끌어 나간다. 그리고 이들의 비전을 공감하는 많은 사람들이 모여 함께 일하게 된다.

하지만 꿈이 크다 보니 이것 때문에 문제가 생긴다. 꿈이 끝이 없고 계속적으로 원하는 기준을 올리는 것이다. 비전이 계속 커지면서 스스로도 힘이 들고 주변 사람들도 힘들다. 부인은 이런 남편에게 맞추려고 노력하다 거의 탈진 상태에 이르고 함께 일하던 사람들은 힘이 들어 다 도망가 버린다. 그래도 더 큰 꿈을 꾸는 데는 변함이 없다. 그뿐 아니다. 사람만 보면 그 사람에게 비전을 던진다. 처음에는 좋지만 계속 기준이 올라가는데 힘들어 하지 않는 사람이 없다. 자기가 할 수 있는 그릇을 알아야 한다. 그리고 다른 사람의 역량도 알아야 한다. 목표가 너무 크면 힘들고 상처만 남는다.

아내 이야기

합리주의자이신 친정아버지는 형제가 많은 우리들을 보시며 아이가 많아 키울 게 걱정이라는 말보다 많은 형제들이 이루게 될 전 세계 네트워크와 힘의 가능성에 대해 흥분하셨다. "나는 외롭게 컸다만 너희들은 큰 재산을 가지고 있는 거다. 너희들 5명이 전부 결혼하면 10명이 되는데 그 자식들까지 하면 세상에 이런 인맥이 어디 있느냐? 이걸 활용하면 못할 게 없다"하시면서 비전을 주시곤 했다. 이미 칠순을 넘긴 노인이신데도 꿈을 이야기하고 다른 사람들에게 비전을 제시할 때면 눈이 빛난다.

3) 어려운 문제를 더 잘 푼다

지적 능력이 뛰어난 합리주의자 아이들은 어렵고 복잡한 문제를 너무 쉽게 잘 푸는데 뻔한 일상이 힘들고 오히려 쉬운 문제를 틀린다.

학교에 자료가 너무 많아 분류도 안 되고 정리하기도 힘들어서 합리주의자 제자에게 맡겼더니 분류별, 연도별, 정도별, 출판사별로 너무 정리를 잘해 놓아서 깜짝 놀랐다. 이들은 천문학, 건축 같은 눈에 보이지 않는 복잡한 세계의 일을 잘 다루고, 어려운 수학 문제나 퍼즐을 오히려 재미있어 한다. 이들은 문제를 푸는 것 자체를 즐기는 것 같다. 합리주의자 아들이 십대가 되니 컴퓨

터를 어디서 배운 것도 아닌데 꽤 잘한다. 강의에 쓰려고 동영상을 만들어 보라고 했더니 척척 해내서 우리를 놀라게 했다.

그러나 이 아이들은 문제를 풀다가 안 되고 힘들어지면 강박적이 되어 스스로 혼란에 빠진다. 일에 몰두하다가 시계를 달걀인 줄 알고 끓는 물에다 넣는다든가, 샤워를 하다가 갑자기 생각이 나 머리에 샴푸가 가득한 채 연구소로 뛰어가는 학자의 이야기는 다 합리주의자들의 이야기이다. 스트레스 받은 합리주의자는 평소 큰 그림을 보고 비전을 이야기할 때와는 달리 마음이 콩알만 해져서 작은 일에도 상처를 받고 혼자 숨어든다. 상황에 집착하여 로봇처럼 행동하기도 하고 좁쌀영감처럼 쫀쫀해지기도 하여 말도 안 되는 걸 가지고 고집 부리고 억지를 쓴다.

인간의 능력으로는 모든 문제를 다 해결할 수가 없다. 문제가 풀리지 않는다고 집착하고 강박 관념을 가지면 문제는 더욱 해결되지 않는다. 여유가 필요하고 시간이 필요하다.

4) 직설적이고 간단명료한 말을 사용한다

합리주의자 아이들은 대화를 할 때 직접적이고 간단명료한 말을 사용한다. 사고 구조가 논리적이고 원리에 충실한 이들은 말에 군더더기가 없다. 이런 대화를 통해 상대방에게 정확하게

지시할 수 있고, 일을 신속하게 처리할 수 있다. 그리고 상대방과의 논쟁에서 명확하게 자기의 의견을 제시할 수 있게 된다.

그러나 말에 수사가 없다 보니 대화가 건조하다. 특히 관계를 중시하는 감정형들과는 대화가 힘들다. 대화란 게 먼저 표정과 인사말로 분위기를 만들고 마음을 어루만져 본론에 들어가야 하는데 너무 간단히 결론만 말해버리니 썰렁하다. 그러다 보니 냉정하다거나 거칠게 이야기한다는 말을 듣는다. 평소에 말할 때도 논쟁하듯이 하고 의견이 다른 사람을 만나면 끝까지 자기 논리를 주장한다. 그리고 길게 끄는 이야기나 한 번 한 이야기를 또 하는 것을 제일 싫어한다.

아내 이야기

합리주의자 아들이 학교가 늦었다며 데려다 달라고 했다. 러시아워라 차가 막혔다. 좌회전 신호 앞에 차들이 길게 줄을 서 있고 신호마다 기껏해야 2~3대만 지나가고 있었다. 이 신호 놓치면 몇 분은 기다려야 할 것 같아서 차선을 위반해서 앞으로 가려고 새치기를 했다. 그러자 옆에서 아들이 "엄마, 지금 차선 위반하셨어요"라고 한다. 나는 기가 막혔다. 그렇지 않아도 경찰에 걸릴까봐 마음 졸이며 차선을 바꾸고 있는데 옆에서 염장을 지른 셈이다. '아니 누구 땜에 이렇게 희생하면서 아침에 가고 있는데?'라는 생각이 들자 분했다. '지금 고맙다고 해야 할 판에 기분 상하게 이런 말을 하다니?' 이런 생각들이 휙휙 지나가면서 화가 더 치밀어 올랐다. 그날 아들은 학교 가는 내내 나한테 혼나고 말았다.

아들은 그 순간에 왜 그런 말을 했을까? 일부러 엄마에게 상처주려고 그런 것은 아니었을 것이다. 엄마가 바쁜데 데려다주는 게 고마운 건 알지만 그냥 사실을 말한 것이다. 엄마가 자기가 한 말을 듣고 어떻게 생각할지는 잘 예측이 안 된다. 그게 합리주의자들이다. 아이의 입장에서는 전혀 그런 마음으로 말한 것이 아닌데 상대방이 노골적으로 화를 내고 자기를 냉정하다고 표현하는 것을 이해할 수가 없다. 이 아이들은 다른 사람들의 예상치 못한 정서적 반응이 혼란스럽고 복잡한 인간관계에 둔하다.

5) 미래를 잘 예견한다

합리주의자 아이들은 미래에 대한 관심이 많다. 그래서 자라면서 미래를 예측하는 능력이 탁월해진다. 미래사회는 어떻게 되는지, 앞으로 세계경제는 어떻게 되는지, 향후 주식은 어떻게 되는지 하는 것을 이야기하는 학자들은 대부분 합리주의자들이다. 수십 년 후에 올 일들을 어떻게 맞추는지 신기하기만 하다.

하지만 미래를 보며 살아가는 이들은 현재의 이 순간을 잘

잊어버린다. 가족의 생일에도 별 관심이 없고 기념일이 언제인지도 잘 모른다. 남에게 뭘 해주지도 않고 또 기대하지도 않는다. 어른이 되어도 아이들 공부시키는 데 돈이 얼마나 드는지도 잘 모르고 생활비가 얼마가 드는지 별로 관심도 없다. 삶에는 균형이 필요하다. 얼마 남지도 않은 삶인데 미래만 바라보고 갈 수는 없지 않은가? 힘들어하는 아내와 눈높이를 맞추고 함께 걸어가야 한다.

아내 이야기

합리주의자 아버지를 기쁘게 해 드리는 것은 과거에 대한 칭찬도 아니요 맛있는 것을 사드리는 것도 아니다. 아버지를 기쁘게 해 드리는 것은 함께 꿈을 이야기하고 아버지로부터 미래의 이야기를 해달라고 청하는 것이다. 아버지는 누구보다도 신간을 먼저 읽고 미래를 예견하신다. 요즘 신조어로 떠오른 단어들이나 미래에 관한 이야기는 다 아버지에게 가장 먼저 들었다. 아버지는 미래를 이야기할 때 눈이 빛나고 활기차시다.

나만의 개성을 인정해 줘!
이상주의자 아이들

기본 욕구 : 자아실현, 진실함, 인정과 칭찬

1. 자기만의 정체성이 필요하다는 것을 알아 주세요

이상주의자 아이들에게는 자아실현의 기본 욕구가 있다. 끊임없이 자기가 누구인지를 찾고 자신의 꿈을 실현하고 싶어 한다. 어렸을 땐 잘 안 나타날 수 있지만 나이가 들어감에 따라 특별한 존재로서의 자기 정체성을 찾는 것이 중요해진다. 이런 모습 때문에 이 아이들은 개성이 강하고 독특하게 보이기도 한다.

옷을 입어도 자기의 원하는 방식대로 입기를 좋아한다. 전통주의자 아이들은 혼자 튀어 보이는 것이 싫어 다 같이 교복 입고 지내는 것이 가장 편한데 이상주의자 아이들은 남들과 똑같은 옷을 입고 지내는 것이 힘들다. 그래서 교복도 어딘가를 조금이라도 다르게 하고 다니는 아이들이다. 그러나 이런 독특함 때문에 안정감을 추구하는 전통주의자 부모와 갈등이 일어나고 서로 이해가 안 되어 속상해 한다. 물론 이 아이들은 관계를 중요하게 생각하기 때문에 겉으로는 아무 문제가 없는 듯 보이지만 내면에서는 심하게 갈등할 수 있다.

전통주의자 아이들은 음악이나 미술 등 한 가지를 시키면 좋

건 싫건 꾸준하게 하는데 이상주의자 아이들은 한 가지를 하면서도 항상 다른 것에 관심이 있어 부모를 당황하게 한다. 너무 부모의 틀에 가두려 하지 말고 아이의 마음을 이해해 주며 담담하게 바라봐야 한다. 자기가 정말 원하는 것을 하기 위해 평생을 찾아다닐 아이이기 때문이다.

2. 진실하고자 하는 마음을 이해해 주세요

이상주의자 아이들에게는 진실함Integrity을 원하는 기본 욕구가 있다. 여기서 진실함이란 겉과 속이 하나가 되는 온전하고 완벽한 상태를 말한다. 이 아이들은 자기의 진실함이 깨지게 되면 스트레스를 받고 힘들어한다. 가끔 부모가 시키는 거짓말을 하는 것이 다른 어떤 아이들보다 힘들다. 나이를 속이면서 KTX 운임을 안 내거나 목욕탕이나 놀이동산에 그냥 들어가는 일은 이 아이들에게 정말 힘든 일이다. 부모들이 "그게 뭐 중요하냐?" 라든지 "세상은 그런 것이 아니야"라며 이런 일을 강요하면 가만히 있지만 존경심이 사라진다.

자기가 맡은 일은 자기만의 방식대로 온전하게 하고 싶어 한다. 생일파티를 해도 자기가 원하는 방식이 있다. 마음속에 가장 이상적인 그림이 이미 다 그려져있는 것이다. 그러나 부모나 선생님이 조금 바꾸기를 강요하면 매우 힘들어한다. 별것 아닌 것으로 고집부리는 것 같지만 아이의 이 기본 욕구를 이해하고 받아줘야 한다.

일반적으로 경험주의자 아이들은 명랑한 표정이고 전통주의자 아이들은 진지한 표정이고 합리주의자 아이들은 무표정이다. 그러나 이상주의자 아이들은 속과 겉이 같은 아이들이어서 좋을 때와 싫을 때의 얼굴이 너무나 확연하게 달라진다. 이런 모습이 때로는 부모를 당황스럽게 하지만 다른 사람 앞에서 어떻게 그럴 수가 있냐고 너무 나무라지 말아야 한다. 그렇게 태어났는데 어떻게 하란 말인가?

3. 의미 있는 사람으로 인정받고 싶은 마음을 이해해 주세요

이상주의자 아이들에게는 사랑하는 사람으로부터 받는 인정과 칭찬이 너무 중요하다. 중요한 사람으로, 꼭 필요한 사람으로, 의미 있는 사람으로 인정받고 싶어 하는 것이 이 아이들의 기본 욕구이다. 그러므로 이 아이들은 사랑하는 사람을 위해 헌신적으로 봉사를 하기도 한다. 엄마가 아프다고 하면 정말 밤을 새워 엄마를 주물러 주는 아이들이다.

이 아이들은 사랑과 인정이 충족되지 않을 때 힘들어하기 때문에 혼나거나 비판받는 것이 가장 힘들다. 움츠러들어 아무것도 할 수 없게 되고 우울해지기도 한다. 부모의 잔소리로는 아이들

을 바꿀 수 없다. 이상주의자 아이들은 더욱 안 된다. 하지만 잔소리가 전공인 전통주의자인 나는 오늘도 학교 늦는 아이에게 잔소리를 해댄다. 밖에서는 잘 되는데 왜 집에서는 안 될까? 나도 참 안 변한다.

이상주의자 아이들은 항상 자기가 사랑받는지를 확인하고 싶어 하기 때문에 엄마가 자기를 얼마나 사랑하는지 매일 아침저녁으로 물어보며 귀찮게 한다. 그러나 자기 일에 너무 바쁜 경험주의자 엄마는 시간을 별로 내주지 않고, 칭찬은 하지 않고 끝없이 잔소리 해대는 전통주의자 엄마는 힘들고, 무뚝뚝하게 더 잘하라고 밀어붙이는 합리주의자 엄마는 무섭다. 힘들더라도 부모가 한없이 사랑을 표현해 주고 "너는 정말 중요하고 특별한 아이야"라고 매일 말해줘야 한다. 마음이 여린 아이들이기 때문에 쉽게 상처받을 수 있고 인정받지 못한다는 느낌이 들면 매우 힘들어 할 수 있기 때문이다.

사람과의 관계를 중요시하는 이상주의자 아이들은 모든 것을 관계의 논리로 풀어간다. 사랑하는 부모와 좋은 관계를 유지하기 위해 열심히 봉사하고, 좋아하는 선생님에게 잘 보이려고 공부도 열심히 한다. 이 아이에게 일을 시킬 때는 관계의 중요함을 이야기해야 한다. "너, 나를 사랑하지? 나도 너를 사랑해. 그런데 내 얼굴 봐서 한번 해 줄래?" 이런 부탁 앞에서 꼼짝 못하는 아이들이다.

이상주의자의 장점

1) 남을 잘 위로하고 힘을 준다

이상주의자 아이들은 직감을 사용해서 사람을 보기 때문에 겉모습보다는 보이지 않는 속 사람을 보려고 한다. 또한 의미를 중시하고 사람에게 관심이 많아 자신의 자아실현과 동시에 다른 사람의 자아실현에 대한 관심이 높다. 그래서 이 아이들이 가장 잘하는 것은 동기 부여이다. 친구의 속마음을 알아 격려하고 힘을 북돋아 준다. 팀을 맡으면 먼저 팀원들의 동기를 부여하여 이끌어 가는 리더십이다. 힘이 빠진 사람들도 이 사람들을 만나면 새 힘을 얻는다.

전통주의자 큰아이는 남동생들을 참 잘 보살피고 도와준다. 하지만 잔소리가 시작되면 엄마 아빠도 못 말린다. 지금 고치지 않으면 나중에 큰일 난다고 말 안 듣는 두 아들을 닦달한다. 하지만 이상주의자 둘째는 다르다. 웬만한 것은 다 이해해 주고 동생들과 깊은 이야기를 나누며 격려하고 위로하는 능력이 있다. 모처럼 넷이 다 모이면 꼭 새로운 춤이나 노래를 만들어 동생들과 즐겁게 논다. 큰애는 옆에서 머쓱하게 구경만 하고. 정말 넷이 너무나 다르다.

그러나 이들의 탁월한 동기 부여 능력도 지나치면 문제가 생긴다. 다른 사람의 감정까지도 조정하고 장악하려고 해서 오히려 갈등이 생겨나는 것이다.

2) 관계가 조화롭다

이상주의자 아이들은 정서를 감지하는 공감도가 높아서 다른 사람의 감정을 잘 읽는다. 그래서인지 민감한 인간관계에서 누구보다 잘한다. 어느 모임이든지 이상주의자들이 많으면 관계가 조화롭다. 이들은 조화롭고 평화롭지 못하면 견디질 못하기 때문에 항상 자기가 속한 모임을 끈끈하게 만드는 일을 한다.

하지만 이 아이들은 관계에서의 대결을 싫어한다. 관계에 문제가 생겨서 껄끄럽게 되면 사람을 피한다. 자기가 싫어하는 사람을 대면하는 것이 두렵기 때문에 도망가는 것이다. 싫다고 도망가서는 안 된다. 싫은 사람도 대면하고 관계를 개선하는 훈련을 해야 한다. 감정이 다 상해 버려 보기 싫은 사람이라도 얼굴을 마주보고 자기의 생각과 느낌을 이야기할 수 있어야 한다. 정말 만나기 싫은 사람이라도 한번 만나서 이야기해 보면 생각했던 것보다는 훨씬 쉬울 수 있고 그러면서 점점 훈련이 되는 것이다.

갈등하고 다투는 것이 싫다고 싫은 감정을 속에 쌓아놓게 해서도 안 된다. 언젠가는 터지게 되어 있다. 쌓인 게 많으면 더 크게 터진다. 평소에 참고 가만히 있다가 어느 날 더 이상은 못 참겠다고 결별을 선언하는 이상주의자를 보면서 다른 사람들은 왜 그러는지 이해할 수 없다. 가족들 사이에 화가 나고 갈등을 겪는 일이 있으면 하루를 넘기기 전에 반드시 해결해야 한다. 물론 건강한 대화로 말이다.

3) 이상적인 꿈을 꾼다

이상주의자 아이들은 그야말로 완벽한 세상을 꿈꾸는 아이들이다. 인종차별이 심하던 시절 백인 아이와 흑인 아이가 손을 잡고 함께 노는 꿈을 꾸던 마틴 루터 킹 목사 같은 인물들이다. 이 아이들은 인간관계에서도 이상적인 것을 꿈꾼다. 자기 엄마가 완벽하기를 기대하고 멋있는 아빠와 함께 하는 것을 꿈꾼다. 친구들과도 가장 이상적인 사이가 되기를 꿈꾸고 행복하게 직장생활하는 것을 꿈꾼다. 결혼을 하면 완벽한 부부의 사랑을 꿈꾸고 그것을 이루기 위해 노력한다. 회사의 사장이 되어서도 회사에 대한 멋진 꿈을 꾸고 또 그것을 이루기 위해 최선을 다한다. 뭔가 잡히지 않는 기대를 가지고 젊은 시절을 보낸 40대의 이상주의자는 점점 가치 있는 일에 삶을 불태우고 싶어 한다. 외향적인 이상주의자는 그걸 드러내고, 내향적인 이상주의자는 평소에 조용해서 아닌 것처럼 보이지만 둘 다 뜨겁기는 마찬가지다.

하지만 이 아이들의 문제는 다른 사람들도 다 자기같이 이상주의자인 줄 안다는 것이다. 다른 친구들은 이런 이상적인 것에 별로 관심도 기대도 없다. 오히려 이런 모습을 한심하게 보기도 한다. 그러나 이상주의자 아이들은 끊임없이 이상적인 것을 추구하다가 자기와 같지 않은 사람을 만나 자신의 신념이나 가치, 이상 등을 비판받거나 인정받지 못하면 상처를 받는다. 함께하는 친구나 배우자도 힘들기는 마찬가지이다. 별로 관심도 없는 일을 계속 밀어붙이는 모습에 화가 나기도 한다. 이 세상에서 나의 이상과 가치는 꼭 다른 사람과 공유되지 않을 수도 있다는 것을 알아야 한다. 그리고 자기와 같이 이상적인 것을 생각하는 사람이 많지 않기 때문에 현실 세계에서 자기의 꿈이 이루어지는 것이 쉽지 않다는 것도 알아야 한다.

이상주의자 둘째가 가장 힘들어할 때는 자기 친구가 자기가 그린 그림대로 따라와 주지 않을 때이다. 그렇게 되면 완벽한데 왜 그것을 안 하려고 하는지 이해도 안 되고 속도 상한다. 지난번 둘째가 한국에 와서 실내악 연주를 하게 되었을 때도 드레스의 색깔을 통일하는 것이 멋있을 것 같아 주장했지만 받아들여지지 않아 너무 속상했단다. 온갖 방법을 다 써도 안 통하면 포기 할 만도 한데 이상적인 것을 꿈꾸는 데는 한이 없나 보다.

4) 개인적인 가치를 잘 알아낸다

이상주의자 아이들은 상대방의 숨은 능력이나 가치를 알아내는 데 탁월한 능력이 있다. 직감적으로 속 사람을 보다 보니 자연히 상대방의 숨겨진 능력이 보이기 때문이다. 그래서 이 아이들에게 일을 맡기면 적재적소에 딱 맞는 친구들을 잘 모아서 일을 완수한다. 나이가 들면서 사람에게 적합한 일을 잘 맡기는 타고난 인사 관리자들이 된다. 어느 자리에 누가 가장 적합한지 금방 결정할 수 있다. 이들은 시장에서 물건을 얼마에 샀는지는 잘 기억하지 못하지만, 사람의 가치나 능력은 잘 간파하는 사람들이다.

이것도 지나치면 문제가 된다. 항상 사람의 일에 너무 많이 간섭을 하려고 하는 것이다. "너는 이것 하고, 너는 저것 해"라며 자기가 다 정해 주려고 한다. 상대방도 잘 모르는 잠재 능력을 내가 알았다고 해도 그것을 강요하면 모든 사람은 힘들어한다. 부모가 되어도 자녀들의 잠재 능력이 잘 보인다. 그러다 보니 간섭이 많아지고 아이들은 힘들어진다. 다 알아도 스스로 깨달을 때까지 기다려 주고 스스로 하게 해 주어야 코치 부모이다.

5) 상담을 잘한다

이상주의자 딸은 중학교 때 거의 하루 종일 전화를 붙들고 사는 것처럼 보였다. 가만히 들어 보면 자기 반에 있는 아이들 이야기를 다 들어주는 것 같다. 그리고는 그 때문에 기분이 나빠지기도 하고 울기도 한다. 아무튼 둘째의 주변에는 친구가 끊이지 않는다.

이상주의자 아이들은 어릴 때부터 탁월한 상담자들이다. 이들은 사람 안에서 일어나는 변화에 민감하고 남의 이야기를 잘 듣고 그 이야기에 몰입한다. 이들이 탁월한 상담가가 되는 것은 자기가 다른 사람 안에 스며들 수 있기 때문이다. 상담의 기본은 상대방의 말을 잘 경청하고 맞장구치면서 들어주는 것인데, 이런 일을 잘하니 특별히 뚜렷한 대안을 주는 것도 아닌데 이들 주변에는 사람들이 몰린다. "가슴으로 이야기하자." "마음에 촛불 하나 켜고 싶습니다." 이런 말을 잘하는 이들은 사람의 마음에 가장 잘 공감할 수 있는 사람들이다.

그러나 다른 사람의 이야기나 삶에 깊은 공감을 가지고 몰입하는 이 아이들은 때로는 너무 깊이 들어간다. 그러다가 그 사람의 처지가 자기 일처럼 느껴져서 그 사람을 거기서 구해내려고 하는 것이다. 술집 여자의 문제를 들어주다가 돈을 대신 갚아 준다든지, 갈 데 없는 청소년이나 문제 아이들을 상담하다가 아예 데리고 와서 같이 살겠다고 해서 부인을 당황시키기도 한다.

이들이 상담을 잘하기 때문에 많은 사람들에게 도움을 주는 것은 사실이지만 그것이 지나치면 역시 문제가 된다. 주변의 모

너무 속상하겠다~
그래, 아해해

든 사람을 다 구하려고 하는 것이다. 내가 아는 한 이상주의자 부인은 그 동네 모든 사람들의 상담을 도맡아서 한다. 그러다 보니 시간이 없어 가족들이 불만이다. 집안문제도 많은데 밤낮 밖에서만 나돈다고 싫은 소리를 듣는다. 탁월한 상담자가 자기 문제로 상담을 받아야 할 판이다. 성경 잠언에 보면 이런 구절이 있다. "자기와 상관도 없는 다툼에 참견하는 행인은 개의 귀를 잡아당기는 사람과 같다." 성경에는 없는 이야기가 없다.

★ 3부 ★

아이들을 움직이는 힘을 찾아라!

아이들을 움직이는 기본 욕구와 장점

	기본 욕구	장 점
경험주의자 아이들	• 충동이 오면 자유롭게 반응하고 싶어한다. • 남에게 좋은 것을 주고 싶어 하는 마음이 있다. • 재미있는 것만 하고 싶어 한다.	• 손재주와 집중력이 강하다. • 위기나 어려운 순간을 잘 넘어간다. • 낯선 환경에 쉽게 적응한다. • 어려움을 쉽게 극복한다. • 매우 현실적이다.
전통주의자 아이들	• 어딘가에 소속된 느낌을 받기 원한다. • 안정된 분위기가 중요하다. • 무엇이든지 책임지고 싶어 한다.	• 목표를 세우고 잘 실천한다. • 정리를 잘한다. • 분류와 체계화를 잘한다. • 주변을 잘 돌본다. • 상식적이고 한결 같다.
합리주의자 아이들	• 무엇이든지 잘하고 싶어 한다. • 더 많이 알고 싶고 궁금한 것이 많다. • 주변에 영향력을 행사하고 이끌고 싶어 한다.	• 지적 재능이 뛰어나다. • 꿈이 큰 비전의 아이들이다. • 어렵고 복잡한 문제를 더 잘 푼다. • 직설적이고 간단명료한 언어를 구사한다. • 미래를 잘 예견한다.
이상주의자 아이들	• 자아 실현의 욕구가 있다. • 겉과 속이 하나가 되는 진실하고자 하는 마음이 있다. • 의미 있는 사람으로 인정받고 싶은 마음이 강하다.	• 남을 잘 위로하고 힘을 준다. • 관계가 조화롭다. • 완벽한 세상과 이상적인 것을 꿈꾼다. • 상대방의 숨은 능력이나 가치를 잘 알아낸다. • 상담을 잘한다.

I LOVE
YOU

4부
내 아이, 있는 모습 그대로 사랑하기

각 성격 유형에 따라 아이들의 주기능과 열등 기능을 이해하면 그 아이가 가장 쉽게 자주 사용하는 기능이 무엇인지 그리고 가장 힘들어하는 기능이 무엇인지를 알 수 있고 장점을 더욱 키우고 또한 앞으로 계발해야 할 부분을 아는 데 도움이 된다.

이제 우리 아이의 성격 유형에 대해 알았을 것이다. 외향(E)과 내향(I), 현실(S)과 이상(N), 사고(T)와 감정(F) 그리고 정리(J)와 개방(P) 8가지 지표 중에서 고른 4가지 지표의 조합을 하면 16가지 성격 유형이 나온다.

이 16가지 성격 유형에 대해 간단한 특징과 부모가 주의해야 할 사항 3가지씩을 소개하도록 하겠다. 여기서 간단하게 소개하는 내용이 각 성격 유형을 완벽하게 대변할 수도 없고, 우리 아이에게 딱 들어맞지 않을 수도 있다. 각 유형에 대한 설명은 우리 부부가 그동안 강의하면서 깨달은 내용과 책 뒤에 수록된 참고문헌의 책들 특히 폴 티거와 바바라 배런-티거Paul Tieger & Barbara Barron-

Tieger의 『Nurture by Nature』를 많이 참조하였다.

성격 강의를 하면서 항상 강조하는 것은 이 과목은 이해 과목이 아니라 암기 과목이라는 것이다. 나는 아직도 아내나 우리 아이들의 성격에서 이해되지 않는 부분이 있다. 아직도 어떤 경우에는 아내나 자녀들의 행동이나 생각이 도저히 이해가 안 되어 화가 많이 나기도 한다. 해결 방법은 아내나 자녀들의 성격을 암기하고 '그래서 그런 행동과 생각을 했구나'라며 넘어가려고 노력하는 것이다.

현실과 이상 그리고 사고와 감정은 우리 내면의 심리적 기능이라고 앞에서 설명한 바 있다. 이 네 가지 기능 중에 가장 빈번하게 사용하는 기능을 주기능이라 한다. 그 다음으로 많이 쓰는 기능을 부기능이라 하고 그 다음은 삼차 기능, 마지막으로 가장 잘 사용하지 못하는 기능을 열등 기능이라 한다. 16가지 성격 유형마다 주기능과 부기능, 삼차 기능과 열등 기능을 설명할 것이다.

각 성격 유형에 따라 아이들의 주기능과 열등 기능을 이해하면 그 아이가 가장 쉽게 자주 사용하는 기능이 무엇인지 그리고 가장 힘들어하는 기능이 무엇인지를 알 수 있고 장점을 더욱 키우고 또한 앞으로 계발해야 할 부분을 아는 데 도움이 된다.

이 네 가지 기능에 네 가지 태도를 조합하면 쉽게 아이들의 성격을 이해하고 행동을 예측할 수 있다. 예를 들어 ISTJ의 경우

주기능이 현실형(S)이기 때문에 현실적인 정보를 구체적으로 받아들이는 능력이 뛰어나다. 반면에 열등 기능이 이상형(N)이기 때문에 전체를 보거나 눈으로 보이지 않는 내면을 파악하는 것을 어려워한다. 그래서 이 유형 아이들은 꼼꼼하게 암기하면서 공부하는 것은 잘 하지만, 전체를 이해하거나 맥락을 파악하는 것이 쉽지 않다. 그리고 내향형(I)이기 때문에 주기능 현실형(S)을 통해 받아들인 세밀한 정보를 곰곰이 생각하는 데 시간을 많이 보내므로 학습 진도가 느린 경향이 있다. 또한 부기능이 사고형(T)이라 자신의 생각을 표현할 기회가 주어지면 객관적으로 말하려고 하겠지만 내향형(I)이라 좀처럼 자기 생각을 밖으로 잘 표현하지는 않을 것이라고 본다. 삼차 기능이 감정형(F)이라 감정에 잘 사로잡히지 않고 내향형(I)까지 있어 감정 공유를 잘 하지 않을 것이라고 예측할 수 있다.

말을 안 해도 성실한 아이
ISTJ

내향 - 현실 - 사고 - 정리

주기능은 현실, 부기능은 사고, 삼차 기능은 감정, 열등 기능은 이상이다.

현실적인 일에 관심이 많으며 조용하고 신중하고 성실한 아이들이다. 정리 정돈을 잘하며 책임감이 강하여 일단 맡은 일은 시간 내에 완수하려 한다. 예의 바르며 질서를 잘 지키고 양심적이며, 공부나 일을 할 때도 정해진 계획에 맞춰 하기를 좋아하며 모든 것을 철저하게 하려고 한다.

1. 수줍음을 인정해 주세요

이 아이들은 매사에 성실하고 준비도 철저한 아이들이지만 남 앞에 서거나 학교 학예회 등에서 발표하는 것을 힘들어한다. 무대 뒤에서 기다리는 동안 식은땀을 흘리거나 배가 아프다고 하며 행사 전에 꼭 화장실을 가겠다고 해서 부모님들을 긴장시킨

다. 답을 알고 있어도 발표하기를 꺼리고 별일도 아닌데 자기를 지목하면 갑자기 얼굴이 발개지는 이 아이들은 나가 놀라고 해도 집에서 혼자 놀거나 늘 친하게 놀던 그 친구하고만 놀려고 한다.

이 아이들이 수줍어하고 숫기가 없다고 그것을 고치려고 화를 내거나 몰아쳐서는 안 된다. 특히 이런 남자 아이를 가진 외향형 부모는 걱정이 되어 성격을 바꿔 주려고 결심한다. 생일에 많은 친구를 초대하고 캠프나 웅변학원에 보내는 등 노력을 해도 생각만큼 쉽게 활달해지지는 않는다. 오히려 이 아이들은 조용하고 방해받지 않는 시간과 공간이 필요한 아이들이므로 부모가 적당한 시간에 조용히 지낼 수 있게 해줘야 한다.

이 아이들은 하기 싫어도 시키면 잘하고 단체 활동에도 협조적으로 잘 참여하기 때문에 나이가 들어가면서 수줍음도 줄어들고 사람들과도 잘 지낼 수 있게 된다. 타고난 수줍음은 없어지지 않겠지만 사회에서 자기 몫을 성실하게 수행하며 건실하게 살아가는 사람으로 성장하니 너무 걱정할 필요가 없다. 지금 사업을 하면서 전 세계로 수많은 강의를 하며 돌아다니는 나도 이 성격 유형이다. 혼내거나 놀리지 말고 있는 모습을 그대로 인정하며 기다려 주면 잘 성장한다.

2. 적응할 시간과 생각할 시간을 충분히 주세요

이 아이들은 갑작스런 변화에 가장 약한 아이들이다. 새로운 일이나 사람을 낯설어 하기 때문에 늘 하던 대로 하고 싶어 하고 갑자기 상황이 바뀌면 스트레스를 받는다. 변화에 적응하는 데 시간이 걸린다는 것을 이해하고 인내심을 가지고 기다려줘야 한다. 변화가 필요한 경우, 부모가 사전에 조목조목 설명해 주면 자기 페이스로 노력을 시작하지만 큰 기대는 금물. 천천히 달라진다. 그러나 이 아이들은 꾸준하고 변함이 없기 때문에 자신이 바꾸겠다고 마음먹은 것은 도표에 체크를 해가면서까지 바꾸는 아이들이다. 그러므로 나이가 들면서 가장 많은 변화와 성장을 보이기도 한다.

이 아이들은 여러 가지 일을 동시에 해야 하거나, 한 가지 일이 끝나자마자 곧이어 그 다음 일을 하는 것을 힘들어한다. 외향형이고 개방형인 부모들은 짧은 시간 안에 더 많은 것을 가르쳐 주고 싶어서 이 아이들을 데리고 연속적인 스케줄을 잡아 이리 뛰고 저리 뛰고 하지만 쉽게 지쳐 오히려 결과가 좋지 않다. 아이들과 대화하며 할 수 있겠다고 하는 것만 시키거나 좀 더 시키려면 잘 타협해야 한다.

무엇을 물어봐도 금방 대답을 하지 않는 경우가 많다. 그때 더 다그치기 보다는 생각할 시간을 갖도록 기다려 줘야 한다.

3. 원칙과 규칙을 잘 지키는 것을 칭찬해 주세요

매우 양심적이고 바른 생활의 아이들로 학교에서도 규율을 잘 지키는 모범생 소리를 듣지만 다른 친구가 규율을 지키지 않는 것이 속상한 아이들이다. "엄마 올 때까지 꼼짝 말고 그 자리에 있어"라고 하면 정말 꼼짝 않고 기다리면서 여기저기 왔다 갔다 하는 동생 때문에 어쩔 줄 몰라 한다.

규칙을 정해 주고 무엇을 하라는 것이 분명하게 정해져 있으면 편하게 잘 따르는 아이들이다. 그래서 늘 하던 일이나 반복되는 일상을 지루해 하지 않고 잘 해내며 변함없이 일관되게 한 방향으로 나가는 아이들이다. 개방형 부모가 너무 규율에 얽매이는 것이 안타까워 "오늘은 어디 네 마음대로 해보렴. 원하는 대로 다 하는 거야!"라고 하면 갑자기 무엇을 해야 할지 아무 생각이 안 나 멀뚱멀뚱해진다. 답답하다고 혼내는 것이 아니라 이런 장점을 칭찬해 줘야 한다.

이 아이들에게 규칙을 정해줄 때나 지시할 때는 명확하고 간결하고 논리적이고 일관되게 설명해야 한다. 부모가 일관된 원칙 없이 이랬다저랬다 하거나 교통 신호 같은 일반적인 규칙을 잘 지키지 않는 경우에도 힘들어하며 심하면 부모를 존경하지 않게 된다.

열정이 넘치는 아이
ENFP

외향 - 이상 - 감정 - 개방

주기능은 이상, 부기능은 감정, 삼차 기능은 사고, 열등 기능은 현실이다.

온갖 가능성으로 열린 세상을 보고 상상력이 풍부하며 개성이 넘치는 아이들이다. 호기심도 많고 열정도 많아 새로운 일에 뛰어드는 것을 두려워하지 않으며 끊임없이 가능성을 찾고 창의적으로 문제를 해결해 나간다. 친구들을 좋아하고 도와주고 싶어 하며 카리스마가 있어 친구들을 몰고 다니는 아이들이다.

1. 많은 질문이나 튀는 행동에 황당해하지 말고 그대로 인정해 주세요

"아빠, 사위 보세요." 초등학교 딸이 TV를 보다가 좋아하는 가수가 나오자 아빠에게 말한다. 기가 막힌 아빠가 어찌할 바를 모른다. '아니, 사위라니. 지금 얘가 제 정신인가?' 그 아이가 우리

둘째였다.

이런 말을 듣는 현실형이고 정리형인 부모는 도대체 어디까지 놔둬야 하는지 기준도 안 서고 농담으로 받아들이기에는 심하다고 느낀다. 하지만 이 아이는 특별한 의미를 두고 한 말이 아니다. 창의적이고 개성 있는 유머를 한 것뿐이다. 얼떨떨한 반응을 보이기보다는 아이의 그런 성격을 이해해 주고 부모의 느낌을 그대로 전달해 주는 것이 좋다. "아빠는 현실형이고 정리형이라 어린 네가 사위라고 이야기하면 황당한 느낌이 들고 뭐라고 대답해야 할지 잘 모르겠어."

상상력도 풍부하고 호기심도 많은 이 아이들은 항상 질문이 많다. 때론 말이 안 되는 것 같은 질문도 있지만 잘 들어주고 호기심과 창의력을 칭찬해 주면 아이들의 상상력에 무한한 날개가 달린다.

옷을 입어도 자기만의 독특한 분위기를 연출하고 무엇을 해도 남과 다른 독특한 아이디어와 창의성을 발휘한다. 이런 모습을 보는 내향형이고 정리형인 부모는 이 아이들이 너무 튀는 것 같아 자기의 틀 안에 넣으려고 끊임없이 주의를 주지만 도무지 잡을 수가 없다. 그래서 못 말린다는 말을 자주한다. 그러나 이 아이들은 일부러 튀려고 하는 게 아니다. 그냥 어디서나 눈에 띌 뿐이다. 이런 점이 이 아이의 장점임을 인정하고 칭찬해줘야 한다.

2. 하고 싶은 것도 많아 변덕스럽게 보이지만 다 인정해 주세요

새로운 경험을 좋아하는 아이들로 하고 싶은 것도 많고 만나고 싶은 사람도 많아 한계가 없어 보인다. 음악가가 되고 싶다고 했다가 배우가 되고 싶다고 하고 다시 변호사가 되고 싶다는 등 생각이 자주 변한다.

"아니 백댄서가 되겠다니, 니가 지금 정신이 있니?"라고 화를 내기 보다는 그것이 그저 그 아이의 잠시 지나가는 생각이려니 하며 "그래? 네가 오늘은 백댄서가 되고 싶구나"라고 공감만 해주면 된다. 해보고 싶은 것이 조금 있다가 또 변할 것이기 때문이다. 아이의 마음을 공감해 주면서 말꼬리를 잡아 정말 원하는 모습이나 구체적인 방법을 물어보면 스스로 아니라는 것을 알게 되기도 하고 또는 할 수 있는 구체적인 방법도 찾게 될 것이다.

3. 넘치는 열정과 아이디어를 칭찬하지만 한계와 구체적인 방법을 찾아 주세요

끊임없이 새롭고 창의적인 방법을 생각해 내는 것에 열정이 넘쳐 지칠 줄 모르는 아이들이다. 하지만 자기나 함께하는 친구의 한계가 어디까지인지 제대로 알지 못하고 뛰어들었다가 일을 제대로 마무리하지 못하고 힘들어하기도 한다.

“야, 되지도 않을 말 하지도 마라.” “꿈만 꾸지 말고 하나라도 제대로 해봐.” 이런 말로 무시하기 보다는 그 열정과 아이디어를 한없이 칭찬해주고 격려해줘야 한다. “와~ 어떻게 이런 기발한 아이디어를 생각해 냈지? 너의 상상력은 끝이 없구나. 그런데 어떻게 하면 그것을 이룰 수 있을까?”라고 질문하면서 아이디어를 구체화할 수 있는 방법을 함께 이야기하고 현실에서 이룰 수 있도록 도와줘야 한다.

“이번에 하려는 것은 구체적으로 뭐야?” “누가 할 거지?” “그것을 언제까지 하려고 하는데?” “어떤 방법으로 하려고 하는데?” “그것을 하는 데 방해되는 것은 없니?” “그 일을 하는 데 어떤 점이 가장 힘드니?” 등의 질문은 현실이 약한 이 아이에게 자기의 한계를 깨우쳐 주고 구체적인 방법을 생각하게 한다. 하려는 일을 이루지 못해 스스로에게 좌절하고 실망하지 않도록 아이와 함께 구체적이고 현실적인 방법을 찾아나가는 부모가 코치 부모이다.

묵묵히 도와주는 착한 아이

ISFJ

내향 - 현실 - 감정 - 정리

주기능은 현실, 부기능은 감정, 삼차 기능은 사고, 열등 기능은 이상이다.

얌전하고 의무에 충실하고 순종을 잘하며 맡은 일은 철저히 잘 하는 아이들이다. 지금 무엇이 필요한지 어떤 일을 해야 할지 잘 알고 계획적이고 체계적으로 일을 처리한다. 동정심이 많아 자신을 희생하면서까지 헌신적으로 남을 도와주고 돌봐 주는데, 나서기 보다는 뒤에서 조용히 하기를 좋아한다.

1. 표현을 잘 못해도 자주 격려하고 껴안아 주세요

가장 소심하고 예민하며 남들이 어떻게 생각할지 신경을 많이 쓰는 아이들이다. ISTJ 아이들과 마찬가지로 수줍어하고 나서지도 못하고 항상 마음 졸이며 산다. 새로운 환경이나 사람들에게 적응하는 것이 시간이 걸리기 때문에 다그치지 말고 여유 있

게 기다려줘야 한다. 얼마나 주변을 잘 배려하는지 말을 하려다가도 상대방이 신경 쓰여 주저하는 아이들이다. 시간을 충분히 줘 스스로를 표현하도록 기다려야 하며 필요하다면 아이가 원하는 시간에 아이가 원하는 방법으로 표현할 수 있도록 도와야 한다. 이 성격 유형의 남자 아이들은 자신의 여자 같은 모습이 싫어서 더 거칠게 행동할 수도 있다. 이런 경우 잘못된 것이 아니라는 것을 잘 이해시키고 스스로 자기 성격에 대해 자존감을 갖게 해야 한다.

사랑받고 싶지만 표현을 잘 못하므로 안정감과 자신감을 느끼도록 자주 길게 껴안아 주며 몰래 좋아하는 물건에 편지를 써서 책상 위에 살며시 갖다 놓는 등 섬세한 애정 표현을 많이 해주면 좋다.

2. 매사에 안정감을 누리게 해 주세요

맡은 임무를 수행하려는 마음이 너무 강해 걱정도 많고 불평도 생기는 아이들이다. 부모의 목소리가 조금만 올라가도 긴장하고 부모가 조금만 갈등을 해도 가정이 깨질 것 같아 크게 상처받는다. 아이가 확실하게 보호받고 있다는 느낌을 갖도록 안정된 가정을 지키고 부모가 항상 든든한 보호자의 모습을 보여야 한다.

이 아이들은 정리가 안된 어지러운 환경이나, 자주 바뀌는 원칙과 규칙, 공정하지 않음과 언제 바뀔지 모르는 계획 등에는 안정감을 잃고 힘들어한다. 아이들의 주변에서 안정감을 해칠 수 있는 모든 것들을 제거해서 편안한 마음을 느끼게 해야 한다. 실수를 해도 큰 소리로 화를 내기보다는 참을성을 가지고 부드러운 목소리로 문제가 무엇인지 아이가 어떻게 하기를 원하는지를 구체적으로 조목조목 설명해야 한다.

"아니, 또 두려워서 떨고 있니? 남자가 그래서 어떻게 하려고 해!"라고 화내는 것이 아니라 "이번에 또 새로운 일을 해야 하니 좀 겁이 나는 모양이구나? 지난번에도 그런 경험이 있었잖아? 그땐 참 잘했는데…. 그땐 어떻게 두려움을 극복했니?"라고 해야 한다. 이 아이들이 더 크고 새로운 일을 하는 것을 힘들어한다는 걸 염두에 두고 칭찬과 질문을 통해 과거의 비슷한 경험을 기억하게 해주면 두려움을 극복하고 자신감을 갖는 데 도움이 된다.

3. 남을 돕는 마음을 칭찬해 주고 이 아이만의 책임감을 부여해 주세요

맏딸은 아무리 바빠도 초등학생인 동생의 준비물을 잘 도와준다. 돕는다기보다는 아예 맡아서 한다는 표현이 맞다. 한번은 숫자 카드를 만들어가는 숙제를 했는데 얼마나 깔끔하게 했는지 단체로 만들어서 팔아볼까 하는 생각이 들 정도였다.

자기가 무엇인가를 맡아서 남을 도와줄 수 있다는 것이 행복해 항상 남을 돕기를 원하고 자기를 희생하면서까지 남을 돕는 일에 앞장선다. 그러나 상대방이 고마워하지 않으면 힘들어하기도 한다. 아이들이 책임지고 할 수 있는 일들을 찾아 맡기고, 그 일을 잘 하도록 옆에서 도와주며, 잘한 일을 계속 칭찬하며 격려해야 한다.

톰소여처럼 모험심이 많은 아이
ENTP

외향 - 이상 - 사고 - 개방

주기능은 이상, 부기능은 사고, 삼차 기능은 감정, 열등 기능은 현실이다.

타고난 열정과 영리함 그리고 뛰어난 능력으로 모든 일에 자신감이 넘치며 도전적인 문제를 풀어가는 아이들이다. 호기심도 많고 아이디어도 많고 사물의 이면을 보는 능력도 뛰어나다. 활달하고 신속하며 체계적이고 단호하여 여러 가지 일을 동시에 진행하면서도 잘 마무리한다. 친구들과 잘 어울리며 여러 부류의 사람들과 인간관계를 형성한다.

1. 독창적인 아이디어를 칭찬해 주세요

아이디어도 많고 하고 싶은 것도 많은 아이들이다. 이미 해본 것은 재미없어 새로운 방법으로 하고 싶어 하고, 경쟁심이 강해 남들보다 더 잘하려고 한다. 어려운 질문을 하거나 새로운 방법을 이야기하더라도 화내거나 무시하지 말고 독창적인 아이디어를 칭찬해 주고 실제로 해보도록 도와줘야 더 발전한다.

현실형 부모는 자기의 틀을 벗어나는 아이디어 때문에 항상 안 된다고 말하지만, 습관적으로 안 된다는 말을 듣는 이 아이들은 그냥 해도 되는 것으로 생각할 수가 있다. 'No'라는 말을 평소에는 아껴 정말 안 될 때에만 확실하게 써야 한다. 그래야 무엇을 해야 하고 무엇을 하지 말아야 하는지 분간을 할 수 있게 된다.

2. 규칙을 지켜야 하는 이유를 잘 설명해 주세요

규칙이 있으면 그것을 왜 지켜야 하는지를 꼭 물어보는 아이들이다. 규칙이 있어도 그것을 지키기보다는 다른 방법이 없는지 더 나은 방법이 없는지를 생각하기 때문이다. 너무나 많은 규칙을 제시하면 튀어 나가기 때문에 큰 틀 안에서 자율적으로 지내게 열린 환경을 만들어줘야 편안해하며 그래야 이 아이들의 장점인 창의력이 제한받지 않게 된다. 꼭 지켜야 할 규칙을 설명해줄 때는 무조건 시키는 것이 아니라 논리적으로 차근차근 설명해야 한다.

이 아이들은 모든 것은 타협이 가능하다고 생각하기 때문에 항상 부모와 타협하려고 든다. 또한 논쟁을 좋아하기에 부모에게도 자기 생각을 우기고 따지려고 한다. 만약 부모의 설명이 논리적으로 납득이 안 되면 따르려 하지 않고 강하게 반발한다.

문제를 풀라고 하면 안 풀어 오지만, 문제를 만들어 오라고 하면 아주 열심히 한다. 선생님과의 경쟁심과 문제를 만들면서 스스로 알게 되는 지적 욕구에 자극을 받아 열심히 하게 된 것이다. 일방적인 강요가 잘 안 통하는 아이들은 성격을 이용하면 지혜롭게 문제를 풀어갈 수 있다.

3. 부드럽지 않더라도 야단치지 마세요

에너지가 넘치는 이 아이들은 말투나 행동도 빠르고 머리도 잘 돌아간다. 미성숙한 아이들은 자신의 힘을 과시하고 싶기 때문에 때로 자기의 생각이 이루어지지 않으면 거칠게 행동하기도 한다. 자기가 하고 싶은 대로 말하고 행동하여 주변 사람들에게 상처를 주는 것은 다른 사람들이 어떻게 생각하는지가 잘 안 느껴지기 때문이다.

반대 유형의 엄마들은 이런 아이들의 행동이 다른 사람을 힘들게 할까 봐 너무 신경이 쓰인다. 이런 태도를 강압적으로 고치려 하기보다는 더 잘하고 싶어 하는 마음과 강한 리더십을 인정해 준 후 그런 행동이 잘못되면 다른 사람들에게 상처를 줄 수 있다는 것을 논리적으로 잘 설명해야 한다.

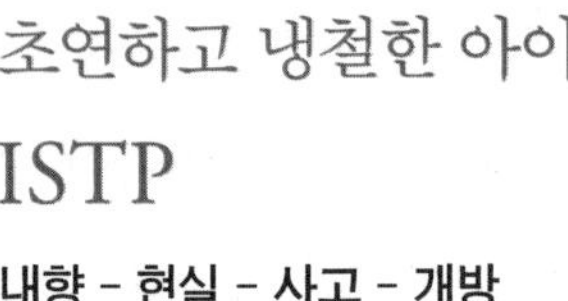

초연하고 냉철한 아이 ISTP

내향 - 현실 - 사고 - 개방

주기능은 사고, 부기능은 현실, 삼차 기능은 이상, 열등 기능은 감정이다.

주변 상황을 속으로 관찰하며 일을 시작하기 전에 하나하나 따져보는 조용하고 신중한 아이들이다. 말하는 것보다 신체활동을 좋아하고 손재주가 있고 자극이 강한 운동을 좋아한다. 호기심도 많고 기계장치에 관심이 많으며 자유로움과 자기만의 공간을 원한다. 사람들 앞에 드러나고 싶지 않아 과묵하고 쿨해 보이며 모든 것에 초연해 보인다.

1. 할 일을 너무 미루지 않도록 도와주세요

이 아이들은 특별히 자기와 관계가 없거나 흥미가 없는 일엔 관심을 보이지 않는다. 사전에 조목조목 따지느라 시작하는 데 시간이 걸리기도 하고 '기다리면 어떻게 되겠지'라는 생각에 끝까지 미루다가 급한 일이 생겨 못하기도 한다. 그런 경우에도 별로 개의치 않는 모습이 게을러 보여 외향형이나 정리형 부모가 쫓아다니면서 잔소리를 해 대지만 별로 효과가 없다.

충동에 자유롭게 반응하고 싶어 하며 꽉 짜인 일정 아래서 지내는 것을 매우 힘들어 하기 때문에 어느 정도 큰 틀만 주고 그 안에서 자유롭게 해 주는 것이 좋다. 그렇다고 마냥 자유롭게 해 줄 수도 없다. 이 아이들의 오감을 자극해서 본인이 직접 재미와 흥미를 느끼게 해 주고 자기가 해야 할 최소한의 일은 반드시 하도록, 또 너무 미루지 않도록 도와줘야 한다.

2. 훈육은 짧고 분명하게 해 주세요

자기 생각과 방법이 확실하기 때문에 다른 사람이나 부모의 잔소리와 참견을 싫어하는 아이들이므로 옷 입는 것이나 밥 먹는 것도 스스로 하도록 도와주는 것이 좋다. 반복적인 지시를 싫어하고 공개적으로 야단치면 큰 상처를 받는다.

일을 시키거나 주의를 주려면 짧고 분명하게 구체적으로 말을 해야 한다. 말이 많아지면 듣다가 다른 생각을 하기 때문에 오히려 못 알아듣는 경우도 있다. 말로 하면 다 알아들을 것이라고 생각하는 것도 무리일 수 있으므로 기대하는 일이나 꼭 지켜야 할 일 그리고 해야 할 공부 등에 대해 아이와 함께 합의하고 간단

명료하게 적어 놓은 것이 좋다.

3. 위험한 행동에도 너무 놀라지 마세요. 하지만 계속 옆에서 지켜보세요

평소에는 모든 일에 관심도 없고 냉담해 보이지만 때로는 스릴도 즐기고 두려움 없이 위험한 행동을 하여 부모를 놀라게 한다. 놀이터에서도 위험해 보이는 놀이기구를 타고 어린 나이에 보드를 타거나 오토바이를 몰고 나가기도 하는 등 아슬아슬해 보이는 일들을 잘 해낸다. 기구도 잘 다루고 손재주도 많지만 무엇보다 미리 잘 살펴 감당할 만한 일만 저지르는 편이므로 크게 걱정하지 않아도 된다.

위험한 행동을 하려고 할 때 무조건 못하게 막는 것은 바람직하지 못하다. 잘못하면 밖에 나가 몰래 일을 저지르고 오는 아이가 될 수 있기 때문이다. 먼저 자녀와 신뢰를 쌓아두는 것이 필요하고 솔직하게 대화할 수 있는 관계가 돼야 한다.

손재주가 많음을 인정하고 칭찬해 주지만 스스로 조심할 것도 가르쳐 줘야 한다. 또한 원숭이도 나무에서 떨어진다고, 가끔 위험한 상황이 올 수도 있으니 항상 옆에서 잘 지켜 봐야 한다.

아름다운 세상을 꿈꾸는 아이
ENFJ

외향 - 이상 - 감정 - 정리

주기능은 감정, 부기능은 이상, 삼차 기능은 현실, 열등 기능은 사고이다.

활달하고 열정적이고 온화하며 협동심이 있고 다른 사람에게 무엇이 필요한지 무엇을 주어야 하는지 잘 알기에 주변에 늘 친구들을 끌고 다니는 아이들이다. 감정 표현도 풍부하고 언변도 좋아 부드럽게 설득을 잘한다. 친구를 도와주는 일에 정성을 다하고 아이디어도 많고 일도 잘 처리하여 자기의 꿈과 일에 한계를 모를 정도이다.

1. 말 잘하는 것을 칭찬해 주지만 지나치지 않도록 도와주세요

언어에 재주가 있는 아이들이다. 말도 잘하고 글도 잘 쓰고 말장난도 잘한다. 친구들을 칭찬하거나 인정하는 표현도 잘하며

설득도 잘한다. 말을 못하게 막으면 힘들어하기 때문에 말이 많더라도 참을성 있게 잘 들어줘야 한다.

기본적으로 사람들을 행복하게 해주고 싶어 하는 아이들이라 남이 듣기 좋은 말을 많이 하게 된다. 때로는 그 마음이 지나쳐 자기의 감정을 숨기고 솔직하게 말하지 못하는 경우도 있다. 아이의 속마음을 다 안다고 단정 짓지 말고 인내심을 가지고 경청해야 하며 긍정적인 감정뿐만 아니라 부정적인 감정도 다 표현하도록 도와줘야 한다.

2. 논쟁과 비판을 힘들어한다는 것을 이해해 주세요

쾌활하고 수다스러우며 친구들과 어울려 다니는 것을 좋아하므로 친구들을 자주 집에 데려올 수 있게 해 주는 등 친구들과 놀 수 있는 자리를 자주 만들어 주는 것이 좋다. 자기를 인정해 주는 사람을 위해 최선을 다하고 좋아하는 사람은 맹목적으로 따르기도 한다. 하지만 다른 사람의 비판에 매우 민감하며 친구들과 갈등이 있으면 논쟁하거나 대결하기보다는 먼저 사과하거나 피해버리는 쪽을 택한다. 이런 경우 무엇이 힘들게 하는지, 갈등의 원인을 제거하려면 어떻게 해야 하는지 등을 물어가며 스스로 갈등의 원인을 찾아 해결해 나가도록 옆에서 격려하며 도와줘야 한다.

잘못을 지적해야 할 때도 칭찬과 격려를 먼저 해 주는 것이 필요하고, 혼을 내거나 벌을 주더라도 짧게 끝내는 것이 좋다. 무엇을 잘 하지 못해도 있는 모습 그대로를 사랑해야 하며 자주 껴안아주고 애정 표현도 자주 해 주는 것이 좋다.

3. 친구 문제에 지나치게 개입하지 않도록 도와주세요

주변의 모든 친구를 행복하게 만들어 주고 싶어 하며 남을 돕는 일에 만족감을 느끼기 때문에 자기 일보다 친구들의 일로 점점 더 바빠지는 아이들이다. 친구들이 자기와 다른 의견을 가지고 있다는 것에도 힘들어하고 친구의 일에 너무 깊이 개입하다가 부담을 주기도 하고 상처를 받기도 한다.

친구를 도와주려는 마음은 장점임을 인정해 주고 칭찬해 주지만, 모든 친구가 다같은 마음을 갖고 있지 않다는 것과 도와줄 수 있는 것의 한계가 있다는 것을 깨닫게 해서 너무 지나치지 않도록 잘 지도해야 한다.

조용하지만 잘 노는 아이
ISFP

내향 - 현실 - 감정 - 개방

주기능은 감정, 부기능은 현실, 삼차 기능은 이상, 열등 기능은 사고이다.

마음이 따뜻하고 부드러우며 유연하고 개방적이어서 다른 친구들의 의견에 잘 따르는 아이들이다. 조용하고 수줍어하는 것 같지만 은근히 잘 놀고 현재의 순간을 즐긴다. 미적 감각이 뛰어나고 센스가 있어 외모에 관심이 많으며 손재주도 뛰어나고 예술적 재능도 있다. 눈썰미가 있어 남을 잘 보살피고 실제적인 봉사도 잘한다.

1. 조용하지만 단호하게 지시해 주세요

조용하고 얌전하여 겉으로는 안 그렇게 보이지만 은근히 노는 것을 좋아하는 아이들이다. 다른 일을 하다가도 노는 이야기만 나오면 눈이 반짝거린다. 스트레스를 받으면 잠도 많이 자야 하는 아이들이라 최선을 다하지 않는 것같은 모습에 외향형이고 정리형인 부모들은 답답하기만 하다.

감수성이 예민한 아이들이므로 시키는 일이나 공부를 제대로 안 한다고 큰 소리로 야단을 치면 쉽게 상처를 받는다. 위협적인 말투보다 조용하고 부드러운 어조로 부모가 원하는 것을 분명하게 이야기하는 것이 더 효과적이다. 손으로 하는 놀이를 좋아하므로 교육용 장난감을 사용하여 재미있게 가르치는 것이 바람직하다. 혼자서 조용히 미술관이나 박물관에 가고 연극 등을 보는 등 문화적인 것을 좋아하므로 어렸을 때부터 안목을 키워주면 예술적인 감각을 발전시킬 수 있다.

2. 자기 의견을 소신있게 말할 수 있도록 도와주세요

다른 사람의 마음을 상하게 할까 봐 부탁을 거절하기 힘들어 하며 남의 말을 잘 믿고 따라가는 경향이 있다. 귀가 얇은 편이라 금방 후회할 일을 하고 스스로를 비관하기도 한다. 이럴 경우 화내기보다는 어떤 상황에서 어떤 결정이 잘못되었는지를 부드럽게 질문하면서 분석적으로 생각하고 건전한 의심을 해보도록 잘 가르쳐야 한다.

성격상 모든 것을 적당히 넘어가려는 것 같이 보이기도 하지만 사람들의 마음을 상하지 않게 하는 것을 가장 중요시 여기기 때문에 그렇지 못한 친구들과 갈등이 생길 수도 있는 아이들이다.

3. 일은 조금씩 나누어서 주고 칭찬은 가능한 한 많이 해 주세요

조용히 있어서 집중하는 것같이 보여도 실제로는 매우 산만하며 흥미가 없으면 쉽게 지루해 하는 아이들이다. 너무나 긴 숙제, 복잡한 문제, 많은 과제 등을 보면 기가 질려 시작도 안 하려는 경향이 있다. 한 번에 많은 것을 시키기보다는 조금씩 나누어 주고 조금만 잘하거나 시킨 일을 다 하였을 때는 칭찬해 주면서 재미있게 가르쳐야 한다.

자기가 잘한 일에 대해 스스로 내세우거나 자랑하지도 않는 아이라 자칫하면 그냥 지나쳐 버릴 수 있다. 부모가 관심을 가지고 계속 관찰하면서 아이의 잘한 일을 찾아 "참 잘했구나. 너는 참 좋은 아이야" 등 자존감을 세우는 인정과 칭찬을 해줘야 한다. 맛있는 음식이나 옷과 같이 눈에 보이는 보상을 좋아하는 아이들로 때로는 모든 일에 보상을 요구하여 부모를 당황하게 만드는 경우도 있지만 이 성격을 잘 이용하면 아이의 성취 욕구를 더욱 자극할 수 있다.

리더가 되고 싶은 아이

ENTJ

외향 - 이상 - 사고 - 정리

주기능은 사고, 부기능은 이상, 삼차 기능은 현실, 열등 기능은 감정이다.

보이지 않는 개념의 핵심을 잘 파악하고 창의적인 아이디어로 어려운 문제도 잘 해결하며, 큰 비전에 도전하고 결정과 행동이 빨라 리더로 인정받는 아이들이다. 사교적이고 활동적이며 열정이 많아 여러 가지 일을 동시에 처리하는 능력이 있고 새로운 지식과 아이디어에 관심이 많고 더 알아가는 것을 즐거워한다.

1. 다른 친구들의 마음도 헤아리도록 가르쳐 주세요

영향력을 갖고 자기와 주변을 책임지고 싶어 하는 아이들이다. 그래서 동네의 골목대장부터 시작하여 리더로 커 나간다. 어린 나이에도 나이 많은 형들하고 놀면서 전혀 기죽지 않고 오히려 리드하려고 든다. 때로는 자기 마음에 들지 않으면 상대방을

무시하는 듯한 말을 해서 부모를 놀라게 하기도 한다. 현실형이고 정리형인 부모는 이런 아이의 태도를 고쳐보려고 하지만 고쳐지기는커녕 아이와 갈등만 깊어진다. 이 아이들의 이기고 싶은 마음, 무엇이든지 빨리 이루고자 하는 마음을 나쁘게만 보지 말고 장점으로 인정해줘야 한다. 이런 경쟁심이 이 아이들을 큰 리더로 키우는 것이다.

모든 일을 스스로 하고 싶어 하는 아이들이므로 어린 나이에도 부모가 다 챙겨 주기 보다는 스스로 할 수 있도록 도와줘야 한다. 다른 사람의 지시를 잘 들으려 하지 않기 때문에 부모의 말도 잘 안 통할 때가 많다. 위인전과 같은 책을 많이 읽혀 위대한 사람에 대한 동경심을 갖게 하고 그런 사람들을 모델로 따라가게 해주는 것이 바람직하다.

2. 매사에 공정하게 대해 주세요

공평과 공정함 그리고 일관성이 중요한 아이들이다. 자기가 동생이니까, 또는 형이니까 등의 이유로 희생을 강요하면 강하게 반발하거나 힘들어 한다.

논쟁을 좋아하고 자기의 주장과 논리가 강한 아이들이므로 항상 아이들의 생각을 물어보는 것이 좋고 그 아이들의 논리적 설명을 인정하고 칭찬해줘야 한다. 자기의 논리로 이해가 안 되면 절대로 하지 않으려고 하므로 무엇을 부탁할 때도 논리적으로 분명하게 설명해줘야 한다. 공부나 일을 시킬 때도 분명한 이유와 규칙과 가이드라인을 정해주고 지시할 때도 논리적으로 명확하게 하는 것이 좋다.

3. 많은 의견에 귀를 기울여 주세요

생각과 아이디어가 많고 질문도 많은 아이들이다. 혁신적인 아이디어를 귀찮아하면 안 되고 아이의 질문에 논리적으로 명확하게 답을 해야 좋아한다. 답을 잘 모르는 질문을 할 경우는 섣불리 아는 척하기보다는 분명하게 모르겠다고 답하고 나중에 찾아서 설명해 주는 것이 좋다. 아이의 말을 잘 들어주고 항상 격려해줘야 창의적인 잠재 능력이 계발된다.

항상 솔직하고 직선적으로 자기 생각을 이야기하는 아이이므로 때로는 이런 대화법이 친구에게 상처를 주거나 부모를 힘들게 할 수 있다. 혼내거나 말하는 방법을 고치려 하기보다는 "네 생각이 좋은 것 같은데, 그렇게 직설적으로 말을 하니까 엄마가 좀 당황스럽네" 라고 I-Message로 말하면서 엄마의 느낌을 전해주면 아이들이 점점 말하는 태도를 바꾸어 나갈 수 있을 것이다. 부모도 하고 싶은 말을 돌려서 말하기 보다는 솔직하고 직선적으로 말하는 것이 좋다.

창의적인 아이디어가 샘솟는 아이
INTP

내향 - 이상 - 사고 - 개방

주기능은 사고, 부기능은 이상, 삼차 기능은 현실, 열등 기능은 감정이다.

많은 아이디어와 정보를 객관적이고 논리적으로 분석하여 복잡한 문제를 잘 체계화시키는 아이들이다. 자기가 좋아하는 분야가 생기면 끊임없이 생각하고 연구하고 배우기를 즐거워한다. 수줍어하고 자신만의 독특한 세계에 혼자 있고 싶어 하지만, 자기가 아는 분야에 대해서는 깊이 있게 알고 자기가 잘 안다고 생각하는 부분에서는 거침없이 이야기하기도 한다.

1. 지적 호기심을 격려해 주세요

사람은 왜 사는지, 왜 나라마다 언어가 다른지, 왜 하루에 낮과 밤이 있는지 남들은 그냥 받아들이는 것에 의문을 가지고 주변의 모든 원리를 알고 싶어 항상 "왜?"를 질문하는 아이들이다.

이럴 때 귀찮아하기보다는 "그것 참 좋은 질문이야. 우리 함께 답을 찾아보자"라고 말하며 아이의 지적 호기심을 격려하고 존중해 줘야 한다.

모든 것을 다 알고 있는 듯이 말하고 행동하는 아이들이어서 좀 건방지게 보이기도 하지만 실제로 많은 것을 알고 있는 아이들이다. 지적 능력을 칭찬해 주고 많은 양의 과학 서적이나 백과사전 등을 보게 하여 지적 도전을 계속하도록 하는 것이 좋다.

관심이 없는 분야는 '소 닭 보듯' 하지만 좋아하는 것이 있으면 목숨을 건다. 학교 공부가 아닌 것에 너무 시간을 빼앗길까 봐 걱정이 되지만 자신의 일은 자기가 결정하려고 하기 때문에 말리기가 쉽지 않다. 학교 공부도 중요하다는 것을 잘 아는 아이들이고 어느 정도의 원하는 성적은 받아내기도 하므로 너무 걱정하지 않아도 된다. 공부를 더 시키려 할 때에도 자기 스스로 결정하도록 감정을 개입시키지 말고 조용히 논리적으로 잘 설득해야 한다.

2. 생각하고 행동할 시간적 여유를 주세요

행동하기 전에 먼저 생각을 하고 나름대로 계획을 하기 때문에 무엇이든 시작하는 데 시간이 많이 걸린다. 모든 일에 자기 나름대로의 시간 계획을 가지고 있다고는 하지만 대부분의 경우 마지막 순간까지 미루었다가 하겠다는 것 같아서 그것을 보는 부모는 화가 난다.

이 아이들이 일을 미루는 이유는 세 가지이다. 별로 중요하다고 생각하지 않거나 전체 그림이 그려지지 않거나 마지막 순간에 해도 별 문제없다고 생각하기 때문이다. 중요하다고 생각하지 않아서 미루는 경우라면 그 일 자체의 의미보다는 그 일을 시킨 사람의 마음과 입장을 이해해 주는 것에 더 큰 의미를 찾게 해 줘야 하고, 전체 그림이 그려지지 않을 때는 옆에서 도와주거나 "지금 나름대로 그림을 그리고 있구나. 어떻게 할지 기대되는데~"라고 말하며 조금 기다려 준다.

마지막 순간까지 미루는 경우에는 할 일을 일찍 끝내고 누리는 만족감과 여유, 그것을 보는 주위 사람들이 얼마나 믿음직하게 생각하는가를 반복해 설명해 주면 달라질 수 있을 것이다. 이때 존경하는 형이나 멘토를 통해 접근하면 더욱 효과적이다. 처음에는 일일이 납득시켜야 하는 것이 짜증스럽겠지만 한 번 납득된 일은 잘 알아서 처리하는 아이들이니 그것이 가장 경제적인 방법이다.

3. 혼자 있고 싶어 하는 것을 이해해 주세요

혼자서 생각하고 책을 보거나 좋아하는 일을 할 수 있는 시간이 있어야 안정감을 누리고 충전이 되는 아이들이다. 의미 없는 대화가 길어지는 것을 싫어하고 사람이 많은 곳에 가면 금방 기운이 빠져 힘들어한다.

외향형 부모는 아이가 혼자만 있는 것 같아서 염려가 되어 캠프도 보내고 동아리 활동을 강요하기도 하지만 그대로 두는 것이 좋다. 자기가 좋아하는 사람들이 생기면 지속적으로 좋은 관계를 유지하기 때문에 상처만 없다면 나이가 들면서 점점 더 많은 사람과 좋은 관계를 맺게 된다.

어려서부터 엄마와 가장 갈등이 많았던 셋째. 키우기 힘들어 잘 성장한 이 유형의 사람들에게 어떻게 아이를 키워야 하느냐고 물어보면 한결같이 "그냥 내버려 두세요"라고 대답한다. 아이의 인생을 간섭하기보다는 큰 비전을 제시하고 꿈을 이룰 수 있도록 동기를 부여하며 스스로 알아서 할 수 있도록 코칭하는 것이 좋다.

생글생글 사교적인 아이

ESFJ

외향 - 현실 - 감정 - 정리

주기능은 감정, 부기능은 현실, 삼차 기능은 이상, 열등 기능은 사고이다.

어른들과도 눈을 잘 맞추며 다정다감하고 사교적이고 협조적이라 어디서든지 그 상냥함이 눈에 띄는 아이들이다. 농담도 잘하고 재미있어 분위기 메이커 역할을 하며 주변을 즐겁게 해준다. 바른 옷차림과 바른 언행을 하며 일상적인 일을 잘하는 모범적인 아이이며 주는 것을 좋아하고 책임감도 강하여 많은 사람들의 일을 자기 일같이 헌신적으로 도와준다.

1. 때로는 혼자서 보내는 시간이 즐겁고 유익하다는 걸 알려주세요

가장 사교적인 아이들로 팀워크를 중요시하며 친구들과 함께 지내는 것이 우선인 아이들이다. 친구도 많고 도와줄 사람도

많아 자기 일이나 공부를 게을리하는 것 같아 불안하지만 심하게 억압을 하면 힘들어하고 겉으로만 듣는 척한다. 친구들과 좋은 관계를 갖는 것이 장점임을 인정하지만 해야 할 일을 제 시간에 하는 것도 중요하다는 것을 깨닫게 해 줘야 한다. 규칙이나 할 일을 설명할 때는 현실적인 이유를 들어 아이들이 이해할 수 있는 언어로 분명하게 해 줘야 한다.

어딜 가도 혼자 가기보다는 친구들을 몰고 다니며 혼자 있으면 괜히 불안해지는 아이들이다. 아이들의 생일 등 기념일을 잘 챙겨 주고 신체 접촉을 통해서 사랑을 계속 표현하며 부모가 좋은 친구로 항상 곁에 있다는 것을 알게 하고 안심시켜야 한다.

2. 잘한 일은 반드시 칭찬해 주세요

동정심이 많으며 근본적으로 사람들을 도와주고 싶어 하는 아이들이다. 도와준 것으로 고맙다는 칭찬을 받고 싶어 하며, 인정받으면 받을수록 더욱 신이 나서 남의 일을 잘 도와준다. 도움받은 것에 대해서는 구체적이고 분명하게 큰 도움이 되었다고 표현하는 것이 좋으며 꾸중을 들으면 금세 풀이 죽어 버리는 아이들이므로 가능한 한 인정하고 격려해줘야 한다.

주변 상황에서 쉽게 상처를 받고 그것을 표현하며 한 번 상처받으면 오래가는 경향이 있다. 이런 경우 잘못된 생각이라고

지적하거나 고쳐 주려고 하면 부정적인 감정 표현을 숨기려 한다. 감정을 솔직하게 표현하는 것은 격려해줘야 하지만 지혜롭게 표현하는 방법도 알려줘야 한다. 또한 칭찬받지 못해도 남을 도와준 것 자체가 훌륭한 일이라는 것을 인정해 주면서 부정적인 감정에서 빨리 빠져 나오도록 도와야 한다.

3. 다른 사람의 방식도 존중하도록 가르쳐 주세요

계획적으로 일하기를 좋아하고 자기만의 방식이 분명하며 한 번 결정하면 잘 바꾸려고 하지 않는 아이들이어서 자기 방식대로 되지 않거나 친구들이 따르지 않으면 힘들어하고 때로는 그들과의 갈등이 싫어 관계를 포기하기도 한다.

좋은 방법을 생각해 냈다는 것과 계획적으로 철저하게 일을 하는 것에 대해서는 적극적으로 칭찬은 해줘야 하지만 그것이 전부가 아니라는 것과 사람들은 다 다르게 생각할 수 있다는 것을 알게 해줘야 한다. 이 세상이 흑백논리로만 구분되는 것이 아니라는 것과 때론 자기 자신도 틀릴 수 있다는 것을 알게 해주고 다른 사람의 방법도 받아들이는 여유를 갖게 해야 한다.

자기만의 세계를 간직한 아이

INFP

내향 - 이상 - 감정 - 개방

주기능은 감정, 부기능은 이상, 삼차 기능은 현실, 열등 기능은 사고이다.

상상력이 풍부하고 감수성이 예민하며 내면의 조화로움과 가치가 중요한 이상주의자 아이들이다. 조용하고 신실하고 여유로우며, 남을 배려하고 기분을 잘 맞추어 주지만 자기 기준으로 한 번 결정을 내리면 평소와 다르게 주장을 굽히지 않는다. 몇몇의 친구들하고만 속마음을 털어놓고 깊이 사귀며 친구들의 상담가로 탁월한 재능이 있다.

1. 결정이 힘들어도 선택하고 책임지는 것을 가르쳐 주세요

생각도 많고 공상도 많은 아이들이다. 어릴 때는 자기 생각을 정확하게 표현하지 못하지만 나이가 들면서 점점 명확하고 날카로운 통찰력을 갖는다. 나가 놀기보다는 방에 있는 것을 좋아

하며 별로 하는 것도 없어 보이는데 전화도 잘 안 받는다. 결정도 계속 미루어 우유부단하고 무슨 일을 시켜도 느긋하며 지각을 해도 전혀 서두르는 기색이 없는 아이들이다.

성격이 급하고 딱 부러지는 외향형이고 정리형인 부모는 자녀의 이런 모습이 이해가 안 되어 힘들어하다 상담가를 찾아다니기도 한다. 하지만 이 아이들은 결코 문제가 있는 아이들이 아니다. 깊은 내면의 세계에 빠져 생각이 많아 현실 세계가 잘 안 보일 뿐이다. 아이들을 계속 혼내고 다그치면 점점 더 내면의 세계로 빠져들어 마음에 많은 상처를 받고, 심한 경우 몸이 아프기까지 할 수 있으니 조심해야 한다.

아이의 잘못을 지적해 줄 때는 부드럽고 사랑이 담긴 목소리로 말해야 하며 결정을 힘들어할 때도 선택이 왜 필요한지를 잘 설명해 줘야 한다. 정리정돈하고 시간을 지키는 일도 잘할 수 있도록 옆에서 계속 도와줘야 한다. 부모의 사랑과 존중과 훈련을 받으면서 점점 자기 정체성을 찾아가면 이 아이들만이 가진 독특하고 풍부한 아이디어와 통찰력으로 많은 사람에게 도움을 줄 수 있는 능력 있는 사람으로 성장할 수 있다.

2. 그 아이만의 소중한 가치를 인정해 주세요

이 아이들은 자신의 정체성과 내면의 가치를 매우 소중하게 생각한다. 자기 가치관과 다르게 행동하도록 강요당하면 그것을 지키기 위해 목숨을 거는 자기 신념의 수호자들이다. 걸려온 전화에 없다고 하라는 등의 사소한 거짓말에도 힘들어 한다. 화를 내기보다는 이 아이들이 소중하게 여기는 가치를 인정하고 존중해 줘야 한다. 때로는 별것도 아닌 일에 고집을 피우는 모습이 이해가 안 되어 반대 성격의 부모가 힘들어 하기도 한다. 화를 내기보다는 무엇이 힘든지 부드럽게 물어봐야 한다. 이 아이들은 쉽게 상처를 받지만 잘 드러내지 않기 때문에 조심스럽게 다루어야 하며 부모가 무조건적인 사랑으로 감싸줘야 한다.

3. 남과 다른 의견을 표현할 수 있도록 도와주세요

자기 생각이나 감정을 표현하는 것도 서툴고 다른 사람과의 갈등도 힘들어하기 때문에 자기가 싫어하는 것을 잘 표현하지 못한다. 사람과의 갈등 관계가 지속되면 대결하기보다는 떠나고 싶어 하는 아이들이다. 남들과 다른 자기의 의견과 감정을 표현하는 것이 중요하다는 것을 알게 해주고 그것을 잘 표현하도록 도와줘야 한다. 이 아이가 갖고 있는 많은 생각을 잘 표현하도록 아이가 말할 때는 조용히 집중해서 경청해야 하며 많은 인정과 칭찬을 해 줘야 한다.

매사에 분명하고 민첩한 아이 ESTJ

외향 - 현실 - 사고 - 정리

주기능은 사고, 부기능은 현실, 삼차 기능은 이상, 열등 기능은 감정이다.

일을 계획하고 추진하는 데 탁월하고 즉각적인 실행력이 있어 집에서든 밖에서든 무엇이든지 맡은 일을 책임감있게 잘 해내는 믿음직한 아이들이다. 옳고 그른 것에 솔직하고 분명해서 할 말은 해야 하지만, 명쾌하고 행동도 민첩하고 논리적인 결론도 신속하게 내려 시원시원하다. 친구들을 쉽게 사귀고 많은 활동을 즐기며 공부나 운동이든 선택한 것은 무엇이든지 열심히 한다.

1. 일관성 있고 능숙한 일 처리를 칭찬해 주세요

결정도 빠르고 행동도 빠른 행동주의자 아이들이므로 목표가 정해지면 그 방향으로 가장 빠르게 돌진한다. ESTP 아이들도 빠르기는 하지만 여기저기 왔다 갔다 하기 때문에 직선적으로 빠른 이 아이가 가장 빠르게 돌진한다. 현실적인 문제를 파악하고 체계적으로 계획하고 단계적으로 실행하는 능력이 강해서 친구들 사이에서 자연스럽게 리더의 역할을 한다.

모든 일에 뛰어들 준비가 되어 있는 아이들로 무슨 일이든지 맡기면 책임감을 가지고 빠르게 추진하여 결과를 만드는 아이들이다. 이 아이들은 자기를 믿고 부모가 무엇인가를 맡겨 준 것이 기쁘고 그 일을 책임지고 완수해서 인정받는 것이 행복한 아이들이다. 일을 잘 처리했을 때 "정말 맡은 일을 잘 해내는구나. 자랑스럽고 믿음직해"라고 능숙한 일 처리와 한 눈 팔지 않고 열심히 한 것을 칭찬해 줘야 한다.

때로는 새로운 경험과 변화를 싫어할 수도 있으니 이런 일을 시킬 때는 사전에 구체적으로 잘 설명해줘야 한다. 또한 아이들이 원하는 것을 부모가 해줘야 할 때도 아이 성격에 맞게 신속하고 확실하게 처리해야 편안해 한다.

2. 매사에 여유를 가지고 신중한 결정을 내리도록 도와주세요

맡은 일을 빨리 처리하고 싶은 마음에 앞뒤 보지 않고 성급하게 뛰어들었다가 실수도 하고 힘들어하는 아이들이다. 이런 급하고 여유 없는 모습을 보며 반대되는 성격의 부모가 힘들어 하기도 한다.

그러나 성급히 가지 못하게 잡는다고 해결되지 않는다. 매사에 여유를 가지고 뛰어들기 전에 신중하게 생각하도록 도와줘야 한다. "이번 일을 통해서 무엇을 얻을 수 있니?" "네가 정말 원하는 목표는 무엇이니?" "그 목표를 얻기 위해 가장 중요하게 해야 할 일은 무엇이니?" "일을 시작하기 전에 혹시 다시 점검할 것은 없니?" "혹시 준비되어야 할 것 중에 지금 없는 것은 무엇이니?" "혹시 같이 일하는 친구 중에 힘들어하는 아이는 없니?" "어떤 것이 이 일에 방해가 될 수 있을까?" 등의 질문을 하며 성급하게 움직이는 아이로 하여금 다시 한 번 생각하게 해 주는 것이 좋다. 그리고 결정을 빨리 하지 않아도 아무 문제가 없다는 것을 스스로 깨닫게 해 주고 여유 있는 시간의 즐거움도 조금씩 알게 하는 것이 좋다.

3. 다른 친구의 감정과 생각을 존중하도록 가르쳐 주세요

자기 생각과 방식이 분명하며 정해진 규칙을 잘 지키는 아이들이다. 그러다 보니 다른 아이들이 원칙과 규칙을 잘 안 지키면 화가 나서 가만히 있기 힘들다. 또한 문제가 생기거나 시간이 지연되면 참지 못하고 직접 나서서 다른 아이들을 이끌고 간다. 이런 경우 자기의 생각과 방식대로 강하게 밀어붙일 뿐 아니라 말도 직설적으로 하기 때문에 주변의 친구들에게 상처를 주기 쉽다.

사교적이고 열정적이라 친구도 많으며 그 친구들의 모든 일을 자기가 책임지고 일일이 간섭하는 아이들이다. 다른 사람의 감정과 생각도 존중해야 한다는 것과 다른 사람과 같이 가는 것이 결국에는 빨리 가는 것이라는 것을 가르쳐야 한다. 어떻게 하면 같이 일하는 친구가 상처받지 않고 자기 맡은 일을 열심히 하게 할지를 질문하고 스스로 생각해 보도록 해야 한다.

자기 생각이 분명한 아이 INTJ

내향 - 이상 - 사고 - 정리

주기능은 이상, 부기능은 사고, 삼차 기능은 감정, 열등 기능은 현실이다.

조용하고 신중하지만 비전이 크고 독창적이고 혁신적이며, 모든 것은 끝없이 개선하고 개발할 가능성이 있다고 생각하여 강한 신념으로 목표를 향해 끊임없이 나아가는 아이들이다. 미래를 예견하고 논리적 분석능력이 탁월하여 어려운 문제를 잘 해결하며, 가장 독립적이고 자기 생각과 주장이 분명해서 누가 뭐라고 해도 자신이 하고 싶은 것을 해낸다.

1. 독창적이고 혁신적인 아이디어를 인정해 주세요

독창적이고 창의적이며 사물을 새롭고 다른 관점에서 보기 때문에 항상 "왜?"라는 질문을 던지는 아이들이다. 또한 완벽한 것을 원하기 때문에 자기 눈에 안 들거나 논리적으로 이해가 안 되면 힘들어하고 비판적이 되기도 한다. 주변의 사람들은 이 아이의 앞서가는 생각과 혁신적인 방법을 잘 이해하지 못하기 때문에 오해를 많이 받을 수 있는 아이들이다.

자기의 생각을 강하게 주장하고 거침없이 논의하는 편이라 상대방이 공격을 받는 느낌이 들 수 있다. 이는 공격적이라서가 아니라 어떤 사안에 대해서 명확하게 짚고 넘어가고 싶어하는 성향 때문으로 상대방이 자신이 명확하게 하고 싶었던 것을 받아들이면 별 문제가 없다. 받아들이지 않을 경우 자신의 주장을 관철하고 싶어하는 경향이 있어 '고집 세다'라는 말을 듣기도 한다.

이 아이들의 비판적인 모습은 기준이 높아서 그렇다는 것을 이해해주어야 하며 혼내기보다는 어떻게 하면 더 좋아질 수 있는지, 어떻게 하면 더 잘할 수 있는지를 질문해야 한다. 이 아이들의 독창적인 아이디어나 혁신적인 방법들을 인정해 주면서 더 많은 아이디어를 끌어내고 그것을 실천할 수 있도록 도와준다면 능력도 계발되고 점점 긍정적으로 바뀌어 나갈 것이다.

2. 논리적으로 잘 납득시켜 주세요

자기 일에 탁월한 능력을 가지고 있으며 그러한 능력을 확신하는 아이들이다. 분명한 자기 기준을 가지고 있어서 쓸데없는 일이나 잘못된 일에 잘 빠지지는 않지만 한번 자기 생각이 옳다

고 우기면 좀처럼 양보를 하지 않는다. 그럴 때 이 아이의 고집을 꺾으려고 하면 서로 상처를 받는다. 잘 경청해 주면서 논리적으로 설득하고 스스로 깨닫게 기다려줘야 한다.

해야 할 이유를 설명해 주지 않고 갑자기 무엇을 시키면 고집을 피우고 말을 안 듣는 경우가 많다. 이럴 때 고집이 세다고 혼내거나 끝까지 밀어붙이지 않는 것이 좋다. 미리미리 앞으로 올 상황을 설명하고 그 아이가 해야 할 일을 논리적으로 납득시키면 잘 따라 한다.

3. 혼자서도 잘 한다고 칭찬해 주세요

혼자서도 잘 놀고 잘 배우는 아이들이다. 혼자 놔둬도 전혀 문제가 되지 않고 오히려 혼자 있는 것을 좋아한다. 그래서 능력은 탁월해지지만 인간관계에는 무관심해질 수 있다. 혼자 있는 것을 나무라거나 친구랑 놀라고 강요하기보다는 혼자서도 잘 한다고 칭찬해 주고 인정해줘야 한다. 오히려 혼자 지낼 수 있는 시간과 환경이 필요한 아이들이며 혼자서도 지적 능력을 키울 수 있는 장난감이나 책 등을 제공해 주는 것이 좋다.

힘들고 어려운 일도 혼자서 잘 견디며 헤쳐 나가지만 남들에게 오해를 받을 때는 상처도 쉽게 받는다. 그럴 때마다 사람들 없는 남극에 가서 혼자 살면 좋겠다고 생각하기도 한다. 애정 표현을 잘 못하지만 그렇다고 부모를 사랑하지 않는 것이 아니다. 안 되는 것을 억지로 시키기보다는 아이의 성격을 이해하고 사랑으로 감싸야 한다. 사랑 안에서 자란 아이들은 나이가 들면서 점점 인간관계가 좋아질 것이다.

즐거워야 살맛 나는 아이
ESFP

외향 - 현실 - 감정 - 개방

주기능은 현실, 부기능은 감정, 삼차 기능은 사고, 열등 기능은 이상이다.

다정다감하고 친절하며 느긋하고 낙천적이며 재미있고 협동심이 많은 아이들이다. 관심 분야가 많고 남에게 도움주기를 좋아하여 친구들을 즐겁게 하며, 주변에서 일어나는 순간적 상황을 잘 파악하고 사람들이 무얼 원하는지 알아 실용적인 일에 탁월한 능력을 발휘한다. 생각하기보다는 먼저 행동하고 싶어 하는 행동주의자로 당장 눈에 보이는 여러 가지 일도 동시에 잘 처리한다.

1. 공부도 놀이처럼 즐겁게 할수 있도록 도와주세요

충동적이고 신중하지 못하며 놀기 좋아하는 아이들이다. 시험이 내일이라도 친구가 놀러 가자고 하면 거절하지 못하고 놀러 나간다. 재미있고 친구를 즐겁게 해 주기 때문에 친구 사이에도 인기가 좋다. 친구와 함께 하는 것을 좋아하기 때문에 놀지 못하고 집에 혼자 있어야 하는 날이 가장 힘들며, 남자아이의 경우 나가 놀다가 옷이 가장 많이 해진다.

공부보다 놀기를 더 좋아하는 이 아이들의 모습을 보는 부모는 걱정이 많아진다. 특히 고학년으로 올라갈수록 성적이 걱정이 된다. 혼내고 잡아 가둔다고 공부하는 아이들이 아니다. 책상에 앉기는 하지만 놀 생각을 많이 한다. 조금만 무리하게 공부를 시키려고 하면 놀 시간이 줄어드는 것이 두려워 펄쩍 뛴다.

재미있으면 무엇이든지 할 수 있는 아이들이므로 재미있게 공부하는 방법을 찾아주고 적절한 보상으로 자극해야 한다. 사람들과 함께하는 것을 좋아하므로 친구와 함께 공부하게 하는 것도 좋은 방법이다. 하지만 공부를 잘하는 것만이 인생의 성공을 보장하는 것은 아니다. 아이가 잘할 수 있고 재미있어 하는 분야를 찾아야 한다. 오히려 이 아이들은 자기와 놀아주지 않는 부모 때문에 마음이 상한다. 시간을 내어 아이들과 재미있게 놀아주기도 해야 한다.

2. 기쁨을 주는 아이라고 칭찬해 주세요

따뜻하고 관대하고 항상 행복해 보이는 아이들이다. 사람에게 관심이 많고 무슨 선물이든 주어서 다른 사람을 기쁘게 해 주

는 것을 좋아한다. 특히 사랑하는 부모를 위해 안마 쿠폰도 만들어 오고 여행을 가면 꼭 선물을 챙겨 온다. 학교에서도 모든 친구를 행복하게 해 주고 싶어 재미있는 분위기를 만들고 형제가 서로 싸워도 먼저 미안하다고 이야기한다.

하지만 약속을 쉽게 잊어버리기도 하고 끝까지 마무리를 잘 못하는 경우가 많다. 좀 실수가 있더라도 이런 아이의 마음을 인정하고 칭찬해줘야 한다. 자기는 생각해서 주었는데 상대가 기뻐하지 않으면 실망하고 섭섭해 한다. "우리 집에 너 같은 아이가 있어서 엄마 아빠는 너무 행복해. 너는 정말 우리의 기쁨이야"라고 말하면서 아이의 별것 아닌 선물에도 크게 감동해 주면 이 아이들은 더욱 신이 나서 더 큰 것을 가져온다. 꼭 껴안아 주거나 뽀뽀해 주는 등의 스킨십이 필요하고, 특히 공부 잘하는 것이 큰 선물이라고 기뻐하면 부모를 기쁘게 해 주려고 공부도 열심히 한다.

3. 너무 수다스럽고 산만하다고 걱정하지 마세요

진지한 대화를 싫어하며 말이 많고 수다스러운 아이들이라 말을 못하게 하면 견딜 수가 없다. 특히 남자아이가 말이 많다고 걱정하는 부모도 있지만 이런 장점을 인정하고 격려해 주면 말로 하는 직업을 찾을 수도 있다.

모든 일에 산만하고 충동에 약해서 먹고 싶거나 사고 싶은 것이 있으면 잘 참지를 못한다. 주변 정리도 잘 안 되고 항상 잃어버리고 계획적이지도 않고 실수도 많아 이런 모습을 보는 정리형 부모는 인내심의 한계를 넘어 버린다. 하지만 이런 모습이 이 아이의 타고난 모습이다. 정리는 안 되지만 순발력이 뛰어나고 산만하지만 적응력도 뛰어나다. 부정적인 모습보다는 항상 긍정적인 모습을 보고 칭찬하고 격려해줘야 한다.

이 아이들에게 시간관리 하는 습관과 정리하는 습관, 사전에 계획하는 습관과 물건을 조심스럽게 다루는 습관 등을 길러줘야 하지만 쉽지는 않은 일이다. 인내심을 가지고 눈높이를 낮추어 천천히 가야 하며 조금 나아질 때마다 칭찬과 보상으로 격려해야 한다.

영감을 주는 부드러운 아이
INFJ

내향 - 이상 - 감정 - 정리

주기능은 이상, 부기능은 감정, 삼차 기능은 사고, 열등 기능은 현실이다.

통찰력이 있고 상상력이 풍부하며 뭔가 예견을 잘하기도 해서 사람의 마음을 움직이는 능력을 가지고 있는 아이들이다. 조용하지만 확고한 원칙을 가지고 있으며 자기의 신념이 강하다. 주변에 불편한 아이가 있으면 따뜻하게 다가가서 관심과 도움을 주지만 신중하고 격식을 따지기도 한다.

1. 아이의 직감과 아이디어를 인정해 주세요

직감과 통찰력, 선견지명이 있고 새롭고 창의적인 아이디어를 많이 갖고 있는 아이들이다. 사람에 대한 관심도 많아 사람의 마음을 잘 읽을 수 있는 능력도 있다. 어린아이라고 무시하거나 고치려 하지 말고 이 아이들의 직감과 아이디어를 잘 경청하고 인정해 주면 사람들에게 영감을 불어 넣고 사람의 마음을 움직이는 능력이 잘 계발될 수 있다.

자기가 믿는 신념에 대해서는 주장이 강하고 잘 양보하지 않으며, 드러나지 않게 영향력을 갖길 원하고, 누가 도와주지 않아도 혼자서 고집스럽게 밀고 나간다. 조용하고 자기 의견이 없어 보이다가도 어느 순간 갑자기 고집을 피우는 것 같아 당황스러운 경우도 있지만 아이의 속마음을 인정해줘야 한다.

2. 원하는 것을 잘 표현하도록 도와주세요

자신을 잘 드러내지 않으며 자기가 원하는 것을 잘 표현하지 않는 아이들이다. 때로는 마음속이 복잡하기도 하고 자기 존재의 의미나 영적인 문제로 갈등과 고민이 많다. 그래서 비현실적인 몽상가라는 말도 듣는다.

이 아이들과 대화할 때는 조용한 분위기에서 집중하여 경청해야 하며, 이 아이의 입장에 서서 속마음을 이해해 주고 무엇이 힘들게 하는지 잘 들어야 한다. 직접적인 말보다는 상징적인 표현을 사용하기도 하므로 말로 하기 힘들어하는 경우에는 그림을 그린다든지 이미지로 표현하는 방법 등을 찾아주는 것이 좋다. 작은 표현에도 인정과 칭찬을 해 주어 자기의 마음이나 원하는

바를 쉽게 표현할 수 있도록 격려해야 한다.

특히 남자아이의 경우에는 부모가 더욱 조심해서 대해야 한다. "남자답지 못하다"라는 말에 아이의 고민과 갈등이 더 심해질 수 있으며 자기의 약한 모습을 보이기 싫어 오히려 반대되는 행동을 할 수도 있다. 부모가 자녀의 타고난 성격을 있는 모습 그대로 수용하고 자신의 강점을 발전시켜 갈 수 있도록 도와야 한다.

3. 상대방에게 집중하고 배려하는 태도를 칭찬해 주세요

많은 친구들과 놀기보다는 소수의 친구들과 1 대 1로 깊게 사귀기를 좋아하는 아이들이다. 사람이 많은 사교모임이나 잔치에는 잘 적응이 안 된다는 것을 인정하고 이런 태도를 바꾸려고 하지 말고 있는 모습 그대로를 격려해 아이가 원하는 환경을 만들어줘야 한다.

친구와 1 대 1로 지낼 때는 친구에게 집중하고 사려 깊은 배려를 해서 친구를 편하게 해준다. 때로는 배려가 지나쳐서 문제가 되기도 하고 그것으로 상처를 받기도 하지만, 부모가 공감해 주고 해결 방법을 질문하면서 스스로 극복하는 방법을 찾아 줘야 한다.

너무 진지하게 지내는 아이들이라 때로는 인생에 즐거움과 재미가 있다는 것을 가르쳐 주는 것도 필요하다. 상대방이 어떻

게 생각할지를 고민하는 아이들이고, 상대방의 비판이나 싫은 소리에 쉽게 상처받고 무너진다. 그러므로 말을 할 때는 조용한 목소리로 조심스럽게 하고 비판하는 말은 가능한 한 하지 말아야 한다.

순발력이 좋은 아이
ESTP
외향 - 현실 - 사고 - 개방

주기능은 현실, 부기능은 사고, 삼차 기능은 감정, 열등 기능은 이상이다.

호기심이 많고 관찰력이 뛰어나 실제적인 정보가 많으며, 지금 무엇이 필요한지 정확히 파악하여 당면 문제를 순발력 있게 잘 해결하는 행동형 실용주의자 아이들이다. 손재주도 좋고 적응력도 뛰어나 위기 상황을 잘 극복한다. 삶을 즐기고 주변 일에 다 간섭하고 형식에 얽매이지 않고 있는 그대로를 수용한다.

1. 신속하게 해결하는 능력을 칭찬해 주세요

주변 상황에서 무엇이 문제인지, 무엇을 해야 하는지 빨리 알아차리고 어떤 문제든지 뜸 들이지 않고 즉각적으로 뛰어들어 신속하게 해결하는 아이들이다. 어려운 상황에도 인내심을 가지고 모험과 위험도 잘 감수하며 효율적으로 일 처리를 잘한다. 나중에 커서도 순발력 있게 위기관리를 잘하는 사람으로 인정받는다. 칭찬을 받지 못하면 기운이 빠지는 아이들이므로 잘한 일에 대해서 항상 칭찬을 아끼지 말아야 하고 외식을 한다거나 함께 놀러 가는 등 적절한 보상으로 격려해야 한다.

항상 에너지가 충만하고 운동도 잘하고 사교적이며 나가서 노는 것을 좋아한다. 다방면에 관심이 많기 때문에 어릴 때 공부에 흥미가 없을 수 있다. 하지만 자기가 좋아하는 분야가 생기면 열심히 잘하는 아이들이므로 너무 걱정하지 말고 아이의 있는 모습 그대로를 인정해 주고 좋아하는 분야를 찾을 때까지 기다려줘야 한다.

2. 원하는 것을 얻기 위해 모든 방법을 다 동원한다는 것을 인정해 주세요

어려운 일을 해결하기 위해 자기가 사용할 수 있는 모든 수단과 방법을 다 동원하는 아이들이며, 친구나 동생들을 잘 설득해서 자기가 원하는 방향으로 끌고 가는 능력이 있다. 그러나 다른 사람의 감정에 둔감하기 때문에 쉽게 상처를 주기도 하고, 가능한 모든 사람에게 부탁을 하기 때문에 항상 도와줘야 한다는 느낌이 들어 친구들이 힘들어 할 수가 있다.

자기가 원하는 것을 얻기 위해 때로는 잔머리를 굴리거나 거

짓말이나 속임수를 쓰기도 하지만 큰 문제가 없으면 넘어가 주는 것이 좋다. 너무 심하게 일일이 지적하기보다는 바르고 좋은 목적을 가질 수 있게 도와주는 것이 중요하다.

3. 성급하고 충동적으로 행동하는 것을 나무라지 마세요

호기심이 많고 충동적이며 단조로운 것보다는 뜻밖의 사건을 좋아한다. 새로운 관심사에 마음을 빼앗기면 하던 일을 끈기 있게 하기 힘들어 한다. 이 아이들은 호기심도 많고 충동적이기 때문에 조금만 방심하면 잘 없어져 버린다. 아이들을 항상 옆에 놓고 챙겨야 불안하지 않는 엄마들은 이런 아이의 행동에 감당이 안 된다.

즉각적인 문제는 잘 해결하지만 장기적인 계획은 전혀 고려하지 않는 아이들이며 일을 벌이기는 좋아하지만 수습이 잘 안 되는 아이들이다. 틀에 박힌 일을 힘들어하고 까다롭고 복잡한 행정 절차를 가장 못 견디는 아이들이다. 정리형 엄마들은 이런 아이를 잡으려고 노력하지만 전혀 손에 잡히지 않는다. 화내며 혼내는 것보다는 크고 굵직한 기준과 우선순위를 정해 주고 일관성 있게 지키도록 하며 칭찬을 들으면 더욱 잘하므로 칭찬과 보상으로 훈련을 시켜야 한다.

★ 4부 ★

내 아이 있는 모습 그대로 사랑하기

16가지 성격 유형의 주기능과 열등 기능

ISTJ 내향, 현실, 사고, 정리 말 안 해도 성실한 아이 현실〉사고〉감정〉이상	ISFJ 내향, 현실, 감정, 정리 묵묵히 도와주는 착한 아이 현실〉감정〉사고〉이상	INFJ 내향, 이상, 감정, 정리 영감을 주는 부드러운 아이 이상〉감정〉사고〉현실	INTJ 내향, 이상, 사고, 정리 자기 생각이 분명한 아이 이상〉사고〉감정〉현실
ISTP 내향, 현실, 사고, 개방 초연하고 냉철한 아이 사고〉현실〉이상〉감정	ISFP 내향, 현실, 감정, 개방 조용하지만 잘 노는 아이 감정〉현실〉이상〉사고	INFP 내향, 이상, 감정, 개방 자기만의 세계를 간직한 아이 감정〉이상〉현실〉사고	INTP 내향, 이상, 사고, 개방 창의적인 아이디어가 샘솟는 아이 사고〉이상〉현실〉감정
ESTP 외향, 현실, 사고, 개방 순발력이 좋은 아이 현실〉사고〉감정〉이상	ESFP 외향, 현실, 감정, 개방 즐거워야 살맛 나는 아이 현실〉감정〉사고〉이상	ENFP 외향, 이상, 감정, 개방 열정이 넘치는 아이 이상〉감정〉사고〉현실	ENTP 외향, 이상, 사고, 개방 톰소여처럼 모험심이 많은 아이 이상〉사고〉감정〉현실
ESTJ 외향, 현실, 사고, 정리 매사에 분명하고 민첩한 아이 사고〉현실〉이상〉감정	ESFJ 외향, 현실, 감정, 정리 생글생글 사교적인 아이 감정〉현실〉이상〉사고	ENFJ 외향, 이상, 감정, 정리 아름다운 세상을 꿈꾸는 아이 감정〉이상〉현실〉사고	ENTJ 외향, 이상, 사고, 정리 리더가 되고 싶은 아이 사고〉이상〉현실〉감정

* 주기능 : 가장 빈번하게 사용하는 기능
* 부기능 : 그 다음으로 사용하는 기능
* 삼차 기능 : 세 번째로 사용하는 기능
* 열등 기능 : 가장 잘 사용하지 않는 기능
* 주기능 〉 부기능 〉 삼차 기능 〉 열등 기능

I LOVE
YOU

5부

아이의 잠재력에 날개를 다는 부모 코칭

그들의 마음 속 생각까지 잘 경청하고, 순간순간 인정과 칭찬으로 자신감을 갖게 하고, 나의 생각을 말하거나 지시하기보다는 질문을 통해 묶여 있는 잠재 능력을 마음껏 발휘하게 해 주는 것이다.

히딩크처럼 탁월한 코치가 되라

최근 들어 리더십 분야의 화두는 코칭 리더십이다. 자기계발 분야에서도 코칭 리더십을 다룬 많은 책들이 서점을 채우고 있고, 더 높은 성과를 원하는 기업이나 학교, 관공서 등에서도 코칭을 도입하는 사례가 점점 더 많아지고 있는 추세이다. 과거 스포츠 분야에만 국한되었던 코칭이란 단어가 이제는 개인과 조직의 성과를 탁월하게 높여줄 수 있는 가장 효과적인 방법으로 인식되면서 사회의 거의 모든 분야로 확대되고 있는 것이다.

우리나라의 2002년 월드컵 4강 신화는 히딩크라는 한 사람의 탁월한 코치가 어떻게 팀을 변화시켜 기대 이상의 성과를 얻었는지를 잘 보여준 예이다. 코칭은 개인이나 팀을 그들이 원하는 목표 지점까지 스스로 나아가도록 인도해 주는 리더십 기법이다. 그러기 위해서는 그들에게 목표를 이룰 수 있는 잠재 능력이 있다는 믿음이 바탕이 되어야 한다. 그리고는 그들의 마음 속 생각까지 잘 경청하고, 순간순간 인정과 칭찬으로 자신감을 갖게 하고, 나의 생각을 말하거나 지시하기보다는 질문을 통해 묶여 있는 잠재 능력을 마음껏 발휘하게 해 주는 것이다.

자녀들이 어린아이일 때는 부모가 많은 것을 직접 해줘야 한다. 밥도 먹여야 하고 세수도 시켜야 하고 해야 할 일도 일일이 챙겨 주고 옆에서 지켜줘야 한다. 하지만 자녀들이 나이가 점점 들어가면 부모의 역할이 바뀌어야 한다. 보호자와 양육자의 역할에서 아이들의 생각을 존중하고 스스로 해나갈 수 있도록 옆에서 돕는 코치로 변신해야 하는 것이다.

그러나 이렇게 변신하는 데는 두 가지 장애물이 있다. 첫 번째 장애물은 나와 다른 모습은 잘못된 것이고 아이를 위해 이것을 고쳐줘야 한다고 생각하는 것이다. 아기일 때는 아이가 무슨 짓을 해도 이해가 되고 예쁘기만 하다. 우유 먹다가 흘려도 관계없고 쏟아도 문제가 되지 않는다. 말 좀 안 들어도 상관없고 고집 좀 피워도 괜찮다. 모든 행동이 사랑스럽기만 하다. 아기이니까. 아이의 있는 모습 그대로에 100점 만점을 주고 인정해 주는 것이다.

그런데 아이가 커갈수록 생각이 달라진다. 개방형 아이가 음식을 흘리면 나쁜 버릇을 고쳐 줘야 한다고 생각한다. 아이의 부족한 면이나 실수를 타고난 모습이라고 인정하기가 점점 힘들어진다. 그냥 놔두면 안 될 것 같은 불안감 때문에 지적하고 고치고 싶어 한다. 아이들은 하나도 달라진 것이 없는데, 100점짜리 아기가 50점도 안 되는 형편없는 아이가 되어 버린 것이다. 아이의 성격과 기질을 이해하고 있는 모습 그대로를 인정하고 존중해 주는 마음이 코치 부모로서의 첫 번째 자세이다.

두 번째 장애물은 아이들의 능력이 영 미덥지 않은 것이다. 스스로 할 수 있을 것 같지도 않고 그냥 놔두면 잘못할 것 같아 계속 간섭하고 이끌어주고 싶어진다. 아이들 생각이나 방법보다는 나의 방법이 맞을 것 같아 내 생각을 강요하다가 갈등을 일으키고 성과도 없게 만들어버린다. 아이들 스스로도 얼마든지 할 수 있는 잠재 능력이 있다고 믿고 인내해야 한다. 이 믿음이 코치 부모의 두 번째 자세이다.

우리 아이들은 초등학교 6학년 때부터 혼자 비행기를 타고 미국에 가곤 했다. 부모가 바빠 같이 갈 수도 없었고 또 혼자 가보는 훈련도 좋은 경험이라고 생각되어서이다. 둘째가 갈 때는 싼 비행기 표를 사려고 일본을 경유하고 미국의 한 도시에서 비행기를 갈아타야 했고, 도착하는 공항에는 둘째를 몇 달 데리고 있을 처음 보는 미국인 부부가 나오게 되어 있었다. 떠나기 일주일 전

부터 둘째는 너무나 걱정되고 긴장해서 어떻게 비행기를 갈아타는지 뭐라고 영어를 해야 하는지를 매일 물어보곤 했다. 우리도 걱정이 안 되는 것은 아니었지만 믿음을 가지고 기도하며 지켜보기로 했다. 아이는 아무 문제없이 잘 도착했고, 무엇보다 중요한 것은 이런 일을 계기로 스스로에게 더 자신감을 갖게 된 것이다.

아이는 부모의 꿈을 이루는 도구?

코칭에서 가장 중요한 것은 원하는 목표가 무엇인지를 분명히 하는 것이다. 여기서의 원하는 목표는 코치의 목표가 아니라 코칭을 받는 사람의 목표이다. 코칭 받는 사람의 목표를 분명히 하고 그것을 향해 스스로 나아가도록 돕는 것이 코칭이다. 물론 코치의 기대 수준이 있을 수 있고 더 큰 목표를 갖도록 도전도 하지만 좋은 코치는 결코 그것을 강요하지 않는다.

코치 부모도 마찬가지이다. 부모가 원하는 목표를 잡아 주는 것이 아니라 자녀들이 원하는 목표를 잡도록 도와줘야 한다. 더 큰 꿈을 갖도록 도전하고 도와줘야 하지만, 부모가 못 이룬 꿈을 자녀로 하여금 대신 이루게 하는 것이 아니다. 자녀 스스로가 원해서 한다면 아무 문제없겠지만 강요하거나 교묘하게 유도하여 부모의 꿈을 갖게 한다면 언젠가는 문제가 생긴다.

"너 잘 되라고 공부하라는 거지 엄마 잘 되라고 공부하라는 거니?"라고 화를 내면 잘 안 돼도 되니까 그냥 내버려 두라고 대든다. "너 이렇게 공부 안하다 안 좋은 대학에 가서 부모 망신 시키려 하냐?"라고 잔소리를 하면 자녀보다 자기 체면을 중요하게 생각하는 부모가 미워진다. 부모를 위해 자녀들이 공부해야 하는 것이 아니다. 자기의 꿈을 이루기 위해 공부하는 것이다. 시간이 걸리더라도 자녀가 원하는 꿈을 찾아주고 그것을 이루어가도록 도와주는 부모가 코치 부모이다.

코칭의 결과를 좋게 하기 위해서는 무엇보다도 코치와 코칭받는 사람의 관계가 친밀하고 신뢰감이 있어야 한다. 강제로 무엇을 시키지 않는다는 믿음과 목표를 향해 함께 노력한다는 공감대가 있어야 모든 것을 터놓고 이야기할 수 있다.

코치 부모도 마찬가지이다. 무슨 이야기라도 할 수 있는 수준의 친밀감이 있어야 하고 자녀들이 원하지 않는 것은 강요하지 않는다는 믿음을 얻어야 한다. 그러기 위해서는 부모가 원하는 것을 내려놓는 작업이 우선되어야 한다. 부모의 마음속에 자녀에게 원하는 모습이 너무 강하게 있으면 아무리 감추려 해도 그것이 자꾸 드러나 자녀가 마음을 닫게 된다. 또한 부모도 원하는 모습과 자녀의 현재 모습이 자꾸 비교가 되어 화가 나고 힘들어진다.

때로는 아이들이 원하는 목표가 없을 수도 있고 목표가 황당할 수도 있다. 하지만 나무라기보다는 그 자체를 존중해줘야 하며 인내심을 가지고 기다려야 한다. 이런 부모의 모습을 보면서 아이들은 정말 부모가 자기를 있는 모습 그대로 사랑하고 존중해준다는 느낌을 받게 되고, 부모를 신뢰하고 자기의 솔직한 이야기를 하기 시작할 것이다.

지금까지 그렇게 하지 못한 부모도 있을 수 있다. 이런 경우 솔직하게 자녀에게 말하는 것이 도움이 된다. 둘만의 시간을 따로 갖고 먼저 선물이나 맛있는 음식으로 기분을 좋게 한 다음 솔직한 생각이나 느낌을 전하는 것이다. "엄마가 그동안 잘 몰라서 너에게 무조건 강요만 했는데 정말 미안해. 엄마가 이제부터는 달라지기로 했어. 네 생각을 존중하고 네가 원하는 것을 이루도록 도와주는 코치 엄마가 될 거야. 물론 엄마도 사람이니까 또 실수할 수도 있어. 그러면 네가 엄마에게 이야기해 줘. 고칠게." 이런 엄마의 말을 들으면 엄마의 사랑을 느끼고 그 동안의 상처가 깨끗이 치유될 것이다.

물론 한 번에 관계가 회복되지 않을 수 있다. 항상 강요만 하고 화만 내던 엄마가 갑자기 이렇게 나오면 '지금 무슨 수를 쓰려고 하나?' 하는 생각이 들어 마음을 열지 않을 수도 있다. 하지만 실망하지 말고 꾸준히 엄마의 마음을 전달해야 한다. 10번 이상 해야 할지도 모른다. 그러나 진실한 마음으로 아이를 대하면 반드시 아이의 마음도 달라질 것이다.

코치 부모가 된다는 것이 자녀가 무엇을 하더라도 네 편이 되어 주겠다고 하는 것은 아니다. 해야 할 일과 하지 말아야 할 일을 분명히 알게 하고, 자녀가 하려는 것이 잘못된 것이면 단호하게 안 된다고 해야 한다. 그러나 이런 것도 서로의 신뢰감이 있을 때야 효과가 있는 것이다.

아이와의 관계보다 부부 관계가 우선!

배우자보다 아이들을 더 중요하게 생각하고 아이가 잘 되는 일이라면 목숨을 거는 부모를 가끔 만난다. 부부 사이가 좋지 않은 부모일수록 아이에게 더욱 사랑을 쏟으며 남편이나 아내에게 받지 못하는 사랑을 아이들에게서 받기를 바라는 것 같다. 여자는 남자에게 사랑을 받고 사랑하는 남자를 도와 줄 때 행복을 느끼도록 창조되었다고 한다. 그래서 그런지 남편의 사랑을 충분히 받지 못하는 엄마들은 남편 대신 아이들에게 모든 사랑을 쏟아

붓는다. 심한 경우 "나에게는 너밖에 없다"라고 노골적으로 말하면서 아이들에게 부담을 주기도 한다. 물론 아이들도 조금만 자라면 그것이 올바른 사랑이 아니라는 것을 깨닫고 실망하여 엄마와의 관계도 힘들어지는 경우를 많이 본다.

세상에서 성공하는 자녀를 만들기 위해 부모가 줄 수 있는 최고의 선물은 부부가 행복하게 사는 모습을 보여주는 것이다. 서로 깊이 사랑하는 부모 밑에서 자란 아이들이 더 행복을 느끼고, 건강하고 자신감 있게 자라며, 잠재 능력을 발휘하여 성공하는 사람이 될 확률이 높기 때문이다. 아이들의 성격을 잘 알아 아이들과 행복하게 지내는 것 이전에 부부가 서로 성격을 잘 이해하며 행복하게 지내야 한다.

우리 집에는 글로 표현해두지는 않았지만 몇 가지 원칙이 있다. 우리 집 아이들에게 아빠와 엄마는 항상 한편이다. 아이들을 엄마 편 아빠 편으로 나누지 않는 것이다. 물론 아이들을 키우는 데 있어 항상 생각이 같을 수는 없지만 아이들 앞에서는 항상 한마음으로 보이려고 노력을 한다. 그래서 우리 아이들은 엄마에게 부탁해서 안 되는 것은 아빠에게 따로 부탁해도 안 된다는 것을 안다. 아이들은 영악해서 아빠 엄마의 의견이 일치되지 않으면 어떻게 해서든지 자기에게 유리한 편을 이용하기 때문에 부모의 생각이 다르면 원칙이 지켜지지 않는다. 아이들을 훈육할 때는 서로의 생각이 달라도 함부로 나서지 않는다. 아내가 아이들을 혼낼 때 그것이 내 마음에 안 들어도 아이들 앞에서는 지적하지 않는 것이다.

우리 네 아이는 우리 집에서 아빠가 가장 높고 그 다음이 엄마라는 것을 안다. 맛있는 음식이 있어도 아빠, 엄마 그 다음이 아이들 순서이다. 좋은 것을 사주어도 엄마가 항상 아이들보다 우선순위이다. 가족이 다 함께 외국 여행을 할 기회가 있었는데, 쌓인 마일리지를 사용하여 아빠 엄마만 비즈니스 좌석으로 승급을 하고 아이들은 모두 다 일반석에 태웠다. 그런 법이 어디 있냐고 불평을 하는 아이들에게 "너희가 돈 벌면 너희 돈으로 비즈니스석에 타"라고 농담을 한 마디 해주었다. 비즈니스 좌석에는 무엇이 있는지 궁금하여 아이들이 수시로 들락거리기는 해도 아빠가 엄마를 위해주는 것을 보는 아이들 마음에 불편함은 없었다.

아빠가 엄마를 가장 사랑하고 엄마도 아빠를 가장 사랑한다는 것을 알게 해주는 것은 그 어떤 교육보다 중요한 것이다. 물론 우리 부부는 완벽하지 않다. 지금도 자주 다툰다. 하지만 부모가 행복을 위해 노력하는 모습을 보며 자기들도 나중에 엄마 아빠같이 행복해질 것이란 믿음을 가지고 자라게 되는 것이다.

수년 전, 우리 부부가 참여하는 모임이 지방의 한 호텔에서 행사를 했다. 행사가 끝난 후 정원에 몇몇 가족이 모였는데 한 사

람이 기발하고 황당한 제안을 했다. 아이들이 보는 앞에서 엄마 아빠가 키스를 하여 부모의 행복한 모습을 보여주자는 것이었다. 논란도 있었지만 제안한 사람의 강요에 못 이겨 한 부부씩 앞에 나와 진~하게 키스를 했다. 그때 정말 놀라운 것은 아이들의 반응이었다. 자기 부모들이 껴안고 키스하는 모습을 보며 아이들은 환호하고 기뻐하며 너무나 좋아하는 것이었다. 그런 아이들의 반응에 부부들은 더 오래 껴안게 되고.

요즘 결혼 연령이 점점 높아지고 있다. 능력 있는 젊은 여자들은 전혀 결혼할 생각이 없어 보인다. 괜히 일찍 결혼하면 하고 싶은 일도 못하고 자기만 손해라고 한다. 우리나라의 많은 가정에서 아내의 위치는 항상 가족에게 봉사만 하고 남편에게 사랑받지 못해 손해 보는 자리였다. 이런 엄마의 모습을 보고 자란 딸들에게 어떻게 결혼하여 남편과 아내가 서로 사랑하며 살아가는 것이 가장 행복한 것이라고 설명할 수 있을까?

아이를 조기유학 보내기 위해 기러기 아빠가 되는 가정이 많다. 아이의 성공을 위해 너무나 큰 희생을 치르는 것이다. 그러나 아이와 공부로 싸우는 것이 힘들어 유학 보내는 엄마도 있고, 남편 보기 싫어 떨어져 살려고 아이와 함께 외국에 나가는 엄마도 있다고 한다. 조기유학이 나쁘다고 말하려는 것도 아니고 기러기 부부가 다 행복하지 않다고 말하려는 것도 아니다. 어떤 환경에서도 아이에게 부부의 행복한 모습을 보여주는 것이 모든 것을 희생하며 공부를 많이 시키는 것보다 더 중요하다고 말하고 싶은 것이다.

내 아이,
어떻게 코치해야 하나?

코치로서 가장 중요한 것은 고객을 잘 아는 것이다. 훌륭한 코치는 사전에 고객에 대한 조사도 하고 성격과 적성 등의 검사도 한다. 특히 코칭을 하면서 상대방에게 집중하여 그 사람의 속마음이나 감정을 경청한다.

코치 부모도 똑같다. 자녀들을 잘 코칭하기 위해서는 자녀에 대해 누구보다도 더 많이 알아야 할 뿐 아니라 제대로 알아야 한다. 그러므로 자녀들의 성격을 잘 이해하는 것은 매우 중요한 일이다. 모든 아이들을 16가지 성격으로 다 설명할 수는 없지만 그래도 큰 틀로 분류가 되어 나와 다른 아이들을 이해하는 데 많은 도움을 준다. 하지만 어린아이들의 경우 성격이 아직 형성되지 않은 경우도 있고 이것인지 저것인지 분명하지 않은 경우도 있다. 8가지 지표 중에 한두 가지는 분명하게 나타나는데 한두 가지는 혼란스러울 때도 있다. 이럴 때는 다음과 같은 순서로 아이의 성격을 파악해 나가는 것이 도움이 된다.

먼저 그 아이가 어떤 기질인지, 즉 경험주의자인지 전통주의자인지 합리주의자인지 이상주의자인지를 찾아내는 것이다. 앞에서 설명한 각 기질의 기본 욕구와 장점을 비교해 보면 좀 더 쉽게 아이의 기질을 찾을 수 있고, 그것을 통해 더 정확하게 성격 유형도 찾을 수 있다.

예를 들어 아이가 정리형이고 감정형인 것은 분명한데 현실형인지 이상형인지 분간이 잘 안 될 경우, 이 아이가 전통주의자의 기질을 더 많이 가지고 있는지 아니면 이상주의자의 기질이 더 많이 나타나는지를 보면 된다. 전통주의자에 더 가까울 경우에는 현실형이 분명하고, 이상주의자에 더 가까울 경우에는 이상형이 분명한 것이다.

또한 현실형이고 사고형인 것은 분명한데 정리형인지 개방형인지 분간이 안 될 때는 이 아이가 전통주의자의 기질이 더 많은지 아니면 경험주의자 기질이 더 많은지를 찾으면 된다. 전통주의자에 더 가까우면 정리형이고, 경험주의자에 더 가까우면 개방형이 되는 것이다.

그러나 이런 방법으로도 잘 분간이 안 되는 경우가 있다. 이런 경우 그 아이가 가장 많이 사용하는 주기능과 가장 사용하기 힘들어하는 열등 기능이 무엇인지를 살펴보면 좀 더 쉽게 아이의 성격 유형을 찾을 수 있다. 현실형과 이상형 그리고 사고형과 감정형 이 네 가지 기능 중에 어떤 기능을 가장 쉽게 그리고 먼저 사용하는지, 또한 어떤 기능을 잘 사용하지 않거나 사용하기 힘들어하는지를 관찰해서 주기능이 무엇인지를 알아보는 것이다. 그 아이의 주기능을 알면 앞에서 설명하였듯이 각 주기능이 같은 4가지 성격 유형으로 범위가 좁혀지고 그중의 하나를 고르는 것은 조금 더 쉬운 일이 된다.

우리 집 셋째는 정리형인지 개방형인지 찾아내는 것이 가장 힘든 아이였다. 내향형(I)이고 이상형(N)이고 사고형(T)인 것은 분명한데 마지막 부분이 좀 애매한 것이었다. 물론 정리형과 개방형의 중간 정도에 있기 때문이기도 하고, 이상형 아이의 경우 정리형인지 개방형인지가 분명하게 나타나지 않는 경우가 많기도 하지만, 어떤 때는 정리형의 기질이 또 어떤 때는 개방형의 기질이 나타나 우리를 혼란스럽게 만들곤 했다.

주변 상황을 쉽게 받아들이고 시간 개념이 부족하여 개방형 같기도 하지만, 어떤 경우에는 자기가 원하는 대로 안 되면 힘들어하고 자기 방식을 고집하여 정리형처럼 보이기도 하는 셋째는 오랜 시간 우리의 연구 대상이었다.

셋째를 지속적으로 관찰하면서 얻은 결론은 이상형 기능을

쓰기는 하지만 가장 많이 사용하는 주기능은 사고형이고 가장 잘 사용하지 못하는 열등 기능은 감정형이라는 것이다. 그렇다면 이 아이는 주기능이 사고형인 INTP가 되고 따라서 정리형이 아니라 개방형이다. 이런 순서로 아이의 성격을 찾은 다음, 앞에서 설명한 16가지 유형에 맞는지를 다시 한 번 맞춰보면 보다 더 정확하게 아이의 성격을 찾을 수 있다.

아이의 성격을 완전하게 다 알아내야만 하는 것은 아니다. 한두 가지 지표라도 분명한 것이 있으면 그것부터 시작하면 된다. 성격을 다 아는 것이 중요한 것이 아니라 나와 다른 아이를 이해하고 있는 모습 그대로 인정해주는 것이 중요하기 때문이다.

코칭 기술 1 : 경청하기

코칭을 기술이라고 표현하는 이유는 훈련을 해야만 얻을 수 있는 것이기 때문이다. 머리로 공부하고 이해했다고 수영을 할 수 없듯이 코칭도 공부하고 이해했다고 할 수 있는 것이 아니다. 코칭 기술 하나를 배웠으면 그날부터 실습해야 한다. 잘못할 수도 있고 결과가 안 좋을 수도 있지만 지속적인 훈련을 하면 점점 좋은 코치 부모가 될 수 있다. 완벽한 코치는 없다. 노력하는 코치만이 있을 뿐이다.

미국의 사회학자 메르비안은 우리가 의사소통할 때 말로써 전달하는 것은 7퍼센트밖에 안 된다고 했다. 어조나 억양, 음성에 의해서 38퍼센트 그리고 비언어적 몸짓으로 55퍼센트가 전달된다고 한다. 다시 말하면 대화할 때 어조나 억양 그리고 몸짓에 주의를 기울이지 않는다면 그 사람이 말하고 싶은 내용의 7퍼센트밖에 이해하지 못하는 것이다. 그래서 훈련받은 코치들은 상대방이 하려는 말의 의미를 제대로 파악하기 위하여 모든 감각을 동원해 온몸으로 경청한다. 상대방이 진짜로 원하는 것이 무엇이고 속으로 느끼는 감정이 무엇인지 알아야 코칭을 제대로 할 수 있기 때문이다.

어린아이들은 자기의 생각이나 감정을 잘 표현하지 못하는 경우가 많다. 그러므로 코치 부모는 더욱 집중하여 아이들의 말을 들어야 한다. 그러나 실제로 자녀의 말을 경청하는 것은 쉽지 않은 일이다. 부모의 바쁜 일상 때문에 자녀들과 편안하게 집중하여 대화하기도 어렵고, 답을 다 알고 있는 뻔한 이야기를 집중해 들어주는 것은 정말 어렵기 때문이다.

경청을 잘하기 위해서는 우선 마음가짐과 자세가 바르게 갖춰져야 한다. 다른 생각이나 관심사가 많으면 경청을 제대로 할 수 없다. 신문을 보거나 부엌일을 하는 등 다른 일을 하면서 경청을 제대로 할 수는 없다. 나의 생각을 다 내려놓고 아이들의 눈을

부드러운 표정으로 바라보면서 경청을 해야, 아이들은 자기에게 집중한다고 생각하고 편하게 이야기를 할 수 있다. 걸려오는 휴대폰 등으로 주의가 산만해지면 분위기가 깨지므로 사전에 방해받지 않는 환경을 만드는 것도 중요하다.

경청은 많이 듣는 것이다. 말이 많은 사람은 잘 들을 수 없다. 코치 부모가 되려면 80퍼센트의 시간을 듣는 데 사용하고 나머지 20퍼센트의 시간에 자기 이야기를 해야 한다. 또한 아이가 말을 하는데 끝까지 듣지 않고 말을 가로막거나 성급하게 판단해서 결론을 내려서도 안 된다. 특히 행동이 빠른 외향형 부모들은 주의가 필요하다. 아이들이 결론이 뻔한 말을 하더라도 내가 답을 먼저 줘 버리면 아이들은 더 이상 대화하지 않으려고 한다.

'얘가 지금 이런 생각을 하고 있구나. 그러면 이런 이야기를 해 주어야지' 하고 속으로 다음 할 말을 생각하고 있으면 아이의 말을 제대로 들을 수 없다. 경청할 때는 듣는 데만 집중해야 한다. 내 안에서 끊임없이 떠오르는 생각들과 목구멍까지 올라오는 말을 참는 일은 정말 쉬운 일이 아니다.

아이들과 대화하면서 반드시 알아내야 할 것은 이 아이가 속으로 무슨 생각을 하고 있는지, 지금 어떤 감정을 느끼는지, 정말로 원하는 것이 무엇인지이다. 처음에는 쉽지 않지만 조금만 연습하면 금세 많은 것을 알게 된다. 특히 아이들의 성격을 잘 이해하면 그들이 말하지 않는 것을 이해하는 데 많은 도움이 되기 때문에 자녀의 성격에 대해 많은 공부를 하는 것은 매우 중요하다.

막내한테 전화가 왔다. 이리저리 말을 돌리는 모습이 무엇인가를 사고 싶은 눈치였다. "해찬이가 지금 아이터치가 사고 싶은 거구나?" 이 한 마디에 아이의 말투가 달라지면서 대답한다. "응 아빠. 이래서 나는 아빠를 좋아한단 말아야. 정말 사고 싶어요. 용돈 모은 것으로 살게요." 아들에게 인정받으니 나도 기분이 좋다.

아무리 자녀라도 그 속마음을 다 알 수는 없다. 그러므로 다 알아야 한다는 강박관념을 가질 필요는 없다. 하지만 무엇을 말하고 있는지 그 맥락은 알아야 한다. 완벽할 수는 없지만 자녀의 말에 주의를 집중하고 열심히 연습한다면 경청 기술이 날로 발전하여 아이들과의 관계는 나날이 좋아질 것이다.

"아빠, 공부 많이 했더니 너무 힘들어." 두 시간 공부하고 나서 막내가 힘들어한다. 하기야 거의 공부를 하지 않던 놈이 공부를 하려니 얼마나 힘들겠나? 하지만 겨우 두 시간 공부하고 힘들다고 더 이상 아무것도 하지 않으려는 아이를 보니 속이 끓는다. "두 시간 하고 뭐가 힘들다고 그래? 남들은 다섯 시간도 하더라." 이렇게 이야기하면 상처만 주고 관계가 나빠진다.

아이가 힘들다고 하면 힘든 것이다. 그것을 나의 생각이나 경험으로 판단해서는 안 된다. 아이들이 힘든 마음을 이야기하면 잘 공감해 주고 그대로 인정해줘야 한다. 그것이 공감적 경청이다. "그래, 공부 많이 해서 힘들구나." 이렇게 아이의 말을 반복적으로 받아주기만 하면 된다. 그래야 아이의 힘든 감정이 풀어진다.

"엄마, 나 머리가 너무 아파"라고 말하는 아이에게 "밤낮 컴퓨터만 하니까 그렇지"라고 쏘아 준다면 다시는 엄마에게 말하지 않을 것이다. "머리가 너무 아프구나. 어떻게 하면 좋을까?" 하고 공감적 경청을 한 후에 물어보면 된다. 아이들이 다 답을 알고 있다.

"공부 때려치우고 싶어." 아이들이 힘들어서 한 마디 했는데, 감정 표현은 받아주지 않고 "아니, 얘가 정신이 있는 애야?"하고 평가하고 판단하기 시작하면 아이들은 더 이상 부모와 대화하려고 하지 않는다. 아이들이 화가 났다는데 왜 화를 내냐고 따져봤자 달라질 것이 없다. 그냥 공감적 경청으로 감정을 받아주고 질문해 주면 된다. "공부를 때려치우고 싶구나. 그럼 뭘 하면 좋을까?"

코칭 기술 2 : 인정하고 칭찬하기

보통 칭찬은 잘한 일이나 옳은 선택에 대해 찬사를 보내는 것이고 인정은 그 사람의 성품이나 가치를 올바로 평가해 주는 것이라고 한다. 사람은 누구나 잘한 것에 대해 칭찬받기를 좋아하지만 자기의 모습을 제대로 인정받을 때 더 많은 감동을 받는다. 그러므로 칭찬을 잘하는 것도 중요하지만 그 사람의 내면의 가치를 인정해 주는 기술도 필요하다.

성적이 잘 나온 아이에게 "이번에 성적이 참 많이 올랐구나. 정말 수고했다"라고 하는 것은 칭찬이지만 "성적이 참 많이 올랐구나. 지난주에 친구가 놀자는 데도 꾹 참고 열심히 공부한 네 강한 의지가 참 자랑스럽다"라고 인정까지 해주면 그 아이는 한껏 뿌듯해하며 인정받은 자기의 강한 의지를 더욱 키우려고 노력할 것이다.

코칭 대화를 할 때 아이들의 말을 경청한 후 항상 공감과 인정을 해줘야 한다. "아~ 그랬구나" "참 힘들겠구나" 등의 공감과 "너는 참 정직한 아이구나" "친구를 정말 사랑하는 마음을 가졌구나" 등의 인정의 말을 그 즉시 해줘야 한다. 이런 말들은 대화를 부드럽게 해줄 뿐 아니라 아이들과의 관계를 더욱 친밀하게 만들고 신뢰감을 높여준다.

그런데 문제는 제대로 칭찬하고 인정을 하는 것이 쉽지 않다는 것이다. 우리가 자라면서 인정과 칭찬을 제대로 받아본 경험도 별로 없고 해본 경험도 많지 않기 때문이다. 세미나나 워크숍을 할 때마다 부모들에게 오늘 집에 가서 꼭 자녀들에게 칭찬과 인정을 해주라고 다짐을 받고 노트에 칭찬할 말까지 써가게 하지만, 집에 들어가 엉망으로 어질러져 있는 방을 보는 순간 갑자기 화가 치밀어 다 잊어버린단다. 어떤 부모는 "칭찬할 거리가 있어야 칭찬을 하지요"라며 한숨부터 내쉰다.

아내 이야기

누가 칭찬하는 거 모르나? 그러나 그게 잘 안 된다. 나도 남의 애들 피아노 가르칠 때는 잘한다. 아마 자식보다는 덜 기대하기 때문에 초연해질 수 있어서 그런가 보다. 아무리 피아노를 못 쳐도 따라온 엄마에게 이렇게 말한다. "그래도 요즘 애들이 컴퓨터 안하고 피아노 레슨 받으러 오는 게 기특하지 않아요?" 별로 나아진 게 없어도 "요즘 아이 태도가 많이 달라졌어요" 하면서 격려한다. 그러면 표정이 달라진 아이들이 자기 엄마한테 "거봐~"하며 눈을 치켜뜬다.

하지만 이렇게 칭찬을 잘하는 선생님인 내가 우리 집에 들어서는 순간 잔소리하는 엄마로 돌변한다. "숙제 했니?" "머리 좀 제발 감아." " 윽~가까이 오지 마! 입에서 냄새나!" 어느 날 남편이 나무랐다. "당신 강사 맞아?" 가만히 보면 남편도 나한테는 제대로 칭찬도 안하면서 좋아하는 아들한테는 어찌나 참을성이 많고 칭찬을 잘하는지. 속이 뒤집힐 것 같은 상황에서도 잘 참고 낮

간지럽게 대한다.

장점이 없는 아이란 없다. 누구나 자기의 성격에 맞는 장점이 있게 마련이다. 단지 그것이 부모에게 장점으로 보이지 않을 뿐이다.

인정과 칭찬은 마치 외국어같이 우리가 별로 사용하지 않는 언어이다. 외국어를 잘 하려면 먼저 외우고 말하는 것을 계속 연습해야 한다. 인정과 칭찬이 어렵다면 우선 앞에서 설명한 기질별 장점을 공부해서 우리 아이들의 장점을 찾은 후 칭찬할 말을 외운다. 그리고 아이에게 그 장점이 나타날 때마다 즉시 칭찬하고 인정해 주는 것이다. 아이들의 성격과 기질의 장점을 잘 알면 칭찬과 인정이 쉬워진다.

오래 전 미국에 있는 친구 집에 놀러갔다가 재미있는 이야기를 들었다. 둘째 아이가 공부를 잘 못하기에 'A+ 학생'이라는 별명을 지어 주고 매일 불렀더니 언젠가부터 성적이 오르고 정말 공부를 잘하는 아이가 되었다는 것이다.

좋은 것을 보면 금방 배워서 실천하기로 했던 터라 집에 오는 길에 아이들 별명을 생각하고 하나씩 지어 주었다. 믿음직하고 충성스러운 첫째에게는 항상 존귀하게 대접받는 아이가 되라고 '왕비'라고 했고, 좀 튀기는 하지만 인정받기를 좋아하는 둘째에게는 모든 사람이 부러워하는 아이가 되라고 '스타'라고 지어 주었다. 독립심 강하고 지기 싫어하는 셋째에게는 이 세상에서 가장 탁월한 리더가 되라고 '대장'이라고 했고, 항상 즐겁고 명랑하지만 두려움이 많은 막내에게는 용기 있는 사람이 되라고 '용사'라고 지어 주었다. 오랜 세월이 지난 지금 아이들을 보면 정말로 내가 지어준 별명과 같이 자라고 있는 것 같아 감사한 마음이 든다.

"너는 정말 믿음직하구나."

"너는 반드시 수많은 사람에게 감동을 주는 연주자가 될 거야."

"너는 리더 중의 리더가 될 거야."

"너는 항상 아빠를 기쁘게 하는구나."

부모가 매일 말해주는 인정의 메시지를 들으면서 아이들은 그 모습으로 성장해 간다.

코칭 기술 3 : 질문하기

우리 아들들은 다른 남자 아이들처럼 놀기 좋아하고 게임을 좋아해서 엄마 아빠가 집을 비우면 컴퓨터 앞에서 일어날 줄을 몰랐다. 이 때문에 엄마와의 갈등은 깊어만 갔다.

어느 날 아내와 함께 강의를 하러 지방에 가는 도중 아내가 집에 전화를 걸었다. 사내아이들이 공부하지 않고 게임만 할까 봐 걱정된 것이다. 두 번의 신호만에 셋째가 받는다. 전화를 빨리 받는다는 것은 아이가 지금 전화기 옆 컴퓨터 앞에 앉아있다는 뜻이다. 생각이 단순한 것인지 솔직한 것인지, 전화기가 한참 울린 후에 받아도 될 텐데 셋째는 항상 전화를 즉시 받는다. 그러면 엄마는 "너 또 컴퓨터 앞에 앉아 있구나. 공부하라고 했는데 또 게임 하니?"라고 소리 치고 셋째는 아니라고, 5분밖에 안 했다고 화내고. 항상 그런 식의 대화가 오고 갔다.

그런데 그날은 코칭 대화를 배운 아내가 이렇게 질문했다.

"해성아, 너 오늘 한 일 중에 가장 잘한 일이 뭐니?"

뜻밖의 질문에 잠시 당황하더니 곧 이렇게 대답한다.

"응, 오늘 엄마가 읽으라고 한 책을 읽기 시작했어."

아내의 두 번째 질문. "그러면 오늘 하려고 했는데 다 못한 일은 뭐야?"

"책을 반쯤 읽었는데 너무 머리가 아파 잠시 게임하려고 컴퓨터 켰어." 자기가 솔직하게 다 불어 버린다.

아내의 세 번째 질문. "그럼 못한 일을 다 마치려면 어떻게 해야 할까?"

"응, 30분만 컴퓨터하고 다시 가서 나머지 다 읽을 거야. 근데 엄마 오늘 좀 이상하다?"

간단한 세 가지 질문을 했는데 아이의 반응은 놀랍게 달라졌다. 그리고 집에 돌아와 보니 그날 책을 다 읽었단다. 일주일 동안 노래를 부르며 쫓아다녀도 안 읽던 놈이.

부모가 답을 다 알고 있지만 가르쳐 주지 않고 질문한다는 것은 쉬운 일이 아니다. 아이들이 쉽게 답을 찾지 못할 경우에는 답답하고 지루한 일이 될 수도 있다. 하지만 아이들이 스스로 모든 문제를 해결할 능력이 있다는 믿음을 가지고 인내해야 한다. 방법을 알려줘야 할 때도 "이렇게 하면 되잖아"라고 하지 말고 "이렇게 하면 어떨까?"하고 물어보는 것이 좋다.

"엄마가 보기에 이번 여름방학에 영어공부를 좀 하는 것이 좋을 것 같아. 네 생각은 어떠니?" 말은 부드럽지만 이런 질문을 유도질문이라고 한다. 영어공부 하라고 지시하는 것과 다를 바가 없다. 이런 방법으로는 아이들이 변하지 않는다. 나의 생각을 내려놓고 "이번 여름방학에 무엇을 하면 좋을까?"라고 중립적 언어로 질문해야 한다.

중립적 언어란 나의 생각이나 판단이 들어가지 않은 말을 의미한다. "너 또 숙제 안 해 갔구나. 매일 숙제 잊어버리고 도대체 정신이 있는 거야? 없는 거야?"라는 질문에는 부모의 판단이 들어가 있다. 이런 질문을 받은 아이들은 잘못은 인정하지만 기분이 나쁘다. '내가 언제 매일 숙제 안 해 갔나? 몇 번 안 해 갔는데.

그리고 내가 왜 정신이 없어. 다른 일은 잘 하는데'라고 속으로 생각한다. "오늘 숙제를 안 해 갔구나. 어떻게 된 일인지 엄마에게 설명해줄 수 있겠니?" "다음부터 숙제를 제대로 해 가려면 어떻게 해야 하겠니?" 이렇게 물어야 한다.

자녀들의 꿈을 찾아줄 때, 해결이 안 되는 어려운 문제가 생겼을 때, 친구와의 갈등으로 고민할 때, 강요하거나 지시하지 말고 좋은 질문을 통해 스스로 생각하고 답을 찾게 해줘야 한다. 매번 부모로부터 답을 얻는 아이와 스스로 생각해서 답을 찾는 방법을 배운 아이 중 누가 더 성공할 것인지는 분명하다.

공부도 자녀 기질에 따라!

성격이나 기질에 따라 공부하는 방법이 다른 것은 이미 앞에서 많이 설명했지만, 다시 한 번 4가지 기질에 따라 정리해 보자.

재미만 있으면 잘하는 경험주의자 아이

신기하게도 학교 가기를 너무나 좋아했던 경험주의자 막내. 공부가 좋아서가 아니라 쉬는 시간과 점심시간에 좋아하는 친구

들과 뛰어놀기 위해서였다. 일주일 중 체육수업이 있는 날을 손꼽아 기다릴 정도이지만 공부는 영 하기 싫어한다.

무엇이든 해보고 싶은 충동이 강한 경험주의자 아이들은 재미있어야 하고 직접 만져봐야 터득한다. 근본적으로 활동적이라 가만히 앉아 수업을 듣는 기존의 학교 수업방식은 잘 맞지 않는다. 교실 칠판에 쓴 글만 베끼는 것은 지루할 수밖에 없고 남이 하는 것만 보면 재미가 떨어진다. 만지지도 못하는 교구나 실험도구는 관심이 없다. 관심이 없으니 집중도 못하고 주변에 뭐 재미있는 일이 없을까 찾다가 자기처럼 눈을 굴리고 있는 아이와 눈이 맞는 순간 딴짓을 하다 선생님한테 들킨다. 그러면서 수업 분위기를 자주 망치는 이 아이들 때문에 진도도 못 나가고 힘들어진 선생님한테 문제아로 찍힌다.

그러면 이 아이들은 공부와 안 맞는가? 그렇지 않다. 아이들이 공부에 집중하지 못하는 것은 충분한 동기부여와 흥미가 있어야 하는 이 아이들의 공부 방식을 따라주지 않았기 때문이다. 끈기가 없고 참을성이 부족한가? 그렇지 않다. 자기의 흥미와 관심을 끄는 공부라면 이야기가 달라진다. 무언가에 마음을 뺏기면 시간 가는 줄 모르는 아이들이다. 활동을 즐기고 손재주가 좋기 때문에 악기 연주나 게임이나 스포츠 등에 전심을 다한다. 이 유형 중에는 전설적인 스포츠맨도 많다.

이 아이들이 공부와 친해지려면 일단 즐거워야 한다. 유치원에서 하듯이 놀이나 게임처럼 하는 학습이 잘 맞고 체험학습이나 활동시간을 재미있어한다. 미리 준비하고 예습해야 하는 것보다는 즉각적인 결과가 나오는 활동에 뛰어나다. 복잡한 것을 싫어하기 때문에 어려운 단어나 추상적인 개념은 흥미를 떨어지게 한다. 말도 간결하게 해야 잘 알아듣는다. 열심히 하려는 모습이 보이거나 성적이 조금만 올라도 많이 칭찬하고 보상을 적절히 해주면 더욱 열심히 하는 아이들이다.

체계적으로 짜여져야 잘하는 전통주의자 아이

경험주의자에게는 전혀 맞지 않는 전통적인 교육은 바로 이 전통주의자들을 위한 교육이다. 권위에 순종하는 이 아이들은 일단 선생님을 존중하고 따른다. 그리고는 선생님이 시키는 방법대로 하나씩 따라 한다. 단답형 질문, 반복 학습, 암기, 학습장 완성, 노트 필기 등을 잘하며 학습지로 매일매일 정해진 양만큼 공부하면서 실력을 차곡차곡 쌓는 아이들이다. 하나를 하더라도 대충하거나 빼놓고 지나가지 않는다.

시킨 일도 완벽하게 잘 해오고 책임감이 기본 욕구라 회장, 총무, 서기 등도 맡아서 잘하니 교사들에게는 눈에 넣어도 아프지 않은 아이들이다. 동아리 활동도 열심이고 항상 100퍼센트 출

석률을 자랑한다. 받은 상장이나 트로피를 보물처럼 소중히 간직하는 것은 내가 인정받았다는 의미이기 때문이다.

하지만 시키지 않은 것을 알아서 하기가 힘들고, 매뉴얼을 보고 하거나 남을 따라 하는 것은 쉽게 잘할 수 있지만 마음껏 창의력을 발휘해 보라고 하면 힘들고 혼란스럽다. 체계적으로 관리하는 일, 남을 섬기는 일, 꼼꼼하게 챙기는 일 등은 이 아이들에게 편한 일이다.

교사나 부모와 긴밀한 관계를 맺으며 체계적으로 목표 관리를 하면 누구보다도 성실하게 공부하며 꾸준히 성적을 올리는 아이들이다. 적당한 평가와 보상을 한다면 더욱 효과가 날 수 있다. 아이의 안정감이 깨지지 않도록 환경을 잘 보살펴주는 것도 매우 중요한 일 중의 하나이다.

지적 호기심과 경쟁심을 발동시키면 잘하는 합리주의자 아이

공부시키기 만만치 않은 합리주의자 아이들은 관리하면 잘하는 전통주의자 아이들과 달리 간섭하면 힘들어한다. 도와주려해도 화부터 내고, 가르쳐 주려고 하면 자기가 다 알아서 한다고 고집 부리기 일쑤이다. 마음이 급해서 뭘 미리 해주려고 애쓰지 말고 아이들이 묻는 말에만 성실하게 대답해 주는 것이 좋다. 먼저 도와주지 말고 기다리다가 도움을 청하면 그때 도와줘야 효과적이다.

자기 생각이 분명한 아이들이고 알고자 하는 것은 어디에서든지 찾을 정도로 적극적이므로 스스로 답을 찾아가도록 내버려두는 편이 낫다. 컴퓨터와 인터넷을 잘 다루기 때문에 혼자서 정보의 바다를 헤쳐 가며 지식을 습득하는 아이들이고, 논리적이고 체계적인 학습 방법을 좋아하며, 모자란 것이 있으면 관련 책을 찾아 스스로 부족한 부분을 보충해 나간다. 한 가지 문제를 찾으려고 주변을 너무 깊이 파서 효율성이 떨어지기도 하고 학교 공부와 관계없이 자기가 좋아하는 것만 공부할 수 있으므로 지혜롭게 관리해주는 것도 좋지만 무리하게 간섭하면 싫어한다.

지적 호기심이 가득해서 누구보다도 많이 알지만 아는 것을 발표하거나 결과물로 남기는 건 별로 좋아하지 않는다. 보고서나 관찰일지를 쓰기보다는 그 시간에 새로운 정보를 더 찾고 싶어 하기 때문이다. 쉬운 문제보다는 복잡하고 난해한 문제를 풀기 좋아하여 뛰어난 학자가 많이 나온다. 자신의 능력이나 성과물이 과소평가되면 자존심 상하며 천성적으로 이기고 싶어 하기 때문에 경쟁심을 조금 자극하면 더욱 열심히 하는 아이들이다.

인간적인 유대관계가 좋으면 잘하는 이상주의자 아이

인간관계에서 사랑받고 싶은 욕구가 큰 이상주의자 아이들

은 좋아하는 선생님이 자기를 인정해주면서 가르칠 때 가장 열심히 배우고 성적도 잘 나온다. 아이의 감정 상태를 잘 파악하여 문자를 보내거나 전화해 주는 등 개인적인 관심을 보이며, 자신의 공부에 대해 친절하게 피드백을 주는 선생님을 만나면 그 선생님을 기쁘게 해주기 위해 최선을 다하는 것이다. 하지만 좋아하고 싫어하는 것이 너무 뚜렷해서 선생님과 친구와 갈등이 생기면 학교에도 안 가려고 한다.

부모나 선생님으로부터 전통주의자의 날카로운 비판이나 경험주의자의 냉소적인 평가를 받으면 자신감을 잃어 모든 것을 포기하고 싶어진다. 모든 일에 쉽게 힘들어 하므로 그럴 때마다 부모의 특별한 지지와 사랑, 격려와 칭찬으로 자신감을 갖게 하는 것이 중요하다.

의미 있는 사람이 되고 싶어 하는 아이들이므로 공부하는 의미나 인생의 목표를 잘 찾아주는 것이 중요하다. 스스로 공부하는 의미만 찾으면 열심히 하는 아이들이다.

친구를 좋아하고 의리가 있어 사람들과 같이 일하는 것도 좋아하지만 너무 많이 간섭하다가 상처를 받기도 한다. 다른 사람의 감정에 민감하고 인간에 대해 관심이 많기 때문에 동기 부여나 사람과 관련된 일을 잘하며, 독특한 자신을 보여주기 때문에 개성 있는 훌륭한 예술가로 성장하기도 한다.

자녀 성적,
코칭하기 나름이다

공부를 잘하는 데는 왕도가 없다. 열심히 하는 사람이 잘한다. 머리가 좋아 공부를 남보다 쉽게 하는 아이도 있겠지만 열심히 하는 아이를 이길 수는 없다. 열심히 한다는 것은 책상에 앉아 공부하는 전체의 시간이 길다는 뜻이 아니다. 집중하여 공부하는 시간이 많다는 것이다.

보통 아이들이 집중해서 한 가지 일을 할 수 있는 시간이 10분이 채 안 된다고 한다. 우리 아이들도 공부에 집중하기 시작해서 다른 생각이 들어와 집중력이 흐트러질 때까지의 시간을 재보니 평균 6~8분 정도 밖에는 되지 않았다. 책상에 앉아 있어 공부하는 것처럼 보이기는 하지만 10분 남짓 집중하면 다른 생각이 떠오른다는 것이다. 이때 잠시 쉰 후에 다시 생각을 집중하지 않으면 완전히 다른 생각으로 넘어가 버린다. 엄마가 붙잡아놓고 한 시간 동안 공부를 시켜도 속으로는 10분 집중하고 나머지 시간은 마음껏 공상을 할 수도 있다는 것이다.

얼마 전 홈 스쿨링 하는 집에 아이들과 놀러갔다가 놀랍기도 하고 부럽기도 한 모습을 보았다. 우리 아이들과 뛰어놀던 초등학교 3학년 아이가 갑자기 공부할 시간이라고 방으로 가는 것이었다. 어떻게 이런 일이 있을 수 있을까 해서 그 아이 아빠에게 물어보니 홈 스쿨 하는 아이들은 대부분 스스로 공부할 계획을 잡고 자기가 원해서 하기 때문에 집중력이 높아 성과도 높다고 한다. 공부는 별로 안하고 하루 종일 노는 데도 학교에서 공부 잘하는 아이들보다 처지지 않는다고 한다. 다른 아이들은 피아노 학원에 몇 년을 다녀도 진도가 별로 안 나가는데, 그 아이는 아내의 교본으로 레슨도 얼마 받지 않고 거의 독학을 했는데도 일 년 만에 찬송가를 연주한다고 한다.

공부는 자기가 하고 싶어서 집중해야 성과가 나는 것이다. 부모가 아이들을 강제로 끌어서 물가로 데려갈 수는 있지만 물을 먹게 할 수는 없다. 어린 나이에는 엄마가 시키는 대로 학원이나 과외에서 공부하는 아이들이 잘 할지 모르지만 고학년이 될수록 스스로 공부하는 훈련이 안 된 아이들은 성적이 떨어진다.

초등학교에 입학한 막내는 정말 공부와 담을 쌓고 살았다. 아이도 똘똘하게 생기고 부모 학력도 나쁘지 않아 공부를 어느 정도는 할 것이라고 생각했는데 성적은 거의 바닥을 헤매고 있으니 담임선생님도 신기하게 생각하며 혹시 집안에 문제가 있는지 엄마와 상담을 했다.

답답한 나도 아이와 대화를 했다.

"해찬아, 너 공부하는 게 싫으니?"

"응. 공부의 'ㄱ'자만 봐도 싫어."

"그럼 너 나중에 뭐가 되고 싶어?"

"나 축구선수 할 거야." 친구들과 하루 종일 축구하며 뛰어노는 것이 좋은 모양이다.

"축구선수? 너 축구교실에서 축구하는 것 보니까 잘 못 뛰던데? 그 정도로 선수가 될 수 있을까?"

"그럼 학교에서 축구선생하지 뭐." 대답은 시원시원하다.

"그래? 근데 학교에서 축구선생 하려면 대학은 나와야 하는데 어떻게 하지?"

"대학에 가려면 공부해야 해?"

"응. 어느 정도는 공부해야지."

"……." 정말 공부가 싫은 표정이다.

"그래. 그렇게 공부가 싫으면 하지마. 그런데 너 나중에 결혼하면 어떻게 먹고 살 거야?"

"……." 거기까지는 생각을 안 해 보았나 보다.

"그러면 나중에 아빠가 집 앞에 있는 조그만 수퍼마켓 하나 사줄게. 너무 걱정하지마."

다음 날 막내가 와서 이야기한다.

"아빠. 아무리 생각해 봐도 수퍼마켓 갖고는 안 될 것 같아…."

"그럼 어떻게 할 건데?"

"할 수 없지. 공부해야지."

벌써 중학생이 된 막내. 아직도 공부보다는 운동과 게임을 좋아하고 연예인이 될까도 생각해 보지만 그래도 점점 공부하는 것이 나아지고 있다. 언젠가 자기가 좋아하는 것을 찾으면 잘하리라는 믿음으로 기다릴 수밖에.

결국 부모가 해 줄 수 있는 것이라고는 아이가 원하는 꿈을 찾아주고, 스스로 집중해서 공부할 수 있도록 옆에서 돕고, 문제가 있으면 해결 방법을 찾도록 도와주고, 공부를 하려고 할 때 기회를 제공해 주는 것밖에는 없다.

"이번 시간은 얼마나 집중이 잘 됐니? 10점 만점에 몇 점을 줄 수 있어?" 등의 질문을 통해 아이가 얼마나 공부에 집중하는지를 확인해야 한다. 그리고 "집중하는 데 방해가 되는 것은 뭐야?" "집중도를 더 올리려면 어떻게 하면 좋을까?" 등의 질문으로 스스로 방법을 찾게 해야 한다. 물론 매 순간 인정하고 칭찬하는 것을 잊지 않으면서 말이다. 질문 사이사이에 인정과 칭찬이 빠지면 아이들이 취조 당하는 느낌이 들어 대화를 거부할 수도 있다. 이런 코칭 대화를 통해 아이들과 함께 집중력을 높이는 방법을 찾아간다면 시간 관리도 잘되어 짧은 시간에도 많은 성과를 올릴 수 있게 될 것이다.

아이들이 수업시간에 자꾸 딴 생각을 하는 또 다른 이유는 수업 내용을 잘 이해할 수 없기 때문이다. "내일 학교에서 무엇을 배울 것인지 엄마에게 먼저 설명해 줄래?" 라고 물으며 예습하도록 도와준다면 학습효과는 더욱 높아질 것이다.

"너 성적이 왜 이거 밖에 안 돼?"

"열심히 했는데 시험 문제가 너무 어려웠어요."

"열심히 하긴 뭘 열심히 해. 지난 번에 보니까 게임만 하던데."

"열심히 하다가 잠시 쉬면서 게임 한번 한 거예요."

"어려운 문제까지 공부해야 열심히 하는 거지 쉬운 문제만 푸는 것이 어떻게 열심히 하는 거냐?"

"……."

이런 식의 대화로는 달라지는 것이 없다. 자기가 열심히 한 것을 인정받지 못해 상처와 반발만 커질 뿐이다.

"너 이번에 성적이 좋지 않구나."

"……."

"아빠가 혼내려는 것이 아니고 도와주려고 그래. 그래도 열심히 공부한 것 같은데 성적이 안 좋은 이유가 뭐라고 생각하

니?"

"시험 문제가 너무 어려웠어요."

"그래? 시험문제가 너무 어려웠나 보구나. 나름대로 많이 준비했는데 참 속상하겠다. 그런데 다음에도 또 시험 문제가 어렵게 나오면 어떻게 하지?"

"지난번에는 수업 시간에 가르쳐 준 쉬운 문제만 나올 줄 알고 그것만 열심히 했는데, 앞으로는 응용문제를 더 해야 할 것 같아요."

"그것 참 좋은 생각이구나. 그런데 응용문제까지 공부하려면 시간이 더 필요할 텐데 어떻게 하면 좋을까?"

"지금부터 매일 조금씩 더하면 되죠. 지난번에는 시험을 좀 우습게 생각하고 막판에 게임도 하면서 쉬었는데 더 열심히 해야지요, 뭐."

"그래, 그렇게 하면 되겠다. 모든 일에 최선을 다하려는 네 모습이 정말 자랑스럽구나. 다음에는 좋은 성적을 기대할게."

물론 처음부터 이렇게 대화가 되지 않을 수 있다. 아이가 계속 비협조적으로 나오거나 묵비권을 행사할 수도 있다. 그런 경우 계속 대화하는 것은 의미가 없다. 먼저 친밀감과 신뢰감이 회복돼야 한다. 부모가 혼내려는 것이 아니라 진정으로 도와주려고 한다는 것을 알게 해야 한다. 그러기 위해서는 절대로 감정적으로 화를 내서는 안 된다. 인내심이 필요하다. 어떤 부모는 쓸개가 녹아내리는 것 같은 인내심이 필요하다고 말한다. 정말 그렇다. 코치 부모의 길은 절대로 쉽지 않다. 다른 사람을 코칭하는 것보다 훨씬 더 힘들다.

미 육군에서는 작전이 끝나면 다음의 다섯 가지 질문으로 리뷰를 해서 높은 성과를 올린다고 한다.

"원하는 목표가 무엇이었나?"
"얻은 결과가 무엇이었나?"
"목표와 결과의 차이는 무엇이고 그 원인은 무엇인가?"
"이번에 잘해서 앞으로 계속해야 할 일은 무엇인가?"
"잘못해서 앞으로 하지 말아야 할 일은 무엇인가?"

나도 아이들의 성적이 나오면 이 다섯 가지 질문으로 아이들과 코칭 대화를 한다.

"이번 중간고사에서 몇 점 받는 것을 목표로 공부했니?"

"평균 90점이요."

"받은 결과는?"

"85점이에요."

"그래도 지난번보다 좋아졌구나. 참 수고했다. 그런데 네가 원했던 점수와 차이가 난 원인은 무엇이라고 생각하니?"

"화학 점수가 생각보다 너무 낮았어요."

"그래? 그럼 화학 점수가 낮은 원인은 무엇인데?"

"열심히 안 했지요, 뭐."

"그래? 그런데 화학 공부는 왜 열심히 안 했어? 다른 것은 열심히 하는 것 같던데."

"사실 화학은 잘 못하는 과목이라 80점 정도만 받으면 된다고 생각했거든요. 그 정도는 쉽게 받을 줄 알고 다른 과목을 공부했는데 생각보다 시험이 어려워 망쳤어요."

"저런, 속상하겠다. 그런데 이번 중간고사 공부하면서 네가 잘해서 계속해야 할 것은 무엇이니?"

"이번에는 정말 복습을 열심히 했어요. 앞으로도 계속 열심히 해야겠어요."

"복습은 정말 철저히 했나 보구나. 그러면 네가 잘못해서 고쳐야 할 것은 무엇이야?"

"시험을 우습게 보면 안 될 것 같아요. 항상 최선을 다해 공부해야겠어요."

"그럼 기말고사 때 원하는 점수 목표는 몇 점이야?"

"90점이요."

"어떻게 하면 원하는 점수를 받을 수 있을까?"

"열심히 해야지요. 특히 화학 공부를 적당히 하면 안 될 것 같아요."

성적이 안 좋다고 혼내기만 하면 성적이 올라갈까? 절대로 그렇지 않다. 물론 열심히 하면 나아지기는 하지만 잘못된 근본 원인을 찾아 그것을 해결해줘야 한다. 수업시간에 자꾸 딴짓을 한다고 혼만 내는 것이 아니라 왜 자꾸 딴짓을 하는지 그 원인을 찾아 바로잡아 줘야 한다. 막내가 수업시간에 집중하지 못하는 이유는 수업 내용을 이해하지 못하는 것이었다. 약간의 예습을 통해 이해를 하니 집중도가 놀랄 만큼 향상되었다.

물론 이 역시 처음부터 잘 되지 않는다. 한술 밥에 배부를 수는 없다. 부모와 자녀가 함께 노력해야 한다. 문제의 근본 원인을 파악하고 스스로 해결책을 찾아가게 해줘야 한다. 결국 공부는 혼자 하는 것이지 부모가 해 주는 것이 아니기 때문이다. 이런 훈련을 받은 아이들은 나중에 대학에 가서도 생각하면서 공부하고 사회에 나가서도 다른 모습을 보이게 될 것이다.

코치 부모는 아이를 행복하게 한다

"너는 이 다음에 커서 어떤 사람이 되고 싶어?"

"잘 모르겠어요."

"어떤 일을 하면 기분이 좋을 것 같은데?"

"지금까지 음악을 했으니 계속 음악을 해야겠지요?"

"음악을 계속 하고 싶구나. 그런데 음악을 하면 사람들에게 무엇을 줄 수 있는데?"

"글쎄요. 사람들이 나의 음악을 듣고 기분 좋아지는 거?"

"그래? 사람들을 기분 좋게 하고 싶은 마음이 있구나. 그런데 사람들이 너의 음악을 듣고 기분이 좋아지면 너는 어떤 느낌이 드는데?"

"글쎄~~ 그냥 행복해진다고 할까? 그래요. 내 음악을 듣고 사람들이 기분이 좋아지고 행복해하는 모습을 보면 나도 행복해질 것 같아요."

"그렇구나. 너는 음악을 통해 사람들을 행복하게 만들어 주고 그 모습을 보고 너도 행복해지고 싶은 거구나."

"그래요, 아빠. 그리고 음악뿐만 아니라 내가 좋아하는 요리를 통해서도 사람들을 행복하게 해주고 싶어요."

한참 대화를 하던 아이의 눈빛이 반짝 빛난다. 자기가 인생에서 하고 싶은 일을 찾았기 때문이다.

하버드 대학에 입학한 후 낙제를 하는 학생 중에 한국 학생이 꽤 많다는 이야기를 들었다. 낙제를 한 이유가 무엇일까? 그 학생의 인생 목표는 하버드 대학 입학이었다고 한다. 하버드 대학에 입학하는 것으로 인생의 목표를 다 이루었으니 더 이상 아무 의욕도 없을 것은 당연하다.

공부를 잘하는 것이 인생의 목표가 아니다. 공부는 목표가 아니라 더 큰 꿈을 이루기 위한 하나의 수단이다. 공부만 강조하는 것이 아니라 아이들이 스스로 인생의 목표를 찾게 해줘야 한다. 무엇을 통해 어떻게 사회에 기여할 것인지 그리고 어떻게 자아실현을 할 것인지를 찾아줘야 한다.

아이들의 꿈을 이루기 위해서는 공부만 중요한 것이 아니다. 2010년 밴쿠버 동계 올림픽에서 우리를 너무나 행복하고 자랑스럽게 해 주었던 젊은 선수들은 공부가 아니라 운동을 잘하는 아이들이었다. 공부가 아니어도 인생에 성공한 사람은 너무나 많다. 자녀의 타고난 잠재 능력을 찾아 그것을 최대한으로 발휘하도록 해야 한다.

반드시 일등을 하고 자기 분야의 최고가 돼야만 하는 것도

아니다. 그것이 행복을 보장해 주지도 않는다. 능력이 좀 떨어지고 이룬 것은 없지만 행복하게 사는 사람이 너무나 많다.

목표를 꼭 달성해야만 성공하는 것도 아니다. 원하는 목표는 이루지 못했지만 그 과정에서 얼마든지 훌륭한 일을 할 수 있다. 아폴로 13호는 달에 착륙하지 못하고 실패했지만 우주선에 문제가 있는 상황에서 무사히 3명의 우주인을 귀환시켰다는 점에서 모두의 박수를 받았다.

큰 업적을 이루고 유명해져야만 행복한 것도 아니다. 큰 꿈을 이루고 유명세를 탔지만 가정이 불행해진 사람도 있고, 아주 평범하게 살았지만 그 사람의 영향으로 변화된 사람도 있다.

불우한 어린 시절을 보내고 조직 폭력배와 가깝게 지내던 꼴통 고등학생에서 타고난 성악 재능으로 대한민국 인재상을 수상하고 독일 유학의 길에 오른 '고딩 파바로티' 김호중 군. 오늘의 그가 있기까지는 뒤에서 그의 재능을 발견하고 키워준 서수용 교사가 있었다. 세계적인 테너를 꿈꾸고 독일에서 활동하다 10년 만에 귀국한 서 교사는 모든 것이 잘 풀리지 않아 김천예고에서 교사 생활을 시작했다. 그는 겨우 고등학교 선생이나 하려고 20년 동안 고생했나 하는 불만에 싸여 있었다고 한다. 하지만 김호중 군을 발견하고 키우면서 그가 한 고백은 이러했다. "아, 야구나. 야를 만날라꼬 내가 이렇게 돌고 돌아 이 자리까지 왔구나.

이제야 알겠다. 내가 왜 세계적인 테너로 크지 못했고, 교수가 되지 못했는지를. 나는 호중이를 키워내기 위한 하나님의 도구였을 뿐."

'나쁜 천사는 더 자라고 소리쳐대고, 착한 천사는 빨리 일어나서 운동하라고 한다. 매일마다(천사들이) 싸우니 지긋지긋하다. 싸우지 않게 벌떡 일어나야겠다.' 밴쿠버 올림픽 금메달리스트 이상화 선수가 초등학교 6학년 때 썼던 일기이다. 훈련을 위해 매일 새벽 4시 반에 일어났던 어린 소녀는 10년이라는 세월이 지난 후에 목표를 달성했다.

크든 작든 꿈을 이루어가는 과정이 쉽지만은 않다는 것을 가르쳐야 한다. 오랜 시일이 걸릴 수 있다는 것도 가르쳐야 한다. 아이들이 힘들어할 때마다 격려하면서 계속 전진하게 해줘야 한다.

클래식 음악을 전공하는 두 딸을 키우다 보니 모든 음악가들이 다 열심히 하지만 누구는 더 유명해지고 누구는 그렇지 않다는 것을 알게 되었다. 진인사대천명(盡人事待天命)이라는 말이 있다. 사람이 할 일을 다하고 하늘의 뜻을 기다린다는 말이다. 우리가 아무리 노력을 해도 원하는 것만큼 안 되는 경우가 있다. 최선을 다하지만 결과가 하늘에 달려 있다는 것도 가르쳐야 한다.

코치 부모로서 자녀의 성격과 기질을 이해하고 있는 그대로

의 모습을 사랑하라. 공부를 잘해서 사랑하는 것이 아니고 부모 말을 잘 들어서 사랑하는 것이 아니다. 자녀이기 때문에 무조건적으로 사랑해야 한다. 이런 사랑을 통해 아이들은 진정으로 편안함과 행복함을 느낀다.

자녀가 인생에서 진정으로 원하는 모습이 무엇인지 찾아주라. 그리고 그 목표를 향해 한 발짝씩 스스로 나갈 수 있도록 도와주는 파트너가 돼야 한다. 자녀가 갈등하고 힘들어 하는 순간에도 함께 공감하고 그것을 극복할 수 있는 용기와 자신감을 불어넣어야 한다. 자녀들이 자기가 목표한 것을 스스로 얻어가면서 행복한 삶을 누리도록 옆에서 도와주는 부모. 그리고 그런 행복한 자녀의 모습을 보고 행복을 느끼는 부모가 코치 부모이다.

하지만 아무리 한없는 사랑을 주려고 해도 또 아무리 코칭을 잘해 주려고 해도 우리는 다 한계가 있는 인간이다. 완벽하게 줄 수도 없고 자녀들을 완벽하게 만들 수도 없다. 나보다 더 큰 존재가 아이들을 이끌어 갈 수 있도록 아이들을 내려놓아야 한다. 아이들은 우리의 소유물이 아니다. 잠시 동안 우리에게 맡겨진 것이다. 함께하는 동안 코치 부모로서 최선을 다하고 사랑해줘야 하지만 결과를 만드는 것은 우리 몫이 아니다. 지혜의 시인 칼릴 지브란의 시를 통해 코치 부모의 역할을 다시 한 번 깨닫는다.

칼릴 지브란의 예언자 (1923) 중「아이들에 대하여 On Children」

KAHLIL GIBRAN · The Prophet (1923)

아기를 품에 안은 한 여인이 말했다. "아이들에 대해 말씀해 주세요." 그가 말했다.

당신의 아이들은 당신의 아이들이 아니다. 그들은 스스로 자신의 삶을 열망하는 생명의 아들과 딸들이다. 그들이 비록 당신을 통해 태어났지만 당신으로부터 온 것은 아니다. 그들이 당신과 함께 지낸다 해도 당신에게 속한 것은 아니다.

당신은 그 아이들에게 당신의 사랑은 주되 당신의 생각까지 주려고 하지 말라. 아이들에게는 그들 자신의 생각이 있기에…. 당신은 아이들에게 몸이 거처할 집은 주지만 영혼의 거처까지 주지 말라. 아이들의 영혼은 당신이 꿈속에서도 가보지 못한 내일의 집 속에 살고 있기에….
당신이 아이처럼 되려고 하는 것은 좋으나 아이들을 당신처럼 만들려고 하지는 말라. 삶이란 뒤로 가는 것이 아니며 어제와 함께 머무르는 것도 아니기에….

당신은 당신의 아이들을 살아있는 화살처럼 앞으로 나아가게 하는 활이니, 활을 쏘는 분은 저 멀리 가는 길에 표적을 놓아두고, 그 분의 화살이 빨리 그리고 멀리 갈 수 있도록 그 분의 능력으로 활을 당기는 것이다.

활 쏘는 분에 의해 당신이 당겨지는 것을 기뻐하라. 그가 날아가는 화살을 사랑한 것같이 굳센 활 또한 사랑하시므로.

A woman who held a babe against her bosom said, "Speak to us of Children." And he said:

Your children are not your children. They are the sons and daughters of Life's longing for itself. They come through you but not from you, And though they are with you, yet they belong not to you.
You may give them your love but not your thoughts. For they have their own thoughts. You may house their bodies but not their souls, For their souls dwell in the house of tomorrow, which you cannot visit, not even in your dreams.

You may strive to be like them, but seek not to make them like you.

For life goes not backward nor tarries with yesterday.

You are the bows from which your children as living arrows are sent forth. The archer sees the mark upon the path of the infinite, and He bends you with His might that His arrows may go swift and far.

Let your bending in the archer's hand be for gladness; For even as he loves the arrow that flies, so He loves also the bow that is stable.

★5부 ★

아이의 잠재력에 날개를 다는 부모 코칭

자녀들이 나이가 점점 들어가면 부모의 역할이 바뀌어야 한다. 보호자의 역할에서 스스로 해나갈 수 있도록 돕는 코치로 변신해야 한다. 자녀들을 잘 코칭하기 위해서는 자녀에 대해 많이 알아야 하기 때문에 16가지 성격 유형을 아는 것은 아이들을 이해하는 데 많은 도움을 준다.

아이와의 관계보다 더 중요한 것은 부부의 관계이다. 올바른 자녀를 만들기 위해 부모가 줄 수 있는 최고의 선물은 부부가 행복하게 사는 모습을 보여주는 것이다. 서로 깊이 사랑하는 부모 밑에서 자란 아이들이 더 행복을 느끼고, 건강하고 자신감 있게 자라며, 잠재 능력을 발휘할 수 있기 때문이다.

코치 부모는 자신이 원하는 목표를 잡아 주는 것이 아니라 자녀들이 원하는 목표를 잡도록 도와줘야 한다. 또 자녀와 어떤 이야기라도 할 수 있는 수준의 친밀감이 있어야 하고 자녀들이 원하지 않는 것은 강요하지 않아야 한다. 지금까지 그렇게 하지 못했던 부모는 둘만의 시간을 갖고 솔직한 생각이나 느낌을 전하면 그 동안의 상처가 치유될 것이다.

자녀들이 진짜로 원하는 것을 제대로 파악하려면 모든 감각을 동원해 온 몸으로 경청해야 한다. 아이들과 대화하면서 반드시 알아내야 할 것은 이 아이가 속으로 무슨 생각을 하고 있는지, 어떤 감정을 느끼는지, 정말로 원하는 것이 무엇인지 하는 것이다.

코칭 대화를 할 때 아이들의 말을 경청한 후 항상 공감과 인정을 해줘야 한다. "아~ 그랬구나" "참 힘들겠구나" 등의 공감과 "너는 참 정직한 아이구나" 등의 인정의 말을 즉시 해줘야 한다. 또 자신의 생각이나 판단이 들어가지 않는 중립적 언어로 "네 생각은 어떠니?" "이번 여름방학에 무엇을 하면 좋을까?" 등 질문을 통해 스스로 생각하고 답을 찾게 해주는 것이 중요하다.

에|필|로|그

이 세상 모든 가정이 행복해질 때까지 우리는 달린다!

많은 분들이 '성격 전문가의 가정은 얼마나 잘 살까'라고 생각할지 모르지만 이 책에 쓰인 대로 우리 가족은 지금도 갈등하고 심심하면(?) 싸우고 아이들끼리는 여전히 언성도 높인다. 그러나 한 가지 분명한 것은 우리 가족 모두가 서로의 성격에 대해 그리고 코칭에 대해 알지 못했다면 지금보다 훨씬 더 갈등하며 힘들게 지냈을 것이라는 것이다. 서로의 성격을 이해하며 우리 부부는 더욱 사랑하게 됐고 코칭을 배우면서는 아이들에 대한 이해와 사랑이 더욱 깊어졌다.

행복한 가정을 이루기 위해서는 가족들이 친밀해야 한다. 그러기 위해서는 서로 다른 성격을 이해하는 것이 기본이다. 모든 사람관계에서와 마찬가지로 부모 자식간에도 갈등은 당연한 일이다. 문제가 생기면 이 책에 쓰여진 서로의 성격을 기억하면서

코칭 대화를 한다면 문제도 풀고 친밀함도 깊어질 것이다.

갈등이 해결되어 친밀함만 넘친다고 다 행복해지는 것도 아니다. 가족 구성원 모두가 원하는 목표를 어느 정도는 이루어야 더욱 행복해질 수 있다. 특히 자녀의 공부는 자녀 스스로 원하는 목표만큼의 성과는 내어야 한다. 자녀의 성격에 맞게 장점을 살려 코칭을 통해 지도한다면 공부에서도 더 많은 성과를 낼 수 있다.

모든 부모가 다 아이들의 코치가 될 수 있지만 훌륭한 코치가 되기 위해서는 훈련과 교육이 필요하다. 비록 이 책에서 제시된 코칭의 내용이 많지는 않지만 이것이라도 열심히 연습하면 반드시 좋은 결과를 얻을 수 있을 것이다. 만일 코칭에 더 관심이 있다면 전문 기관에서 제공하는 프로그램을 들어보는 것도 좋을 것

같다.

코치 부모로서 나는 우리 아이들이 진정으로 행복한 삶을 살아가기를 원한다. 크게 성공하는 사람이 되기보다 스스로 원하는 목표를 이루어가면서 사람들과 좋은 관계를 유지하고 사는 그런 사람 말이다. 그리고 사랑하는 배우자를 만나 행복한 가정을 이루고 또 자녀들을 낳아 행복하게 키우는 코치 아빠, 코치 엄마가 되기를 원한다.

부부가 행복해지면 자녀들도 따라서 행복해 지듯이, 나는 우리 가정만 행복해지고 우리 자녀만 행복해 지는 것이 아니라 이 세상의 모든 가정들이 행복해졌으면 좋겠다. 그래서 우리 부부는 바쁜 중에도 시간을 내어 전 세계를 다니며 강의를 한다. '이 세상의 모든 가정이 행복해질 때까지 우리는 달린다.' 라는 구호를 외치며….

자녀에게 완전한 교육을
실시하는 것은
최상의 유산이다.

_ W. 스코트

| 참고문헌 |

- Mike & Linda Lanphere, 강의 교재 *In His Image : Understanding Your Personality,* Oaks of Righteousness Ministry.
- David Keirsey & Marilyn Bates, *Please Understand Me I : Character and Temperament Types,* Prometheus Nemesis Book Company, 1984
- Otto Krieger & Janet M. Thuesen, *Type talk : The 16 Personality Types That Determine How We Live, Love, and Work,* Dell, 1989
- Paul D. Tieger & Barbara Barron-Tieger, *Do What you are: Discover the perfect Career for You Through the Secret of Personality Type,* Little, Brown and Company, 1992, 1995
- Paul D. Tieger & Barbara Barron-Tieger & E. Michael Ellovich, *Nurture by Nature: How to Raise Happy, Healthy, Responsible Children Through the Insights of Personality Type,* Little, Brown and Company, 1997
- David Keirsey, *Please Understand Me II: Temperament, Character, Intelligence,* Prometheus Nemesis Book Company, 1998
- Paul D. Tieger & Barbara Barron-Tieger, *Just Your Type: Create the Relationship You've Always Wanted Using the Secrets of Personality Type,* Little, Brown and Company, 2000
- 김정택 · 심혜숙, 『MBTI 질문과 응답』 ((주)어세스타, 1995)
- Sandra Krebs Hirsh & Jean M. Kummerow, 『기업 조직에서의 MBTI 활용 입문』 ((주)어세스타, 1997)
- S. Hirsh & J.Kummerow, 『성격유형과 삶의 양식』 ((주)어세스타, 1997)
- Janet Penley & Stephens, 『성격유형과 자녀양육태도』 ((주)어세스타, 1998)

- Gordon Lawrence, 『성격유형과 학습스타일』 ((주)어세스타, 2000)
- Isabel Briggs Myers & Peter B. Myers, 『서로 다른 천부적 재능들』 ((주)어세스타, 2002)

- Michael E.Lanphere, 『In His Image』 (Xulon press, 2010)
- 김은희, 『부모 아이 성격 궁합』 (팝콘북스, 2007)
- 『The Coach U Personal and Corporate Coach Training Handbook』 by Coach U Inc. (Hardcover - Feb. 10, 2005)
- 이민정, 『이 시대를 사는 따뜻한 부모들의 이야기』 1, 2 권 (김영사, 1995)
- 『The INNER GAME of Work Thimoty Gallway』 (Random House Publishing Group, 2000)
- 존 휘트모어, 『성과 향상을 위한 코칭 리더십』 (김영사, 2007)
- 에노모토 히데다케, 『마법의 코칭』 (새로운 제안, 2004)
- 고현숙, 『유쾌하게 자극하라』 (올림, 2007)
- 김경섭, 김영순, 『자녀 교육의 원칙』 (21세기 북스, 2005)
- 정진우, 우수영, 『부모 코칭』 (아시아 코칭 센터, 2007)

이 책이 아이를 진정으로 이해하며
더 행복한 가정을 만들고 아이의 잠재력에
날개를 달아주는 책이 되길 바랍니다.

행복한 성공자를 위한 출판-

비전과리더십